Joachim Ringelnatz

Einfach schöne Gedichte

Mit einer Einleitung von Alexander Kluy

S. Marix Verlag

Dieser unvergleichliche Ringelnatz hat den Stein
der Narren entdeckt …, welcher dem der Weisen
zum Verwechseln ähnlich sieht.
Alfred Polgar

Inhalt

Einleitung

»Nein ernst, als ob das komisch wär«
Joachim Ringelnatz – Kobold, Artist, Kunstmaler, Wortfeuerwerker

von Alexander Kluy

Spukschlösser gibt es nicht wenige. In Frankreich, in Österreich, in Irland. Natürlich und erst recht im spooky Vereinigten Königreich und Nordirland. Im hohen Norden Englands, am Übergang zu Schottland, steht etwa das so passend benannte wie unheimlich heimgesuchte Chillingham Castle (*chill* heißt auf Deutsch Schauer oder kühler Hauch). Es gibt Spukburgen und Spukhäuser. Vor Längerem gelesene Bücher spuken durch die Nebel der Erinnerung und des eigenen Gedächtnisses. Gibt es auch längst verstorbene Autoren, die herumspuken? Zumindest gab es einige, die an Geister und an Spukerscheinungen glaubten. Nach weitaus mehr Autorinnen und Autoren sind Häuser benannt und Literaturmuseen, Plätze und Straßen. Joachim Ringelnatz, einst im Leben schon nicht groß, machte sich diesbezüglich noch kleiner. Und trat noch bescheidener auf. Denn selber wünschte er sich im Gedicht *Ehrgeiz* wahrhaftig nicht viel: nur ein Gässchen, das nach ihm benannt werde, zum alleinigen Herumspuken. München, die Stadt, in der er am längsten lebte, benannte im Jahr 1953 einen rund 100 Meter kurzen schnurgeraden Weg im Stadtteil Solln nach ihm. Er aber hatte sich ein »krummes Gäßchen, mit niedrigen Türchen« gewünscht, »mit steilen Treppchen und feilen Hürchen / Mit Schatten und schiefen Fensterluken«. (In seiner Geburtsstadt Wurzen ist die Ringelnatzstraße noch kürzer als der Weg in München.) Dort, ja dort, in dieser Gasse, »würde ich«, schrieb Ringelnatz, »spuken«. Und nicht auf Chillingham Castle, wohin er nie kam.

Woher kam er denn? Wo kam Joachim Ringelnatz her?

»DER RINGELNATZ kam die bordeauxweinroten Ozeane heruntergeschwommen, zwischen bottle and battle, weiß Gott woher, setzt er unvermittelt auf tiefsten Grund eines Witzes höchste Spitze. Vielleicht aus des Wanderers Rimbaud Lenden entsprungen irgendwo zwischen Abessynien, dem Niederrhein und der Welt.«[1] Als Franz Blei 1922 Ringelnatz so im *Großen Bestiarium der Literatur* besang, war dieser der jüngste Autor, der darin mit spitzer Feder kurzporträtiert wurde. War er doch gerade einmal drei Jahre alt.

»Joachim Ringelnatz« war erst im Dezember 1919 in die Welt und auf ihre Bühnen gesprungen. Von einem Schriftstellersohn erfunden, der geboren wurde im sächsischen Wurzen, in Leipzig aufwuchs, aus romantischer Neigung zur See fuhr und zwischen Surinam, Odessa und Norwegen die Meere durchkreuzte und durchlitt, der zum Hungerkünstler aus Not wurde und in tausend Nöten war, der sich in vielen bürgerlichen Berufen erprobte und in einem jeden scheiterte, der träge Kriegsjahre hinter sich hatte – und 1919 neu erstand: Joachim Ringelnatz. Und mit ihm Kuttel Daddeldu, der Mariner *larger than life*, in dessen Körper sein Finder/Erfinder, einst Leutnant zur See, derart überzeugend ungebärdig schlüpfte, dass er im Lauf der Jahre so manchen Brief als »Kuttel« zeichnete. Und der ein solch artistisches Verwirrspiel präsentierte, zwischen Raffinesse und Frivolem, zwischen hochamüsantem Pathosbruch und herzbrechender Einfühlsamkeit schillernd, wie es das Publikum bis dato noch nicht erlebt hatte.

1 Franz Blei, Das große Bestiarium der Literatur, hrsg. und mit einem Nachwort von Rolf-Peter Baacke, Hamburg 1995, S. 58 f.

Dabei war es in seiner facettenreichen verspielten Art, von vielen fälschlich als naiv eingeordnet, ein anarchisch-modernes Maskenspiel des Ichs, waren seine Gedichte so unverwechselbar und eingängig, dass sie Allgemeingut wurden, populär waren, bis heute rezitiert werden und hinreißend lebendig geblieben sind.

»Der kürzlich verstorbene Joachim *Ringelnatz* ›Aus Wurzen an der Wurze‹ (= Hans Bötticher 1883–1934) ist gebürtiger Wurzener und der Sohn eines Zeichners aus der Tapetenfabrik, der selbst poetische Schilderungen des Kleinstadtlebens (Allotria, Neues Allotria) brachte. Nach langen Jahren des Umherschweifens als Matrose begann er zu dichten und zu zeichnen, war mehrfach Bibliothekar in großen Privatbüchersammlungen und trat schließlich als Vortragskünstler auf. In seinen Gedichten mischt sich in eigenartiger Weise groteske Phantastik mit warmem Empfinden. Nach Jahren schweren Leidens starb er in völliger Armut in Berlin«, das schrieb bemüht ein sächsischer Lokalhistoriker.[2]

»Wurzen!?!?! – ach du liebe Zeit! Mein Wurzen.«[3] Alles begann in der Mulde-Stadt. Mit Nässe und Feuchtigkeit. Mit Farben. Mit Angst und mit Weinen. Und mit der Sonne. »Ein Dienstmädchen trug mich auf dem Arm oder führte mich an der Hand.« So lautet der erste Satz seines Erinnerungsbuches *Mein Leben bis zum Kriege* (1931). »Es war noch jemand dabei. Wir standen am Rande eines trostlos schlammfarbenen Wassers, das in die Stadt eingedrungen war und – wenn mein Kleinkindergehirn recht verstand – immer höher stieg. Und der Himmel war gewittergelb. So schlimm, so trostlos war das!«[4] Am 7. August 1883 kam Hans Gustav zur

2 Heinz Mattick: Wurzen. Landschaft Geschichte Menschen. Ein Führer durch das Städtische Heimatmuseum, zugleich ein Versuch, die Heimatgeschichte vom Gegenständlichen her darzustellen, Wurzen 1938, S. 45

3 Joachim Ringelnatz: Das Gesamtwerk in sieben Bänden (GW), hrsg. von Walter Pape, Zürich 1994, Bd. 5, S. 314

4 GW, Bd. 6, S. 5

Welt. Sein Vater, Georg Bötticher, war gefragter Musterzeichner von Tapeten und Teppichen. Ende März 1888 verließ die Familie Wurzen und zog ins 30 Kilometer entfernte Leipzig. Die Musterzeichnungen des Vaters gingen nach Paris und Schweden, nach Russland und in die USA. Nach 1900 verschlechterte sich seine Sehkraft. Ab dem Jahr 1905 war er nur noch literarisch tätig. Was er schon seit Mitte der 1870-er Jahre gewesen war, er hatte beliebte Humoresken, Parodien, ironische Gedichte verfasst. War Leipzig 1871 die achtgrößte deutsche Großstadt gewesen, so 1895 mit 566 000 Einwohnern nach Berlin, Hamburg und München die vierte. Leipzig war nach der Jahrhundertwende Industriekapitale und Zentrum der Arbeiterbewegung. Und: Leipzig war Bücherstadt, Deutschlands literarisches Epizentrum.

Für den kleinen Hans war »der größte Eindruck der Fluss mit seiner Uferromantik. Zwischen den Löchern und dem wirren Gestrüpp der steilen Abhänge kletternd, kämpfend, forschend, erlebte ich die Abenteuer meiner Sehnsucht voraus. Der Fluss trug seltsame Gegenstände vorbei. Am andern Ufer war eine Pferdeschwemme. Es war ein spannendes Schauspiel, wenn dort Rosse ins Wasser geritten oder geführt wurden. Einmal, zweimal trieben dort Leichen an. Noch unheimlicher waren die hohen alten Pappeln an unserem Ufer. Die hohen Pappeln mit ihrem zitternden und schillernden Blättermillionen-Gewoge. Im Sturme neigten sie sich so beängstigend tief hin und her, als drohten sie, jeden Moment auf uns hereinzubrechen. Sie rauschten unsagbar unheimlich in meine einsame Kinderphantasie.«[5]

Der Vater war die Leitfigur des Drittgeborenen. Ihm eiferte er nach. Zur Mutter bestand ein eher gespanntes Verhältnis. »Mutterliebe fehlt uns beiden. Schade! aber es muß auch ohne die gehn«, bekannte er Jahre später.[6] Hans war ein aufgeweckter Junge, fing sich blaue Flecken und so manche Beule ein. Er fing

5 Ebd., Bd. 6, S. 7
6 Joachim Ringelnatz: Briefe, hrsg. von Walter Pape, Berlin 1988, S. 228

an zu malen, heitere Verse zu verfassen, kleine Geschichten zu erfinden. Mit neun Jahren schenkte er dem Vater zu Weihnachten ein selbst geschriebenes und eigenhändig illustriertes Büchlein.

Die Schulzeit war bis zum Ende quälend. In den Pausen war er der Allotria treibende Clown, der Streiche spielte, bockte und wider Disziplin und Regeln löckte. Die Zeugnisse stürzten nicht nur ihn in Not und Verzweiflung. Das Betragen des Jungen mit dem hellblonden Haar und dem offenen, gewitzten Gesicht wurde mit der schlechtesten Kopfnote, einer Fünf, bewertet.[7] Mit 14 wurde er des Staatsgymnasiums verwiesen. Die Eltern steckten ihren ungebärdigen Sohn in eine der gefürchtetsten »Pressen« Leipzigs, in eine Drill-Einrichtung. Rettung war der weichherzige, sensible Vater. Was Hans durch den öden Alltag des Paukens brachte, war seine Passion fürs Zeichnen und Malen. Und Lesen. Er las viel, sehr viel. Im März 1901 bestand er die Abschlussprüfungen – am verblüfftesten darüber: er selbst. Nun entschied sich Hans Bötticher für Schwankendes. Fürs Meer.

Die Marine löste um 1900 mythische Träume von Macht, Kolonien und einem »Platz an der Sonne« aus. 1901, mit 17, fuhr Hans Bötticher zur See. Statt maritimer Romantik erlebte er mit den O-Beinen, der großen Nase und dem sächsischen Tonfall das Gegenteil: Entbehrungen, Härte und schwere körperliche Arbeit, eine rigide Hackordnung, Hänseleien und Demütigungen. Die abenteuerlichen Szenen an fernen Küsten, die er sich in Leipzig ausgemalt hatte, blieben aus. Er kam weit herum, nach Britisch-Honduras, dem heutigen Belize, nach Großbritannien, befuhr Nord- und Ostsee, die Levante, den Atlantik.

1903 endete sein wechselhafter Dienst. Da Hans Bötticher die neuen gesetzlichen Vorgaben einer bestimmten Sehstärke nicht erfüllte, verbot ihm die Berufsgenossenschaft fürderhin anzuheuern. Nicht übermäßig geknickt, entschied er sich für eine Arbeit als Kaufmann. In Hamburg. Für ein Jahr. 1904 wurde er zum einjährigen Dienst bei der Kriegsmarine eingezogen. Danach retour ins

7 GW, Bd. 6, S. 19

Kaufmannskontor. Die Metamorphose zum bürgerlichen Angestellten schien perfekt: Handelsschule, Tanzkurs, Pianola-Unterricht. Daneben schrieb er. Seine Gedichte und Reime sendete er an Zeitschriften. Und bekam alles retourniert. Nach zwei Jahren brach er aus, reiste nach England. Die Hafenstadt Hull war sein Ziel, in Erinnerung an eine unerfüllt gebliebene amouröse Begegnung aus seiner Matrosenzeit. Bötticher schlug sich als Mandolinensänger durch. Sein Repertoire umfasste nur eine Handvoll Melodien, darunter sein Lieblingslied *La Paloma*. In Belgien geriet er in Haft und wurde zwangsweise nach Deutschland expediert.

Die nächste Attraktion lag im Süden. München, die Stadt in Oberbayern, brachte Hans Bötticher Anderes, sie ließ ihn Neues ausprobieren und entdecken – sich. In einer Metamorphose. In einer neuen Verwandlungsstufe.

Das Leben war südlich leicht. Und er nahm es so. Er entdeckte Schwabing. München mit seinem speziellen Klima leuchtete jedoch entgegen der Behauptung Thomas Manns nachts nur in begrenztem Umfang. 1907 hatten rund zwei Drittel der Wohnungen in der Altstadt elektrisches Licht, in der Maxvorstadt und in Schwabing war es nur knapp die Hälfte. Um so auffälliger war die Laterne über dem Eingang eines Gasthauses in der Türkenstraße, die zweite Querstraße hinter dem Hauptgebäude der Universität. Diese Straße reicht vom Rand der Altstadt bis zum topografischen, wenn auch nicht kulturellen Auftakt Schwabings, jenem Stadtteil, der einen Ruf genoss als Ort der Boheme, eines fröhlichen Künstlervölkchens, wilder Atelierfeste und ebensolcher Liebespraktiken, als Bezirk politischer Wirrköpfe und Revolutionärer im Exil, von Kaffeehausliteraten, Schnorrern, Lebenskünstlern. Noch auffälliger war im Herbst 1908 das Schild dieses Wirtshauses namens Simplicissimus.

»An einem Nachmittag schlenderten wir durch die Türkenstraße. Da lasen wir ein gelbes Plakat an der Tür eines Restaurants: ›Simplicissimus-Künstlerkneipe‹, illustriert durch einen roten Hund, der eine Sektflasche zu entkorken suchte.

Künstlerkneipe! Künstlerkneipe! Das war ja was wir ersehnten. Wir wagten uns hinein. In dem spärlich beleuchteten Zimmer standen die Stühle noch auf den Tischen. Eine Kellnerin gab uns Auskunft. Die Künstler und Gäste kämen erst abends gegen zehn Uhr.«[8] Anfangs war er noch unwissend, wer wer in diesem stets dichtgepackten Lokal war und welcher Poet gerade auf dem winzigen hölzernen Podium stand und eigene Verse rezitierte. Dann, im Fasching, wagte er sich selber darauf, trug Eigenes vor – und fiel krachend, völlig applauslos durch. Er war geknickt. Ließ aber nicht locker. Nach einigen Tagen trat er wieder auf mit einem extra auf die Lokalität gemünzten Poem, das humorvoll und ironisch war, leicht karikierend und in seiner Witzesschärfe genau in die von Alkohol, Geselligkeit und Bonmots aufgeheizte Atmosphäre passte. Als er am Ende des *Simplicissimus-Lieds* angelangt war, brandete lauter Beifall auf, der kein Ende nehmen wollte. Kathi Kobus, die stämmige, leutselige, finanziell gerissene Wirtin war stolz, derart gewürdigt worden zu sein. Hans Bötticher wurde von ihr zum Leib- und Magenpoeten erkoren.

Der neue Status war mit etwas Geld verbunden. Abends trat er nun regelmäßig im Simplicissimus auf. Er lernte, auch infolge seiner neuen prominenten Position inmitten der Klientel des Künstlertreffpunkts, unzählige neue Menschen kennen. Auch sein Vater kam einmal nach München und erlebte den abendlichen Auftritt des Sohnes mit, der recht kümmerlich honoriert wurde von der Kobus mit einer Mark und einem Teller warmer Suppe pro Abend. Er eröffnete im März 1909 eine Tabakhandlung und musste sie im Dezember desselben Jahres wieder schließen. Er lernte Malerinnen, Künstler, Bohemiens, Komponisten, Autoren und Literaturbesessene kennen, manche Beziehung hielt ein Leben lang. Einige gaben ihm Privatunterricht in alten Sprachen, Geschichte, Literaturhistorie. Ein wenig linderte dies seinen seelischen Minderwertigkeitskomplex wie seinen physischen Selbsthass – Bötticher:

8 GW, Bd. 6, S. 222

»Ich weiß, daß ich häßlich bin. Meine Beine sind krumm. Ich habe ein schiefes, vorstehendes Kinn. In mancher Gesellschaft scherze ich selbst über meine Fehler. Wenn meine Bekannten darüber spaßen, lache ich. In beiden Fällen bin ich unaufrichtig, denn es schmerzt mich innerlich. Ich pflege bei anderen Menschen immer erst auf Kinn und Beine zu sehen. Wie muß das herrlich sein, normale Gliedmaßen zu besitzen. Gewiß ebenso angenehm als das Gefühl gute Kleider, Wäsche und ordentliches Schuhzeug zu haben.«[9] Der Journalist René Leclère, der 1910 in der *Luxemburger Zeitung* einen großen Artikel über den »Simplicissimus« veröffentlichte, erspürte dies beim Auftritt des »Hausdichters«:

> Ein hagerer, bleicher Mann, mit einer Adlernase und scharfen, durchdringenden Augen bestieg das Podium.
>
> »Das ist der Bötticher!« raunte mir mein Freund zu.
>
> Der Mann mit dem unruhigen fahlen Gesicht begann Gedichte zu rezitieren.
>
> Gedichte von ihm selbst; aber von solch sprudelnder Lustigkeit, daß es mir unerklärlich war, wie ein Mensch, in dessen Zügen soviel Gram und innere Zerrissenheit lagen, überhaupt noch wissen konnte, was Heiterkeit und Lebensbejahung sei. – Und alles lachte mit ihm; aber ich bemerkte trotzdem, daß in seinen Augen eine endlose Trauer war, eine Trauer, die er zu verbergen suchte und die doch immer hervorsprang, ungebändigt.
>
> Der Hausdichter hielt inne. Man klatschte ihm wütend Beifall. Er dankte kühl und fast wie spöttisch.
>
> Als er an uns vorbeiging, faßte ihn mein Freund am Arm. »Wie geht's, Bötticher? Setzen Sie sich einen Augenblick zu uns. – Elsa! eine Bowle!«
>
> Der Mann nahm Platz in unserer Nähe.
>
> Bald war ich in ein Gespräch mit ihm vertieft. –

9 GW, Bd. 4, S. 358

> Ich fragte, ob die humoristische Poesie ihm so sehr liege; ob er sich ausschließlich damit beschäftigte. – »Nein«, sagte er darauf, und es schien als sei die Stimmung ernster geworden, – das tue ich, um Geld zu verdienen. Die Leute wollen lachen, und da muß ich mit ihnen lachen.« – »Ein Pierrot- oder Bajazzomotiv«, dachte ich. – Hierauf erzählte er mir lange, daß er andere Gedichte mache, lyrische; wie kein Verleger seine Sachen drucken wolle, weil sie nicht nach dem Geschmack des Publikums seien; wie er es trotzdem nicht lassen könne zu dichten, weil es sein Lebenszweck sei. – Hier sei er lustig, weil er bezahlt werde.[10]

Seine Unzufriedenheit und Unrast nahmen zu. Aktiv kontaktierte er Verlage. Er wollte die nächste Stufe nehmen: sich, endlich!, als Buchautor gedruckt sehen. 1910 erschien das Kinderbilderbuch *Kleine Wesen* mit Texten von ihm. Nur wenige Wochen später kam sein erster, dünner Lyrikband heraus. Ein drittes Projekt bahnte sich an, ein autobiografisches, das *Schiffsjungentagebuch*. Es lag im Januar 1911 in den Buchhandlungen. Im Winter 1911 schwer erkrankt, bedrängten ihn neuerlich akute Geldprobleme. Ein guter Freund lud ihn auf das Anwesen seiner adeligen Familie in Kurland im Baltikum ein. Natur, Idylle, Ruhe! Bald bezog er ein kleines Häuschen in Bilderlingshof (heute Bulduri) von Riga-Strand (heute Jurmala, Lettland). Den Winter verbrachte er dort – und erfror fast. Im Januar 1912 fand er neue Anstellung, beim Grafen Yorck von Wartenburg auf Schloss Klein Oels, Kreis Ohlau, in Niederschlesien, als Bibliothekar (»50 000 Bände u. wertvolle Kunstsammlungen ordnen, 3 Stunden Arbeit täglich; kein Honorar aber alles frei u. Zeit zu eigenen Arbeiten!«).[11] Bis Ende 1912 sollte er dort sein. Danach für drei Monate Hannover, Bibliothekar bei Freiherrn Börries von

10 GW, Bd. 6, S. 381
11 Joachim Ringelnatz: Briefe, hrsg. von Walter Pape, Berlin 1988, S. 18

Münchhausen. Anschließend Eisenach in Thüringen. Er kam bei einer Bekannten und literarischen Verehrerin unter, die ein Mädchenpensionat betrieb. Im Jahr 1913 fand er dort seine erste größere Liebe. Verlobung. Entlobung. Dann Bibliothekar auf Burg Lauenstein in Oberfranken – nur gab es dort kein einziges Buch. Stattdessen: Fremdenführer, der Lügenmärchen auftischte. Rückkehr nach München. Er hielt sich mit dem Verkauf antiquarischer Bücher über Wasser. Wieder Boheme-Leben. Groß die Geldsorgen, immer größer die Schulden. Texte, die er an Zeitschriften schickte, wurden abgelehnt.

Dann brach der Krieg aus. Er wurde zur Marine eingezogen. Langweiliger Dienst in der Deutschen Bucht, in Wilhelmshaven, Cuxhaven, Kiel. Nichts mit heldenhaften Kämpfen. Stattdessen: einfache Tätigkeiten, Stillstehen, Kohleschippen, Antreten, Abzählen, Stillstehen, Rekruten schleifen, Exerzieren, Kohlen schaufeln, Antreten, Abzählen. Abwehr feindlicher Kampfschiffe. Die nie kamen. Dann Baltikum, Kiel und Warnemünde. Und wieder Cuxhaven. Er schrieb weiter; und trat bei Weihnachtsfeiern auf. Für ein Gedicht wurde er an Weihnachten 1916 zum Vizefeuerwerker befördert, im Oktober 1917 zum Leutnant. Die letzte Kriegszeit verbrachte er auf einem abgelegenen Außenposten, wo er sich ein Terrarium einrichtete. Anfang 1918 starb der Vater. Nach einigem rastlosem Kreuz- und Quer-Reisen hörte Hans Bötticher auf zu existieren – und es trat auf: Joachim Ringelnatz. »Im November 19 schrieb ich neuartige Gedichte unter dem Pseudonym Wandelhub«, wie er in seiner Autobiografie verrätselt anmerkte.[12] Ganz ungewöhnlich waren Umbenennungen damals nicht. So wählte sich der Berliner Journalist Kurt Tucholsky gleich vier Pseudonyme. Gewandelt und herausgehoben hatte sich Hans Bötticher. Aber wie? Und wieso? Und weshalb Ringelnatz, ausgerechnet »Joachim Ringelnatz«?

12 GW, Bd. 5, S. 232

Einem Freund soll er einmal gesagt haben, der Name »Ringelnatz« habe keinerlei Bedeutung, er gefalle ihm, weil er ihn schützen würde wie eine Tarnkappe.[13] Zumindest das Bild von der Tarnkappe sollte sich als gegenstandslos erweisen. Denn Ringelnatz trat mit Macht und bald auch mit Erfolg, mit immer größerem Erfolg auf. Und mit ihm eine andere Figur, Kuttel Daddeldu. Die Physiognomie beider wurde zur literarischen Fusion. Doch vor Kuttel stand anderes. Das erste Nachkriegsbuch nämlich, das unter dem Namen »Joachim Ringelnatz« veröffentlicht wurde, im Oktober 1920, enthielt die skandalös lustigen *Turngedichte*, die ihm Durchbruch und Anerkennung brachten. Sie waren parodistisch subversiv, weil sie den manisch betriebenen Turnsport tief durch den Kakao zogen. Martialischem Körperpathos entzog Ringelnatz durch grotesken Klamauk und abseitige Pointen und unerwartet große Fallhöhen – nicht jede leibliche Äußerung ist eine diskret kontrollierbare (Stichwort: Darmwind) – jeden Grund. Unter der Hand waren seine so witzsprühenden Poeme hochliterarisch, spielten mit Gedichten Goethes, Heines, anderer heute vergessener, einst beliebter Autoren des 19. Jahrhunderts. Und waren dabei hochmodern, etwa das lautmalerische Gedicht über einen Boxkampf, das so einsetzt: »Bums! – Kock, Canada: – Bums! / Käsow aus Moskau: Puff! Puff! / Kock der Canadier: – Plumps!«.

Ebenfalls 1920 erschien *Kuttel Daddeldu oder das schlüpfrige Leid*: der zweite, der endgültige Durchbruch. Beide Bücher werden rasch nachgedruckt. Noch rascher wurde Ringelnatz nun gebucht, als Vortragskünstler. Er wurde zum »reisenden Artisten«. Und trug seine Texte auf der Bühne vor, in Sälen, großen Theatern und Cabarets. Die nächsten zwölf Jahre sollte er, neun bis zehn Monate pro Kalenderjahr, unablässig reisen. Fand so neue Stoffe, Themen, Impressionen, etwa für seine Stadtge-

13 Herbert Günther: Joachim Ringelnatz mit Selbstzeugnissen und Bilddokumenten, Reinbek 2011, S. 43

dichte. Und schrieb immer und überall, Gedichte, Prosa, Briefe, sehr viele Briefe, in der Bahn, im Hotelzimmer, im Restaurant, auf der Aussichtsterrasse. Wurde überaus gefragter und umworbener Mitarbeiter vieler Zeitungen, Zeitschriften und Magazine, die seine Gedichte abdruckten; daneben malte er bemerkenswert gut; das ihm gewidmete feine Museum in Cuxhaven präsentiert heute die größte Auswahl seiner Gemälde.

Mit Kuttel Daddeldu verschmolz er für jene, die glaubten, auch im Privatleben trage Ringelnatz Matrosenanzug und sei immer angetrunken. Das Gegenteil stimmte, er schätzte gepflegte Kleidung und war immens produktiv: In 15 Jahren entstand ein Werk, das insgesamt 3000 (!) Buchseiten umfasst. Kuttel – das ist der Mariner, der alle Vorurteile der »Landratten« über das Leben der Matrosen glänzend bestätigt, ein jederzeit wie allerorten angetrunkener Seebär. Und ein naiver Trickster, sobald er die nassen maritimen Planken verlässt und einen Fuß auf festen Boden setzt. Wetterfest ist er, kosmopolitisch diverse Sprachen miteinander verschneidend – »Gud morning! – Sdrastwuide! – Bong Jur, Daddeldü! / Bon tscherno! Ok phosphor! Tsching – tschung! Bablabü!«[14] – aufschneiderisch, bramabarsierend, prahlerisch. Als Schwerenöter sucht er das Herz am rechten Fleck der Seemannsbräute, die allzu oft abgewrackte Huren sind, in Hafenstädten, in denen ihm seine Heuer wie Sand aus den Taschen rinnt.

»Vielleicht«, meinten 1928 Hermann Sinsheimer und Peter Scher in ihrem *Buch von München* – und Scher war ein langjähriger, enger Freund Ringelnatzens –, »ist es überhaupt die Zeit, die, selber ringelnatzend, ihn erwählt hat, sie in all ihrer verwegenen, munteren und trotz scheinbar übertriebener Sachlichkeit doch eben wieder phantastischen Art so humorvoll auszudrücken.«[15]

---

14 GW, Bd. 1, S. 131

15 Hermann Sinsheimer und Peter Scher: Das Buch von München, München 1928, S. 103

Schon früh verstand sich der Sohn eines Schriftstellers auch als Sprachspieler, hatte Sprachspiele artistisch und verliebt in Klang, Alliteration, Reim und Assonanzen durchexerziert. Er hatte in München Umgang mit Mitgliedern der Hermetischen Gesellschaft gehabt, die, als handele es sich um ein Kloster oder einen Orden, für den Eintritt in ihre Reihen neue Namen ausgegeben hatten.[16] Während seiner Jahre auf See hatte er erlebt, dass einem jeden ein Kurz- oder Spitzname angehängt wurde, etwa »Schlangenmensch« für einen gelenkigen Matrosen, »Stiefbeen« für einen ungelenkigen. Er selber war an Bord als Aas, als Bengel oder, seine Nase im Blick, als Specht tituliert worden.[17] Er selber hatte seinen Hund »Frau Werner« genannt. Vor allem aber in seinen Korrespondenzen hatte er außergewöhnliche Anreden kreiert: »Mi« und »Bampf« und »Schneehase« für Freundinnen, »Muckelmann« für einen Hamburger Bekannten, »Otterfell« für seine Schwester Ottilie.[18] Und die wichtigste Frau seines Lebens, Leonharda Pieper, die ihn um 43 Jahre überleben sollte, nannte er zärtlich »Muschelkalk«.

»Mit meinesgleichen, den sogenannten Humoristen,« klagte schon anno 1918 der österreichische Humorist Alexander Roda Roda, »pflegt sich die Literaturgeschichte nur ganz hinten im Anhang zu befassen, flüchtig und in kleiner Schrift; auch das erst, wenn unsereins lange genug tot ist.«[19] »Humoristische«, unterhaltsame, leichte und scheinbar leichthändige Literatur ist noch immer das kleine, schiefe Stiefkind der Germanistik, das nur aus dem Augenwinkel wahrgenommen wird. Offenbar weil dieses Genre sich mit diebischem Vergnügen den humorbefreiten Anstrengungen der Deutungswissenschaften entzieht.

16 GW, Bd. 6, S. 282
17 GW, Bd. 6, S. 59
18 Ringelnatz: Briefe, S. 18, 390
19 Rotraut Hackermüller: Einen Handkuß der Gnädigsten. Roda Roda. Bildbiographie, Wien und München 1986, S. 8

Auf Ringelnatzens Schultern standen und stehen Heinz Erhardt und unzählig viele Nachfolgende, vom Hochseil-Lyriker Peter Rühmkorf (der sich eines erbat: »daß ihr vielleicht in die unterste Stufe / der Ringelnatztreppe / meinen Namen einkerbt.«[20]) bis zu Harry Rowohlt, Heino Jaeger oder Robert Gernhardt – die aber Ringelnatz nie imitieren konnten. Denn dessen an der Oberfläche konventionell gereimte Gedichte scheinen kleingroße *À propos*, Scheinbar-Nebenher-Verse, zu sein, sind aber ausgefeilt bis ins Kleinste und hochliterarisch – man hört immer wieder Heinrich Heine hindurch, Carl Michael Bellman und andere –, und viel nachdenklicher und tiefer, als das erste Hören, das erste Lachen es glauben machen wollen, die erste Lektüre trügt immer wieder. Sie sind ironisch und tragisch. Trotz der immensen Fülle finden sich in jedem eine überraschende Formulierung, Reiz und Glanz und stilistische Geistesblitzigkeit. Ringelnatz war mehr als »nur« ein »Humorist«, viel mehr als ein Komiker. Er kannte Zerrissenheit und Melancholie und Niederlagen und Aufschwung (nicht nur am Reck) und überschwänglichen Witz und gewaltiges Glück im Moment. Er besaß einen untrüglichen Sensus für den schief-absurden Anhauch der Welt, die von ihm wieder und wieder Lacher und Unterhaltung erwartete. Diesen Zwiespalt von Ablehnung und Rollenerwartung, Konformitätsattitüde und dissonant erklingender origineller Kreativität erkannte Ringelnatz selber und brachte dies im Gedicht *Der Komiker* auf den Punkt:[21]

Ein Komiker von erstem Rang
Ging eine Straße links entlang.
Die Leute sagten rings umher
Hindeutend: »Das ist der und der!«

---

20 Peter Rühmkorf: Wenn – aber dann. Vorletzte Gedichte, Reinbek 1999, S. 125

21 GW, Bd. 1, S. 309

Der Komiker fuhr aus der Haut
Nach Haus und würgte seine Braut.
Nicht etwa wie von ungefähr,
Nein ernst, als ob das komisch wär.

Das Ende von Joachim Ringelnatz war alles andere als komisch. 1930 aus München nach Berlin umgezogen und Autor im namhaften Ernst Rowohlt Verlag, sah er nun akut und scharf die Bedrohung der Demokratie und den Aufstieg der Nationalsozialisten. Ab 1933 konnte er kaum mehr publizieren, verdiente immer weniger, weil seine Bücher nicht nachgedruckt oder aus dem Buchhandel entfernt wurden. Da war er bereits unheilbar an Tuberkulose erkrankt. Er starb am 17. November 1934 im Alter von 51 Jahren. Drei Tage später wurde er auf dem Friedhof an der Heerstraße in Berlin beigesetzt (hier wurde auch Loriot begraben), seine Grabstätte befindet sich noch heute dort (Feld 12-D-21). »Dienstag, ½ 3 Uhr ganz nahe in einem Waldfriedhof, der in dichtem Nebel lag«, so seine Schwester, »war eine wunderschöne kleine Feier in einer mit Kerzen u. Lorbeeren reich geschmückten Halle, auf dem Sarg lag die Fahne u. ein Sträußchen von Muschelkalk u. es erklangen von der Orgel Seemannslieder u. zuletzt ›La Paloma‹ u. unter diesen Klängen wurde der Sarg hinaus getragen.«[22]

22 Ottilie Mitter in einem Brief an ihren Sohn vom 25.11.1934, zit. nach Friederike Schmidt-Möbus und Frank Möbus: Böses Ende 34, in: Frank Möbus, Friederike Schmidt-Möbus, Frank Woesthoff und Indina Woesthoff (Hrsg.): Ringelnatz! Ein Dichter malt seine Welt, Göttingen 2000, S. 256–262, hier S. 261

Von Joachim Ringelnatz ausgefüllter Fragebogen im Gästebuch seines Hamburger Freundes Carl H. Wilkens [Hautana, die Antwort bei Nr. 16, war der erste seriell hergestellte und 1913 patentierte Büstenhalter]:[23]

1. Frage:	Was essen Sie am liebsten?	Austern.
2. Frage:	Welches Temperament ist bei Ihnen vorherrschend?	Das linke.
3. Frage:	Haben Sie eine Weltanschauung?	Eine ganz kleine.
4. Frage:	Wie heißt Ihre Lieblingsblume?	Seegras.
5. Frage:	Was ist Ihnen die Erotik?	Heimlicher Sport.
6. Frage:	Welchen Duft schätzen Sie sehr?	W. C.
7. Frage:	Was verstehen Sie unter Glück?	Dito.
8. Frage:	Wie denken Sie über Frauen?	Ähnlich.
9. Frage:	Was trinken Sie am liebsten?	Terpentinöl.
10. Frage:	Welche Meinung haben Sie von der Ehe?	Eine dicke Ehrfurcht.
11. Frage:	Sind Sie diskret?	Warum nicht!
12. Frage:	Warum nicht?	Weshalb denn?
13. Frage:	Haben Sie Takt?	Ja, mehrere.
14. Frage:	Welches Buch lieben Sie vor allem?	Das Hamburger Adreßbuch.
15. Frage:	Wie ist Ihr Verhältnis zu Kunst und Wissenschaft?	Ein inniges.
16. Frage:	Welche Ausdrucksform und Richtung bevorzugen Sie?	Hautana.
17. Frage:	Haben Sie ein Ziel?	Nicht bei mir.
18. Frage:	Was erregt Ihre absolute Abneigung?	Der Tod.

23 Zit. Nach: In memoriam Joachim Ringelnatz. Privatdruck veranstaltet von Muschelkalk Ringelnatz. Leipzig 1937. Neu hrsg. von Frank Möbus, Berlin 2010, S. 79

In dem postum erschienenen *Kasperle-Bilderbuch*, das Joachim Ringelnatz im Winter 1933 für die kleine Tochter eines Bekannten getextet hatte, ist zu lesen:

Ich komme und gehe wieder,
Ich, der Matrose Ringelnatz.
Die Wellen des Meeres auf und nieder
Tragen mich und meine Lieder
Von Hafenplatz zu Hafenplatz.

Ihr kennt meine lange Nase,
Mein vom Sturm zerknittertes Gesicht.

Daß ich so gern spaße
Nach der harten Arbeit draußen,
Versteht ihr das?
Oder nicht?[24]

---

24 Helmut Heintel (Hrsg.): Das Kasperle-Bilderbuch, Ostfildern-Ruit 1993, S. 32

Ernster Rat an Kinder

Kinder, spielt mit einer Zwirnsrolle!

Gewaltigen Erfolg erzielt,
Wer eine große Rolle spielt.

Im Leben spielt zum Beispiel so,
Ganz große Rolle: der Popo.

Denkt nach, dann könnt ihr zwischen Zeilen
Auch mit geschlossenen Augen lesen,
Daß Onkel Ringelnatz bisweilen
Ein herzbetrunkenes Kind gewesen.

Bist du schon auf der Sonne gewesen?

Bist du schon auf der Sonne gewesen?
Nein? – Dann brich dir aus einem Besen
Ein kleines Stück Spazierstock heraus
Und schleiche dich heimlich aus dem Haus
Und wandere langsam in aller Ruh
Immer direkt auf die Sonne zu.
So lange, bis es ganz dunkel geworden.
Dann öffne leise dein Taschenmesser,
Damit dich keine Mörder ermorden.

Und wenn du die Sonne nicht mehr erreichst,
Dann ist es fürs erstemal schon besser,
Daß du dich wieder nach Hause schleichst.

Eine Erfindung machen

Nur für Kinder, die keinen Schiß haben

Wer was erfindet, wird furchtbar reich.
Was man erfindet, ist ganz gleich.
Wenn man nur allerlei Dinge zusammenmischt,
Noch länger, als bis es zischt, und das Richtige rausfischt,
Dann wird man in wenigen Stunden
Berühmt oder macht Gold.
Ich hab auch schon mal was zur Hälfte erfunden,
Aber Wolfgang, mein Bruder, wollte nicht mehr. –
Wenn ihr das etwa fertig erfinden wollt,
Will ich's euch sagen. Aber es ist sehr, furchtbar sehr schwer.
Das allerwichtigste ist die teure
Furchtbar gefährliche Salzsäure.
Entweder findet ihr die im Klosett
Hoch oben auf einem Brett.
Oder ihr müßt euch unter das Dienstmädchen stecken.
Dürft aber ja nicht dran lecken.

Erst legt ihr einen Goldfisch oder anderen Fisch –
Es kann auch ein Rollmops sein –
Nicht etwa auf den Tisch,
Sondern: Auf Elfenbein.
Und zwar auf die weißen Tasten von dem Klavier.
Müßt aber die Fische vorher mit Bier
Und Zahnpulver kneten
Und auch erst tottreten,
Damit sie auch liegenbleiben.

Nun müßt ihr Seife, dann Zwiebel darüber reiben.
Dann müßt ihr Pfennige, Nachtleuchterstücken
und anderes Kupfer tief in die Fische drücken
Und nun darüber langsam Salzsäure träufeln.
Dann holt ihr schnell eine Schaufel (eigentlich zwei Schäufeln)
Voll glühender Kohlen.
Wolfgany ließ mich damals die zweite Schaufel nicht holen.
Der dumme Ochse ist ja zu unverschämt.
Aber ihr müßt das zu Ende bringen.
Wenn ihr noch Soda und Wachs und so was zu nehmt,
Dann wird's schon gelingen.
Und wenn eure Eltern was wollen,

Dann müßt ihr zum Trotz in die glühenden Kohlen fassen.
Und sagt nur ganz barsch: Sie sollen
Sich lieber und recht bald begraben lassen.

Abzähl-Reime

Bülow, Nolle, Witte, Zoo …
Auf dem Dache sitzt ein Floh,
Der sich nicht zu helfen wo.

Konikoki Kakadu …
Rose auf und Rose zu.
Ferkel Ei und Ferkel Zwei.
Wer nicht fehlt, ist mit dabei.

Stachus, Kios, Kaos, Kies,
Spinne, Speise, Scheiße, schieß.
Sexu Elefant Asie.
Fische haben nie kein Knie.

Ritze Rotze Ringelratz
Zwei Miezeschwein, ein Grunzekatz.
Mein Großpapa heißt Lali,
Der wird des Nachts ganz lila.

Die Feder

Ein Federchen flog über Land;
Ein Nilpferd schlummerte im Sand.

Die Feder sprach: »Ich will es wecken!«
Sie liebte, andere zu necken.

Aufs Nilpferd setzte sich die Feder
Und streichelte sein dickes Leder.

Das Nilpferd öffnete den Rachen
Und mußte ungeheuer lachen.

Der Funke

Es war einmal ein kleiner Funke.
Das war ein großer Erzhallunke.

Er sprang vom Herd und wie zum Spaß
Gerade in ein Pulverfaß.

Das Pulverfaß, das knallte sehr;
Da kam sofort die Feuerwehr

Und spritzte dann mit Müh und Not
Das Feuer und das Fünkchen tot.

Der Edelstein

Der gute König Magarone
Trug einen Stein in seiner Krone.

Es war ein schöner Edelstein,
Er funkelte wie Sonnenschein.

Ein böser König kam aus Polen,
Um sich den Edelstein zu holen.

Sie stritten sich fast zehn Minuten,
Der böse König mit dem guten.

Dann kam ein fürchterlicher Krieg.
Der gute König kam zum Sieg.

Und schenkte – weil er sich so freute –
Den Edelstein an arme Leute.

Die Seifenblase

Es schwebte eine Seifenblase
Aus einem Fenster auf die Straße.

»Ach nimm mich mit dir«, bat die Spinne
Und sprang von einer Regenrinne.

Und weil die Spinne gar nicht schwer,
Fuhr sie im Luftschiff übers Meer.

Da nahte eine böse Mücke,
Sie stach ins Luftschiff voller Tücke.

Die Spinne mit dem Luftschiff sank
Ins kalte Wasser und ertrank.

Das Ei

Es fiel einmal ein Kuckucksei
Vom Baum herab und ging entzwei.

Im Ei da war ein Krokodil;
Am ersten Tag war's im April.

Der Floh

Herr Müller hatte einen Floh,
Der stach Herrn Müller irgendwo.

Herr Müller dankte für die Ehre,
Dann nahm er eine lange Schere

Und schnitt ihn in zwei gleiche Teile.
Jedoch, nach einer kurzen Weile,

Da wurden aus dem einen Floh
Zwei neue Flöh' daraus. – Oho!

Da sprach der eine von den beiden:
»Man muß nicht einen Floh zerschneiden.«

Die Nadel

Ein Schneider eine Nadel fand,
Die stach den Schneider in die Hand.

Der Schneider sprang entsetzt zurück,
Die Nadel sprach, ich bring' dir Glück.

Der König hörte Schneiders Leid,
Und er bestellte sich ein Kleid.

Der Schneider nähte dieses gleich;
Am andern Tage war er reich.

So hat die Nadel über Nacht
Dem armen Schneider Glück gebracht.

Das Samenkorn

Ein Samenkorn lag auf dem Rücken,
Die Amsel wollte es zerpicken.

Aus Mitleid hat sie es verschont
und wurde dafür reich belohnt.

Das Korn, das auf der Erde lag,
Das wuchs und wuchs von Tag zu Tag.

Jetzt ist es schon ein hoher Baum
Und trägt ein Nest aus weichem Flaum.

Die Amsel hat das Nest erbaut;
Dort sitzt sie nun und zwitschert laut.

Der Wassertropfen

Ein Wassertropfen fiel vom Himmel;
Es war ein ungezog'ner Lümmel.

Im Grase schlief ein dummer Hase,
Der Tropfen fiel auf seine Nase.

Der Hase dachte sich dabei,
Daß er jetzt totgeschossen sei.

Er sprang in seinem großen Schreck
Aus seinem sicheren Versteck.

Der Jägersmann stand an der Straße
Und schoß ihn wirklich in die Nase.

Der Knopf

Es war ein Knopf an Fritzens Mütze,
Der machte ungezogne Witze.

Erst strampelte er stundenlang,
Worauf er von der Mütze sprang.

Er fiel auf einen Kieselstein,
Dort schlief er ganz ermüdet ein.

Und eine Schlange sah den Schläfer;
Sie dachte sich, es sei ein Käfer.

Und weil der Käfer ihr gefiel,
So fraß sie ihn mit Stumpf und Stiel.

Der Stein

Ein kleines Steinchen rollte munter
Von einem hohen Berg herunter.

Und als es durch den Schnee so rollte,
Ward es viel größer als es wollte.

Da sprach der Stein mit stolzer Miene:
»Jetzt bin ich eine Schneelawine.«

Er riß im Rollen noch ein Haus
Und sieben große Bäume aus.

Dann rollte er ins Meer hinein,
Und dort versank der kleine Stein.

Wer hört ein Stäubchen lachen?

Wer hört ein Stäubchen lachen?

Stäubchen stob durch die Stube.
Dort saß ein kleiner Bube
(Der Stäubchen wie ein Riese erschien)
Vor einem Stadtplan von Berlin.

Stäubchen lachte: »Berlin ist klein!«
Drang in Bübchens Nase hinein
Und ließ sich von dem Riesen
Wieder ins Weltall niesen.

Arm Kräutchen

Ein Sauerampfer auf dem Damm
Stand zwischen Bahngeleisen,
Machte vor jedem D-Zug stramm,
Sah viele Menschen reisen

Und stand verstaubt und schluckte Qualm
Schwindsüchtig und verloren,
Ein armes Kraut, ein schwacher Halm,
Mit Augen, Herz und Ohren.

Sah Züge schwinden, Züge nahn.
Der arme Sauerampfer
Sah Eisenbahn um Eisenbahn,
Sah niemals einen Dampfer.

Das scheue Wort

Es war ein scheues Wort.
Das war ausgesprochen
Und hatte sich sofort
Unter ein Sofa verkrochen.

Samstags, als Berta das Sofa klopfte,
Flog es in das linke, verstopfte
Ohr von Berta. Von da aus entkam es.
Ein Windstoß nahm es,
Trug es weit und dann hoch empor,
Wo es sich in das halbe, bange
Gedächtnis eines Piloten verlor.

Fiel dann an einem Wiesenhange
Auf eine umarmte Arbeiterin nieder,
Trocknete deren Augenlider.
Wobei ein Literat es erwischte
Und, falsch belauscht,
Eitel aufgebauscht,
Mittags dann seichten Fressern auftischte.

Und das arme, mißbrauchte,
Zitternde scheue Wort
Wanderte weiter und tauchte
Wieder auf, hier und dort.
Bis ein Dichter es sanft einträumte,
Ihm ein stilles Palais einräumte. –

Kam aber sehr bald ein Parodist
Mit geschäftlich sicherem Blick,
Tauchte das Wort mit Speichel und Mist
In einen Aufguß gestohlner Musik.

So ward es publik.
So wurde es volkstümlich laut.
Und doch nur sein Äußeres, seine Haut,
Das Klangliche und das Reimliche.
Denn das Innerste, Heimliche
An ihm war weder lauschend noch lesend
Erreichbar, blieb öffentlich abwesend.

Im Park

Ein ganz kleines Reh stand am ganz kleinen Baum
Still und verklärt wie im Traum.
Das war des Nachts elf Uhr zwei.
Und dann kam ich um vier
Morgens wieder vorbei,
Und da träumte noch immer das Tier.
Nun schlich ich mich leise – ich atmete kaum –
Gegen den Wind an den Baum
Und gab dem Reh einen ganz kleinen Stips.
Und da war es aus Gips.

Der Globus

»Wo sitzt«, so frug der Globus leise
Und naseweise die weise, weiße,
Unübersehbar weite Wand,
»Wo sitzt bei uns wohl der Verstand?«

Die Wand besann sich eine Weile,
Sprach dann: »Bei dir – im Hinterteile!«

Nun dreht seitdem der Globus leise
Sich um und um herum im Kreise –
Als wie am Bratenspieß ein Huhn,
Und wie auch wir das schließlich tun –,
Dreht stetig sich und sucht derweil
Sein Hinterteil, sein Hinterteil.

Bumerang

War einmal ein Bumerang;
War ein weniges zu lang.
Bumerang flog ein Stück,
Aber kam nicht mehr zurück.
Publikum – noch stundenlang –
Wartete auf Bumerang.

Logik

Die Nacht war kalt und sternenklar,
Da trieb im Meer bei Norderney
Ein Suahelischnurrbarthaar. –
Die nächste Schiffsuhr wies auf drei.

Mir scheint da mancherlei nicht klar,
Man fragt doch, wenn man Logik hat,
Was sucht ein Suahelihaar
Denn nachts um drei am Kattegat?

Lustig quasselt

Lustig quasselt der seichte Bach.
Scheinchen scheppern darüber flach.
Stumm gegen die Wellchen steht ein Stein,
Sieht – wie mir scheint –
Ernst aus und verweint.

Denn es macht traurig, unbequem zu sein.

Weiß nicht mehr, was ich sagen wollte

Angegriffen und doch unversehrt
Rollt ein Bächlein zu Tale.
Und ein Stahlhelm ist umgekehrt
Eine stillende Schale.

Mancher Dieb wird erwischt.
Jedes Leben erlischt.
Zu dem Staubgefäß in der Dolde
Schleicht sich auch mancher Dieb –
Ich weiß gar nicht mehr, was ich sagen wollte –
Sei lieb!

Ein Kehlkopf litt an Migräne

Ein Kehlkopf litt an Migräne
Und schrie wie eine Hyäne,
Er schrie sich wund.
Doch als ihm niemand zu Hilfe kam
Und niemand ein Geschrei vernahm,
War er auf einmal – – – gesund.

Abschiedsworte an Pellka

Jetzt schlägt deine schlimmste Stunde,
Du Ungleichrunde,
Du Ausgekochte, du Zeitgeschälte,
Du Vielgequälte,
Du Gipfel meines Entzückens.
Jetzt kommt der Moment des Zerdrückens
Mit der Gabel! – – Sei stark!
Ich will auch Butter und Salz und Quark
Oder Kümmel, auch Leberwurst in dich stampfen.
Mußt nicht so ängstlich dampfen.
Ich möchte dich doch noch einmal erfreun.
Soll ich Schnittlauch über dich streun?
Oder ist dir nach Hering zumut?
Du bist ein so rührend junges Blut. –
Deshalb schmeckst du besonders gut.
Wenn das auch egoistisch klingt,
So tröste dich damit, du wundervolle
Pellka, daß du eine Edelknolle
Warst und daß dich ein Kenner verschlingt.

Meine Schuhsohlen

Sie waren mir immer nah.
Obwohl ich sie selten sah,
Die Sohlen meiner Schuhe.

Sie waren meinen Fußsohlen hold.
An ihnen klebt ewige Unruhe
Und Dreck und Blut und vielleicht sogar Gold.

Sie haben sich aufgerieben
Für mich und sahen so selten das Licht.

Wer seine Sohlen nicht lieben
Kann, liebt auch die Seelen nicht.

Mir ist seit einigen Tagen
Das Herz so schwer.
Ich muß meine Sohlen zum Schuster tragen,
Sonst tragen sie mich nicht mehr.

Es war einmal ein Kragenknopf

Es war einmal ein Kragenknopf
Mit einer Mechanik am Kopf.
Der Kragenknopf saß im Genick.
Er schnipste mit der Mechanik,
Worauf mit unheilvollem Klang
Ein Kragen, der den Hals umschlang,
Elastisch aus der Angel sprang.
Ein Finger mühte sich durch Knipsen,
Ihn wieder richtig einzuschnipsen,
Doch weil ihm das nicht wollte glücken,
Ergriff besagter Kragenknopf
Schnell die Gelegenheit beim Schopf
Und rutschte an des Menschen Rücken
Mit nie geahnter Blitzesschnelle
Hinab nach jener düstern Stelle,
Die sich der arme Mensch verletzt,
Wenn er sich auf was Spitzes setzt.

Die Schnupftabaksdose

Es war eine Schnupftabaksdose,
Die hatte Friedrich der Große
Sich selbst geschnitzelt aus Nußbaumholz.
Und darauf war sie natürlich stolz.

Da kam ein Holzwurm gekrochen,
Der hatte Nußbaum gerochen.
Die Dose erzählte ihm lang und breit
Von Friedrich dem Großen und seiner Zeit.

Sie nannte den alten Fritz generös.
Da aber wurde der Holzwurm nervös
Und sagte, indem er zu bohren begann:
»Was geht mich Friedrich der Große an!«

Der Briefmark

Ein männlicher Briefmark erlebte
Was Schönes, bevor er klebte.
Er war von einer Prinzessin beleckt.
Da war die Liebe in ihm erweckt.

Er wollte sie wiederküssen,
Da hat er verreisen müssen.
So liebte er sie vergebens.
Das ist die Tragik des Lebens!

Emanuel Pips

Zu seinem 81. Geburtstag

Den Kammerjäger Emanuel Pips
Vom linken Ufer des Mississipps
Mochte jedermann leiden.
Er war äußerst bescheiden.
Er trug acht Zentimeter Rips
Als Anzug und einen Seiden-
Faden in Grün als Schlips,
Fragte niemals nach Rennbahntips,
Hatte überhaupt keinen Grips,

Aß einmal am Tage (potato-ships),
Trank alkoholfreie Salzwasserflips,
Wurde trotz alledem magenkrank
Und starb am Schwips.
Seine kleine Büste aus Gips
Steht unter anderen Nippes
Heute auf meinem Bücherschrank.

Berichtigung: Kammerjäger Pips
Schrieb sich eigentlich innen mit Yps-
Ilon, doch war so bescheiden und lieb,
Daß es ihm gleich war, wie man ihn schrieb.

Schwefelholz

War einmal ein Schwefelholz,
Das sich mit erhabnem Stolz
Einen Anarchisten nannte
Und ein ganzes Haus verbrannte.
Dieses war schon ungewöhnlich,
Doch es kannte auch persönlich
Meyers Taschenlexika,
Ganz speziell das Bändchen »A«,
Weshalb es sich nach dem Brande
An besagtes Bändchen wandte
Mit den Worten: »Sag, was ist
Eigentlich ein Anarchist?«

Ringelnatter

»Nein«, schimpfte die Ringelnatter, »die Mode
Von heutzutage, die wurmt mich zu Tode.
Jetzt soll man täglich, sage und schreibe,
Zweimal die Wäsche wechseln am Leibe.

Und immer schlimmer wird's mit den Jahren.
Es ist rein um aus der Haut zu fahren!«
So schimpfte die Ringelnatter laut,
Und wirklich fuhr sie aus der Haut.

Der Vorfall war nicht ohne Bedeutung,
Denn zoologisch nennt man das Häutung.

Sie faule, verbummelte Schlampe

»Sie faule, verbummelte Schlampe«,
Sagte der Spiegel zur Lampe.
»Sie altes, schmieriges Scherbenstück«,
Gab die Lampe dem Spiegel zurück.
Der Spiegel in seiner Erbitterung
Bekam einen ganz gewaltigen Sprung.
Der zornigen Lampe verging die Puste.
Sie fauchte, rauchte, schwelte und rußte.
Das Stubenmädchen ließ beide in Ruhe
Und doch: Ihr schob man die Schuld in die Schuhe.

Das Schlüsselloch

Das Schlüsselloch, das im Haustor saß,
Erlaubte sich nachts einen Spaß.
Es nahten Studenten
Mit Schlüsseln in Händen.
Da dachte das listige Schlüsselloch:
Ich will mich verstecken,
Um sie zu necken!
Worauf es sich wirklich seitwärts verkroch.
Alsbald nun tasteten die Studenten
Suchend,
Fluchend,

Mit Händen
An Wänden.
Und weil sie nichts fanden, zogen sie weiter.
Schlüsselloch lachte heiter.

(Die Herren erreichten ihr Zimmer nimmer.
Eigentlich war die Sache noch schlimmer.
Ich selbst war nämlich bei den Studenten –
Doch lassen wir es dabei bewenden.)

Es trafen sich von ungefähr

Es trafen sich von ungefähr
Ein Wolf, ein Mensch sowie ein Bär,
Und weil sie lange nichts gegessen,
So haben sie sich aufgefressen.
Der Wolf den Menschen, der den Bär,
Der Bär den Wolf. – Es schmeckte sehr
Und blieb nichts übrig als ein Tuch,
Drei Haare und ein Wörterbuch.
Das war der Nachlaß dieser drei.
Der eine Mensch, der hieß Karl May.

Ein Pflasterstein

Ein Pflasterstein, der war einmal
Und wurde viel beschritten.
Er schrie: »Ich bin ein Mineral
Und muß mir ein für allemal
Dergleichen streng verbitten!«

Jedoch den Menschen fiel's nicht ein,
Mit ihm sich zu befassen,
Denn Pflasterstein bleibt Pflasterstein
Und muß sich treten lassen.

Ruhe ist viel wert

»Ruhe ist viel wert«,
Sagte das Nilpferd
Und setzte sich in ’was Weiches.

Der Elefant tat ein Gleiches.

Es lebte an diskretem Orte

Es lebte an diskretem Orte
Ein Stückchen Seife, bester Sorte,
In einem Porzellanbehälter.
Das ward mit jedem Tage älter.
Weil es mit Moschusduft durchhaucht,
Ward es vom Menschen gern gebraucht.
Einstmals – das wann und wie ist schnuppe –
Geriet es in die Erbsensuppe.
Der Mensch benahm sich miserabel.
Er stach die Seife mit der Gabel,
Beroch sie roh und rief: »Pfui, Spinne!«
Da schwanden ihr vor Angst die Sinne.

Die Badewanne

Die Badewanne prahlte sehr.
Sie hielt sich für das Mittelmeer
Und ihre eine Seitenwand
Für Helgoländer Küstenland.
Die andre Seite – gab sie an –
Sei das Gebirge Hindustan,
Und ihre große Rundung sei
Bestimmt die Delagoabai.
Von ihrem spitzen Ende vorn

Erklärte sie, es sei Kap Horn.
Den Kettenzug am Regulator
Hielt sie sogar für den Äquator.
Sie war – nicht wahr, das merken Sie? –
Sehr schwach in der Geographie.
Dies eingebildete Bassin.
Es wohnte im Quartier latin.

Es waren einmal zwei Gummischuh

Es waren einmal zwei Gummischuh,
Die waren stehen gelassen.
Ihr Herr, der suchte sie immerzu
Und konnte sie nirgend fassen.

Er suchte sie nah und suchte sie fern,
Er suchte sie vorn und hinten,
Und die Gummischuhe suchten den Herrn
Und konnten ihn nirgend finden.

Der Herr durchsuchte die ganze Welt;
Die Gummischuhe desgleichen,
Und wenn die Sache so weitergeht,
So werden sie nie sich erreichen.

Ein Gemisch

Es bildete sich ein Gemisch
Von Stachelschwein und Tintenfisch.
Die Wissenschaft, die teilt es ein
In Stachelfisch und Tintenschwein.
Der Fisch bewohnt den Ozean.
Gefährlich ist es, ihm zu nahn.
Das Tintenschwein trifft man in Büchern,

An Fingerspitzen, Taschentüchern.
Es ist – das liegt ja auf der Hand –
Dem Igelschwein noch sehr verwandt.

Der Lackschuh

Lackschuh sprach zum Wasserstiebel:
»Lieber Freund, du riechst so übel.
Und du bist nach meiner Meinung
Eine störende Erscheinung.
Darum muß wohl von uns beiden
Einer dieses Schuhhaus meiden.«
Stiefel lächelte dazu
Und begann: »Verehrter Schuh,
Wenn du jenes Sprichwort kennst:
Alles ist nicht Gold, was glänzt,
Nimm es besser dir zu Herzen,
Denn die Welt, sie liebt zu schwärzen,
Was da glänzt, auch zieht sie keck
Das Erhabne in den Dreck.
Will dein Lack mir auch gefallen,
Teurer Schuh, bedenke doch,
Wenn der Lack in Staub zerfallen,
Lebt das fette Leder noch.
Niemals hieltest du den nassen
Kalten Wasserfluten stand,
Denn die Elemente hassen
Das Gebild von Menschenhand.«
Und der Schuh verbeugte sich.
Darauf sprach er ernst und würdig:
»Freund, ich überzeugte mich,
Daß du mir ganz ebenbürtig.
Leider war mir anfangs duster,
Was mir jetzt Gewißheit ist,

Daß du Meisterwerk vom Schuster
Wasser-Dichter Stiefel bist.«

Ein Taschenkrebs

Ein Taschenkrebs und ein Känguruh,
Die wollten sich ehelichen.
Das Standesamt gab es nicht zu,
Weil beide einander nicht glichen.

Da riefen sie zornig: »Verflucht und verdammt
Sei dieser Bureaukratismus!«
Und hingen sich auf vor dem Standesamt
An einem Türmechanismus.

Frau Teemaschine

Frau Teemaschine sang auf dem Feuer.
Der Beifall war ganz ungeheuer.
Ja, ihre Base Petroleumkanne
War von dem Liede ganz gefangen.
Ihr rannen die Tränen über die Wangen
Und tropften gerade in eine Pfanne,
In der ein Schweinebraten briet,
Der ausgezeichnet dann geriet.
War auch Petroleum drauf geflossen,
Er wurde trotzdem doch genossen.
Sein Herr war mit dem Koch zufrieden.

(Besagter Herr war ein Kosak;
Sein Leibgericht war Siegellack.)

Ja, die Geschmäcker sind verschieden.

Man stirbt hier vor Langeweile

Man stirbt hier vor Langeweile,
Dachte die Nagelfeile
Beim Mittagessen!
Und machte sich, wie von ungefähr,
Über den Fingernagel her,
Beim Mittagessen!
Da begann eine silberne Gabel zu schrein:
»Meine Dame – – Sie sind hier nicht allein!«

Im dunklen Erdteil Afrika

Im dunklen Erdteil Afrika
Starb eine Ziehharmonika.
Sie wurde mit Musik begraben.
Am Grabe saßen zwanzig Raben.
Der Rabe Num'ro einundzwanzig
Fuhr mit dem Segelschiff nach Danzig
Und gründete dort etwas später
Ein Heim für kinderlose Väter.
Und die Moral von der Geschicht? –
Die weiß ich leider selber nicht.

Der Mensch

Der Mensch braucht – ohne sich zu sputen –
Zum Kilometer zwölf Minuten.
Die Wanderratte läuft so weit
In ungefähr derselben Zeit.

Da nun genannte Wanderratte
Bis dato stets vier Beine hatte,

Wie schnell läuft da ein Tausendfuß? – –
Ich weiß es wirklich nicht. Weißt du's?

Tante Qualle und der Elefant

Die Tante Qualle schwamm zum Strand.
Es liebte sie ein Elefant,
Mit Namen Hildebrand genannt.
Der wartete am Meeresstrand
Mit einem Sträußchen in der Hand.
Das übergab er ihr galant
Und bat um Tante Quallens Hand.
Da knüpften sie ein Eheband.
Der Doktor Storch, der abseits stand,
Der dachte: »Armer Hildebrand!«
Worauf er weiterging und lachte.
– – – – – – – – – – – – – – – – –
Warum der Storch wohl so was dachte?

Unterm Tisch

Es war ein Stückchen Fromage de brie,
Das fiel untern Tisch. Man sah nicht wie.
Dort standen zwei Lackschuh mit silbernen Schnallen.
Die fanden an dem Fromage Gefallen
Und traten nach einiger Überwindung
Mit ihm in ganz intime Verbindung.
Als abends die beiden Schnallengezierten
In einer feudalen Gesellschaft soupierten,
Erhoben sich plötzlich zwei andere Schuhe
Und knarrten verlegen und baten um Ruhe
Und sagten, als alles ruhig war:
»Verehrte, es – riecht hier so sonderbar.«

Ein Nagel

Ein Nagel saß in einem Stück Holz.
Der war auf seine Gattin sehr stolz.
Die trug eine goldene Haube
Und war eine Messingschraube.
Sie war etwas locker und etwas verschraubt,
Sowohl in der Liebe, als auch überhaupt.
Sie liebte ein Häkchen und traf sich mit ihm
In einem Astloch. Sie wurden intim.
Kurz, eines Tages entfernten sie sich
Und ließen den armen Nagel im Stich.
Der arme Nagel bog sich vor Schmerz.
Noch niemals hatte sein eisernes Herz
So bittere Leiden gekostet.
Bald war er beinah verrostet.
Da aber kehrte sein früheres Glück,
Die alte Schraube, wieder zurück.
Sie glänzte übers ganze Gesicht.
Ja, alte Liebe, die rostet nicht!

Der Spiegel

Der Spiegel, der Kamm
Und der Schwamm
Und das weiße Handtuch an der Wand
Und ein Mann, der hinter dem Kleiderschrank stand,
Die warteten auf das schöne Mädchen
Käthchen.
Und endlich, endlich kam Käthchen gegangen.
Da küßte der Schwamm ihr Mund und Wangen,
Und sie küßte den Schwamm und beugte sich nieder
Und küßte das Handtuch und küßte es wieder.
Sie ließ sich von dem Spiegel umschmeicheln

Und von dem Kamme ihr Goldhaar streicheln.
Dann sagte sie allen recht schönen Dank.
Dann sah sie den Mann hinterm Kleiderschrank
Und rannte davon und schrie dabei:
»Zu Hilfe! Mörder!« und »Polizei!« – –
– –

Der Mensch glaubt über den Dingen zu stehen.
Hier war das Gegenteil deutlich zu sehen.

Es war eine gelbe Zitrone

Es war eine gelbe Zitrone,
Die lag unter einer Kanone,
Und deshalb bildete sie sich ein,
Eine Kanonenkugel zu sein.
Der Kanonier im ersten Glied,
Der merkte aber den Unterschied.
– – – – – – – – – – – – – – – – – – –

Bemerkt sei noch zu diesem Lied,
Ein Unterschied ist kein Oberschied.

Das Nadelkissen

Das Nadelkissen bildete sich ein,
Mit dem Stachelschwein
Verwandt zu sein.
Das Nadelkissen
Ist, wie wir wissen,
Eine recht nützliche Erscheinung.
Natürlich sind wir ganz seiner Meinung.

Es war einmal ein Kannibale

Es war einmal ein Kannibale,
Der war aus Halle an der Saale.
Man sah ihn oft am Bodensee
Für zwanzig Pfennige Entree.

Ein bettelarmer, braver Mann

Ein bettelarmer, braver Mann,
Der Tag und Nacht nur Gutes sann
Und gar nichts mehr zu essen hatte
Als eine halbverweste Ratte,
Der auch kein Bett besaß zum Schlafen,
Der ging in seiner höchsten Not
Zu einem reichen, stolzen Grafen
Und bat ihn um ein Stückchen Brot.
Der Graf nahm das gewaltig übel
Und schlug mit dem Champagnerkübel
Den braven Bettler lächelnd tot.
Doch niemand wagte es, den Grafen
Für solche Freveltat zu strafen.
Und deshalb wurde sein Betragen
Dann mit den Jahren noch viel schlimmer. –

So manchen Leser hör' ich sagen:
Ja, ja! – Ja, ja! – So ist das immer!

Ich aber denke still für mich:
Der Leser ist ein Gänserich.

Ein kühnes Roßhaar

Ein kühnes Roßhaar erklärte den andern:
Es müsse aus der Matratze wandern.
Es poche auf seine Großjährigkeit,
Und es liege in seiner Roßhärigkeit
Der Trieb zum Wandern. Da rief es: »Adieu!«
Und damit schnellte es sich in die Höh'.
Ein Mensch saß auf besagter Matratze.
Das Roßhaar hüpfte auf seine Glatze,
Und weil es sehr gut gedieh an dem Orte,
So wuchsen dort bald noch mehr von der Sorte.

Es war ein Stahlknopf irgendwo

Es war ein Stahlknopf irgendwo,
Der ohne Grund sein Knopfloch floh.
(Vulgär gesprochen: Es stand offen.)
Ihm saß ein Fräulein vis-à-vis.
Das lachte plötzlich: Hi hi hi.
Da fühlte sich der Knopf getroffen
Und drehte stumm
Sich um.

Solch' Peinlichkeiten sind halt nur
Die schlimmen Folgen der Kultur.

Als ich noch ein Seepferdchen war

Seepferdchen

Als ich noch ein Seepferdchen war,
Im vorigen Leben,
Wie war das wonnig, wunderbar,
Unter Wasser zu schweben.
In den träumenden Fluten
Wogte, wie Güte, das Haar
Der zierlichsten aller Seestuten,
Die meine Geliebte war.
Wir senkten uns still oder stiegen,
Tanzten harmonisch umeinand,
Ohne Arm, ohne Bein, ohne Hand,
Wie Wolken sich in Wolken wiegen.
Sie spielte manchmal graziöses Entfliehn,
Auf daß ich ihr folge, sie hasche,
Und legte mir einmal im Ansichziehn
Eierchen in die Tasche.
Sie blickte traurig und stellte sich froh,
Schnappte nach einem Wasserfloh
Und ringelte sich
An einem Stengelchen fest und sprach so:

Ich liebe dich!
Du wieherst nicht, du äpfelst nicht,
Du trägst ein farbloses Panzerkleid
Und hast ein bekümmertes altes Gesicht,
Als wüßtest du um kommendes Leid.
Seestütchen! Schnörkelchen! Ringelnaß!
Wann war wohl das?
Und wer bedauert wohl später meine restlichen Knochen?
Es ist beinahe so, daß ich weine –
Lollo hat das vertrocknete, kleine
Schmerzverkrümmte Seepferd zerbrochen.

Seehund zum Robbenjäger

»Ich bin ein armer Hund.
Ich habe keine Brieftasche. Im Gegenteil:
Man macht aus mir welche; sehr wohlfeil.
Und Wohlfeil ist Schund.

Taten wir jemals Menschen beißen?!
Im Gegenteil: Jedes menschliche Kind
Wird uns, wenn wir auf dem Lande sind,
Mit Steinen totschmeißen.

Wie ihr Indianer und Neger
Nicht glücklich für sich leben ließt,
Stellt ihr uns nach und schießt
Uns nieder. Für Bettvorleger!

Wo ihr Menschen Freischönes erschaut,
Öffnet ihr, staunend, euren Rachen.
Warum erstrebt ihr es nicht, euch vertraut
Mit den Tieren zu machen?

Wilde Tiere sahen allem, was neu
Und friedlich war, anfangs unsicher zu.
Wer nahm den wilden Tieren die Ruh?
Wer gab ihnen zur Angst die Wut?

Der Mensch verkaufte Instinkt und Scheu.
Das Tier ist ehrlich und deshalb gut.«

Übergewicht

Es stand nach einem Schiffsuntergange
Eine Briefwaage auf dem Meeresgrund.
Ein Walfisch betrachtete sie bange,
Beroch sie dann lange,
Hielt sie für ungesund,
Ließ alle Achtung und Luft aus dem Leibe,
Senkte sich auf die Wiegescheibe
Und sah – nach unten schielend – verwundert:
Die Waage zeigte über hundert.

Im Aquarium in Berlin

Aus tiefster Nacht alles Grauen
Im Funkeln kindlicher Fernseligkeit.
Deine eigenen Augen schauen
Dich an durch tausendjährige Zeit.

Zwischen atmendem Stein und Mimose
Wandert und wundert, ohne Schrei,
Ohne Klage, das nicht seelenlose,
Nur seelenbindende Vorbei.

Auch dein Herz ist stehengeblieben
Und lauscht – du merkst es nicht –

Auf etwas, was nie geschrieben
ist und was keiner spricht.

Pinguine

Auch die Pinguine ratschen, tratschen,
Klatschen, patschen, watscheln, latschen,
Tuscheln, kuscheln, tauchen, fauchen
Herdenweise, grüppchenweise
Mit Gevattern,
Pladdern, schnattern
Laut und leise.
Schnabel-Babelbabel-Schnack,
Seriöses, Skandalöses, Hiebe, Stiche.

Oben: Chemisette mit Frack.
Unten: lange, enge, hinderliche
Röcke. – Edelleute, Bürger, Pack,
Alte Weiber, Professoren.

Riesenvolk, in Schnee und Eis geboren.
Sie begrüßen herdenweise
Ersten Menschen, der sich leise
Ihnen naht. Weil sie sehr neugierig sind.
Und der erstgesehene Mensch ist neu.
Und Erfahrungslosigkeit starrt wie ein kleinstes Kind
Gierig staunend aus, jedoch nicht scheu.

Riesenvolk, in Schnee und Eis geboren,
Lebend in verschwiegener Bucht
In noch menschenfernem Lande.
Arktis-Expedition. – Revolverschuß –:
Und das Riesenvolk, die ganze Bande
Ergreift die Flucht.

Ein ganzes Leben

»Weißt du noch«, so frug die Eintagsfliege
Abends, »wie ich auf der Stiege
Damals dir den Käsekrümel stahl?«

Mit der Abgeklärtheit eines Greises
Sprach der Fliegenmann: »Gewiß, ich weiß es!«
Und er lächelte: »Es war einmal –«

»Weißt du noch«, so fragte weiter sie,
»Wie ich damals unterm sechsten Knie
jene schwere Blutvergiftung hatte?« –
»Leider«, sagte halb verträumt der Gatte.

»Weißt du noch, wie ich, weil ich dir grollte,
Fliegenleim-Selbstmord verüben wollte?? –
Und wie ich das erste Ei gebar?? –
Weißt du noch, wie es halb sechs Uhr war?? –
Und wie ich in Milch gefallen bin??«

Fliegenmann gab keine Antwort mehr,
Summte leise, müde vor sich hin:
»Lang, lang ist's her – – lang – –«

Meine Musca Domestica

Hoch soll sie leben!
Auch tief darf sie leben,
Meine Stubenfliege in der Winterzeit.

Alle Sauberkeit
Darf sie schwarz verkleben.

Was mag sie denken?
Was mag sie lenken,
Wenn sie scheinbar sinnlos auf dem Frühstückstisch
Zwischen Braten, Käse, Milch und Fisch
Immer unbehelligt flugwirr flieht,
Aber plötzlich einen Tischtuchfleck beehrt,
Wo kein Mensch etwas Besonderes sieht?

Ist ein Krümelchen wohl eines Totschlags wert!

Mag sie meinetwegen
Ihre Eier legen
Wann, wohin und wieviel ihr beliebt!

Immer noch studiere
Ich am kleinsten Tiere:
Weiche himmelhohen Rätsel es gibt.

Die Krähe

Die Krähe lacht. Die Krähe weiß,
Was hinter Vogelscheuchen steckt
Und daß sie nicht wie Huhn mit Reis
Und Curry schmeckt.

Die Krähe schnupft. Die Krähe bleibt
Nicht gern in einer Nähe.
Dank ihrer Magensäure schreibt
Sie Runen. Jede Krähe.

Sie torkelt scheue Ironie,
Flieht souverän beschaulich.
Und wenn sie mich sieht, zwinkert sie
Mir zu, doch nie vertraulich.

Die Rakete und der Kater

Hui! Die Rakete stieg. Sie fauchte
Am Dach vorbei und höher. Glühend jung.
Bis sie in wundervollem Linienschwung
In ferne, dunkle Abendwolken tauchte.
Auf jenem Dache saß ein schwarzer Kater.
Der sah die schöne Linie, und was tat er?
Zunächst: er fauchte ebenfalls.
Dann dehnte er sich, reckte seinen Hals.
Dann krümmte er den Buckel, hob ein Ohr
Und streckte seinen Schweif graziös empor,
Um jene schöne Linie nachzumachen.
Doch die Rakete oben barst vor Lachen.
Da warf sich unser schwarzer Kater
Wild auf den Rücken. Und was tat er?
Was tat er, außer sich vor Wut?
Nun, was man sonst gewöhnlich nicht
Gerade auf dem Rücken liegend tut.
Er tat es kräftig, tat es reichlich, gut;
Er hatte kurz zuvor zu Haus
Zwei Babyflaschen ausgesogen.
Doch jenen herrlichen Raketenbogen – –
Nein, nein, den kriegte er nicht raus.

Heimatlose

Ich bin fast
Gestorben vor Schreck:
In dem Haus, wo ich zu Gast
War, im Versteck,
Bewegte sich,
Regte sich
Plötzlich hinter einem Brett

In einem Kasten neben dem Klosett,
Ohne Beinchen,
Stumm, fremd und nett
Ein Meerschweinchen.
Sah mich bang an,
Sah mich lange an,
Sann wohl hin und sann wohl her,
wagte sich
Dann heran
Und fragte mich:
»Wo ist das Meer?«

Dickhäuter

Ein Elefant von vorn sieht fast
So aus wie ein Nilpferd von rückwärts.
Sie tragen beide schwere Last,
Manchmal pechwärts und manchmal glückwärts.

Sie tragen unter zementiger Haut
Viel Weiches und viel Zartes.
Wer richtig in ihren Rachen schaut,
Gewahrt es.

Sie lassen von Leuten, die außen weich,
Innen hart sind, sich erschießen.
Ich glaube: Ihr kommt ins Himmelreich,
Ihr Riesen!

Der Flieger, der die Erde umkreist,
Kriegt ähnliches in Sicht.
Wie die Fliege, die euch belästigt, nicht beißt,
Beißen kann sie euch nicht.

Blindschl

Ich hatte einmal eine Liebschaft mit
Einer Blindschleiche angefangen;
Wir sind ein Stück Leben zusammen gegangen
Im ungleichen Schritt und Tritt.

Die Sache war ziemlich sentimental.
In einem feudalen Thüringer Tal
Fand ich – nein glaubte zu finden – einmal
Den ledernen Handgriff einer
Damenhandtasche. Es war aber keiner.

Ich nannte sie »Blindschl«. Sie nannte mich
Nach wenigen Tagen schon »Eicherich«
Und dann, denn sie war sehr gelehrig,
Verständlicher abgekürzt, »Erich«.

Allmittags haben gemeinsam wir
Am gleichen Tische gegessen,
Sie Regenwürmer mit zwei Tropfen Bier,
Ich totere Delikatessen.

Sie opferte mir ihren zierlichen Schwanz.
Ich lehrte sie überwinden
Und Knoten schlagen und Spitzentanz,
Schluckdegen und Selbstbinder binden.

Sie war so appetitlich und nett,
Sie schlief Nacht über in in meinem Bett
Als wie ein kühlender Schmuckreif am Hals,
Metallisch und doch so schön weichlich.
Und wenn ihr wirklich was schlimmstenfalls
Passierte, so war es nie reichlich.

Kein Sexuelles und keine Dressur.
Ich war ihr ein Freund und ein Lehrer,
Was keiner von meinen Bekannten erfuhr;
Wer mich besuchte, der sah sie nur
Auf meinem Schreibtisch steif neben der Uhr
Als bronzenen Briefbeschwerer.

Und Jahre vergingen. Dann schlief ich einmal
Mit Blindschl und träumte im Betti
(Jetzt werde ich wieder sentimental)
Gerade, ich äße Spaghetti.

Da kam es, daß irgendwas aus mir pfiff.
Mag sein, daß es fürchterlich krachte.
Fest steht, daß Blindschl erwachte
Und – sie, die sonst niemals nachts muckte –
Wild züngelte, daß ich nach ihr griff
Und sie, noch träumend, verschluckte.

Es gleich zu sagen: Sie ging nicht tot.
Sie ist mir wieder entwichen,
Ist in die Wälder geschlichen
Und sucht dort einsam ihr tägliches Brot.

Vorbei! Es wäre – ich bin doch nicht blind –
Vergebens, ihr nachzuschleichen.
Weil ihre Wege zu dunkel sind.
Weil wir einander nicht gleichen.

Meditation

Wolleball hieß ein kleiner Hund,
Über den ein jeder lachte,
Weil er keine Beine hatte und
so viel süße Schweinereien machte.

Warum ist man überall geniert?
Warum darf man nicht die Wahrheit sagen?
Warum reden Menschen so geziert,
Wenn sie ein Bein übers andre schlagen?

Um dies überschätzte homo sum
Werd ich täglich wirrer und bezechter.
Ach, die Schlechtigkeit ist gar zu dumm,
Doch die Dummheit ist noch zehnmal schlechter.

Hat der Wolleball von seinem Herrn
Nichts gewußt, nur Launen mitempfunden,
Hatte der ihn andrerseits sehr gern
Und verstand im Grunde nichts von Hunden.

Er ist tot, auf den ich solches dichte.
Mir ist Wurscht, wo sein Gebein jetzt ruht.
Aber die Pointe der Geschichte
Muß ich sagen: er war herzensgut.

Und sein Wolleball war gut. Er grollte
Nie. Ein einzig Mal nur biß
Er nach mir, als ich verhindern wollte,
Daß er wieder in die Hausschuh schiß.

Das Käferconzert

In einem schönen Thal am Rein
Befand sich der Käfermusikverein,
Es sollte nämlich unter den Linden
Ein größes Käferconzert stattfinden.
Und wo man nur war jeden Augenblick,
Hörte man sprechen von dieser Musik.
Und beim hellen Sonnenschein,
Fanden sich nun die Tiere ein.
Und als alle angekommen,
Natürlich die Vögel ausgenommen,
Da kamen die Musikanten an
Es waren 560 Mann.
Und zuletzt kam'n auch noch schnelle
Musikdirektor Herr Libelle.
Und die ganzen Käferlein,
Stimmten an die Wacht am Rein.
Die Bienen,
spielten auf Violienen.
Der Bettfloh,
Spielte Cello.
Die Ameise,
Spielte die Flöte leise.
Der Goldschmied,
Sang ein Lied.
Das Scheibentier,
Spielte auf dem Klavier.
Aber der Wasserfloh,
Spielte Oboe.
Die Kleidermotten
Bliesen Fagotten.
Das Lied ist nun aus.
Sagte die Laus.

Nun mußten Solo singen 2,
Man stimmte an die Lorelei,
Der Widder- und der Trauerbock die beiden
Die kratzten ganz erbärmlich auf den Geigenseiten.
Da plötzlich kam ein unerbetner Gast an diese Stelle
Es war ein Spatz ein hungriger Geselle,
Er nahm die Käfer sich zum Frühstück mit Behagen,
Und aß sie auf und klopfte sich den Magen.
Da lachte laut der Strauß
Als er den Spatz vor Freude hörte piepen
Und damit ist hier das Concert nun aus,
Und auch das Buch worin es steht geschrieben.

Im See

Der Häring erzählt zur nächtlichen Zeit
Dem Walfisch die letzte Neuigkeit:

Frau Aal hat neulich den Hummer geneckt,
Indem sie ihn aus dem Schlummer geweckt.

Da gab es einen großen Disput.
Der Hummer fauchte und kochte vor Wut
Und weil er kochte, so wurde er rot
Und als er rot war, da war er tot.

»Ja«, seufzte der Walfisch und weinte gar sehr,
»Ja, rote Hummer, die leben nicht mehr.«

Freiübungen

Turnermarsch

Melodie: Leise flehen meine Lieder

Schlagt die Pauken und Trompeten,
Turner in die Bahn!
Turnersprache laßt uns reden.
Vivat Vater Felix Dahn!
Laßt uns im Gleichschritt aufmarschieren,
Ein stolzes Regiment.
Laßt die Fanfaren tremulieren!
Faltet die Fahnen ent!

Die harte Brust dem Wetter darzubieten,
Reißt die germanische Lodenjoppe auf!
Kommet zu Hauf!
Wir wollen uns im friedlichen Wettkampf üben.

Braust drei Hepp-hepps und drei Hurras
Um die deutschen Eichenbäume!
Trinkt auf das Wohl der deutschen Frauen ein Glas,
Daß es das ganze Vaterland durchschäume.
Heil! Umschlingt euch mit Herz und Hand,
Ihr Brüder aus Nord-, Süd- und Mitteldeutschland!
Daß einst um eure Urne
Eine gleiche Generation turne.

Zum Aufstellen der Geräte
Ein Muster

So unterwegs in einem schönen Hechtsprung
Erblickte er das Licht der Welt, das Leben,
Und hat – obwohl er damals doch noch recht jung –
Sich doch sofort in Hilfsstellung begeben.
Den Kniesturz übend und manch andre Tugend,
Verging ihm eine turnerische Jugend
Im Wachen teils und teils im Traum
Und Freitag nachmittags am Schwebebaum.

Vorturner wurde er und Löwenbändiger,
Seemann und Schornsteinfeger, Akrobat
Und schließlich turnerischer Sachverständiger
Im transsibirischen Artistenrat.
Er las die Morgenzeitung stets im Handstand,
Vom Hang der Freiheit sprach sein roter Schlips.
Er glich – wie er im Turnsaal an der Wand stand –
Dem altbekannten Herkules aus Gips.

Inhaber aller silbernen Pokale,
Erwarb er sich den Franziskanerpreis
Und im August in Halle an der Saale
Die Jahnkokarde mit dem Lorbeerreis.
Ein zarter Kern in einer rauhen Schale.

Er hat sich mit einem Salto mortale
Aus dem Leben
Über ein Felsengeländer
Hinwegbegeben.

Freiübungen

Grundstellung

Wenn eine Frau in uns Begierden weckt
Und diese Frau hat schon ihr Herz vergeben,
Dann (Arme vorwärts streckt!),
Dann ist es ratsam, daß man sich versteckt.
Denn später (langsam auf den Fersen heben!),
Denn später wird uns ein Gefühl umschweben,
Das von Familiensinn und guten Eltern zeugt.
(Arme beugt!)
Denn was die Frau an einem Manne reizt
(Hüften fest – Beine spreizt! – Grundstellung),
Ist Ehrbarkeit. Nur die hat wahren Wert,
Auch auf die Dauer (ganze Abteilung kehrt!).
Das ist von beiden Teilen der begehrtste,
Von dem man sagt: (Rumpfbeuge) Das ist der allerwertste.

Klimmzug

Das ist ein Symbol für das Leben.
Immer aufwärts, himmelan streben!
Feste zieh! Nicht nachgeben!
Stelle dir vor: Dort oben winken
Schnäpse und Schinken.
Trachte sie zu erreichen, die Schnäpse.
Spanne die Muskeln, die Bizepse.
Achte ver die Beschwerden.
Nicht einschlafen. Nicht müde werden!
Du mußt in Gedanken wähnen:
Du hörtest unter dir einen Schlund gähnen.
In dem Schlund sind Igel und Wölfe versammelt.
Die freuen sich auf den Menschen, der oben bammelt.
Zu! Zu! Tu nicht überlegen.

Immer weiter, herrlichen Zielen entgegen.
Sollte dich ein Floh am Po kneifen,
Nicht mit beiden Händen zugleich danach greifen.
Nicht so ruckweis hin und her schlenkern;
Das paßt nicht für ein Volk von Turnern und Denkern.
Klimme wacker,
Alter Knacker!
Klimme, klimb
Zum Olymp!
Höher hinauf!
Glückauf!
Kragen total durchweicht.
Äh – äh – äh – endlich erreicht.
Das Unbeschreibliche zieht uns hinan.
Der ewigweibliche Turnvater Jahn.

Wettlauf

Publikum ungeduldig scharrt –
Scharren lassen – hier Start –
Taschentuch? Keins –
Schweiß –
Heiß –
Zum Beweis
Des Nichtaufgeregtseins:
Billet Spucke kneten.
Achtung: Eins!
Nicht mehr Zeit auszutreten –
Was? Rauchen verbeten? –
Sie da, der dritte, weiter zurücktreten –
Soo! – Endlich Musik –
Der bekannte
Augenblick,
Wo –

Wenn der Trikot
Nur nicht so spannte –
Schweinerei –
Wäre fatal –
Achtung: Zwei!
Teufel noch mal!
Heiliger Joseph, steh mir bei!
Achtung: Drei!
Tapelti, tapelti, tapelti
Mut!
Gut!
Kopf senken!
Arme vom Leib!
Frieda denken!
Herrliches Weib!
Schade, daß Mund stinkt!
Das war sie! – Lacht – winkt –
Oh, oh! Oh, oh!
Mein Trikot!
Vorne gespalten.
Taschentuch vorhalten –
Jetzt Quark!
Nur laufen!
10 000 Mark –
Wochenlang saufen –
Wenn's glückt –
Schulden bezahlen –
Tante verrückt –
Meyers prahlen –
Sieger gratuliert –
Fotografiert –
Händedruck –
Tun als ob schnuppe –
Wändeschmuck –

Lorbeersuppe –
Zeitungsreklame –
Filmaufnahme –
Frieda seidenes Kleid –
Otto platzt Neid –
Engelmann – Wut –
Anton – Pump –
Aushalten! Mut!
Weg da! Lump! –
Einer von beiden –
Weg abschneiden –
Puff!
Was bild't sich –
Uff!
Gilt nich!
Feste druff!
Gar nicht kümmern!
Schädel zertrümmern!
Zuchthaus –
Flucht – Haus –
Schande –
Tante –
Sterben –
Beerben –
Unsinn! Was Quatsch! Quatsch!
Teufel noch mal!
Laternenpfahl.
Mehr links, ach! Ach!
Stopp! Frieda! Halt! Krach!
Kladderadatsch!
Knätsch daun! Au! Aus!
Ohhhhh! – Publikum Applaus.

Fußball

nebst Abart und Ausartung

Der Fußballwahn ist eine Krank-
Heit, aber selten. Gott sei Dank.
Ich kenne wen, der litt akut
An Fußballwahn und Fußballwut.
Sowie er einen Gegenstand
In Kugelform und ähnlich fand,
So trat er zu und stieß mit Kraft
Ihn in die bunte Nachbarschaft
Ob es ein Schwalbennest, ein Tiegel,
Ein Käse, Globus oder Igel,
Ein Krug, ein Schmuckwerk am Altar,
Ein Kegelball, ein Kissen war,
Und wem der Gegenstand gehörte,
Das war etwas, was ihn nicht störte.
Bald trieb er eine Schweineblase,
Bald steife Hüte durch die Straße.
Dann wieder mit geübtem Schwung
Stieß er den Fuß in Pferdedung.
Mit Schwamm und Seife trieb er Sport.
Die Lampenkuppel brach sofort.
Das Nachtgeschirr flog zielbewußt
Der Tante Berta an die Brust.
Kein Abwehrmittel wollte nützen,
Nicht Stacheldraht in Stiefelspitzen,
Noch Puffer, außen angebracht.
Er siegte immer, 0 zu 8.
Und übte weiter frisch, fromm, frei
Mit Totenkopf und Straußenei.
Erschreckt durch seine wilden Stöße,
Gab man ihm nie Kartoffelklöße.
Selbst vor dem Podex und den Brüsten

Der Frau ergriff ihn ein Gelüsten,
Was er jedoch als Mann von Stand
Aus Höflichkeit meist überwand.
Dagegen gab ein Schwartenmagen
Dem Fleischer Anlaß zum Verklagen.
Was beim Gemüsemarkt geschah,
Kommt einer Schlacht bei Leipzig nah.
Da schwirrten Äpfel, Apfelsinen
Durchs Publikum wie wilde Bienen.
Da sah man Blutorangen, Zwetschen
An blassen Wangen sich zerquetschen.
Das Eigelb überzog die Leiber,
Ein Fischkorb platzte zwischen Weiber.
Kartoffeln spritzten und Zitronen.
Man duckte sich vor den Melonen.
Dem Krautkopf folgten Kürbisschüsse.
Dann donnerten die Kokosnüsse.
Genug! Als alles dies getan,
Griff unser Held zum Größenwahn.
Schon schäkernd mit der U-Bootsmine,
Besann er sich auf die Lawine.
Doch als pompöser Fußballstößer
Fand er die Erde noch viel größer.
Er rang mit mancherlei Problemen.
Zunächst: Wie soll man Anlauf nehmen?
Dann schiffte er von dem Balkon
Sich ein in einem Luftballon.
Und blieb von da an in der Luft.
Verschollen. Hat sich selbst verpufft. –
Ich warne euch, ihr Brüder Jahns,
Vor dem Gebrauch des Fußballwahns!

Zum Wegräumen der Geräte

Veterinär, gleichzeitig Veteran,
Ein Mann, der 92 Jahre zählte,
Daß man zuletzt ihn aus Gewohnheit wählte,
Und trotzdem biegsam, schmiegsam wie ein Schwan.
Das war – trotz eines halbgelähmten Beines –
Der Ehrenvorstand unsres Turnvereines.
Und wirklich nahm er's noch im Dauerlauf
Und Schleuderball mit jedem Rennpferd auf.

Wettläufer sah ich – nun Gott weiß wieviel,
Doch ihrer keiner hielt wohl mit der gleichen
Bescheidenheit gelassen vor dem Ziel.
Denn niemand konnte ihm das Wasser reichen.
Dann griff er abseits zum Pokal. Und Hei!
Wie Donner klang sein Frisch-Fromm-Fröhlich-Frei.
Wie sich sein Vollbart, den er gern sich wischte,
Nach einem 80-cm-Sprung
Mit Kokosfasern einer Matte mischte,
Das bleibt mir ewig in Erinnerung.
Im Springen konnte überhaupt dem Alten
Zuletzt wohl keiner mehr die Stange halten.

Einmal, nach dem Genuß von sehr viel Weißwein,
Verstauchte er beim Spaltsitz auf dem Reck
Ganz unvermutet plötzlich sich das Steißbein.
Er aber wich und wankte nicht vom Fleck.
Im Gegenteil, er brach, um uns zu necken,
Sich noch den Sitzknorren der Sitzbeine am Becken.
Er turnte gern der Jugend etwas vor
Und mühte sich vor Buben oder Mädeln,
Die Beine in die Ringe einzufädeln,
Wobei er niemals die Geduld verlor.

Dann staunte ehrfurchtsvoll solch junges Ding,
Wenn er wie Christbaumschmuck im Nesthang hing.

Denn was ein Nesthängchen werden will, krümmt sich beizeiten.

Ringkampf

Gibson (sehr nervig), Australien,
Schulze, Berlin (ziemlich groß).
Beißen und Genitalien
Kratzen verboten. – Nun los!

Ob sie wohl seelisch sehr leiden?
Gibson ist blaß und auch Schulz.
Warum fühlen die beiden
Wechselnd einander den Puls?

Ängstlich hustet jetzt Gibson.
Darauf schluckt Schulze Cachou.
Gibson will Schulzen jetzt stipsen.
Ha! Nun greifen sie zu.

Packen sich an, auf, hinter, neben, in,
Über, unter, vor und zwischen,
Statt, auch längs, zufolge, trotz
Stehen auf die Frage wessen.

Doch ist hier nicht zu vergessen,
Daß bei diesen letzten drei
Auch der Dativ richtig sei.

(Pfeife des Schiedsrichters.)

Wo sind die Beine von Schulze?
Wem gehört denn das Knie?
Wirr wie lebendige Sulze,
Mengt sich die Anatomie.

Ist das ein Kopf aus Australien?
Oder Gesäß aus Berlin?
Jeder versucht Repressalien,
Jeder läßt keinen entfliehn.

Hat sich der Schiedsmann bemeistert,
Lange parteilos zu sein;
Aber nun brüllt er begeistert:
»Schulze, stell ihm ein Bein!

Zwinge den Mann mit den Nerven
Nieder nach Sitte und Jus.
Kannst du dich über ihn werfen
Just wie im Koi, dann tu's!«

Der Athlet

Mein Name ist Murxis, der Kraftmensch genannt.
Meine Nahrung ist Goulasch vom Elefant
In einer Sauce des Stärkemehles.
Meine Heimat ist das Zentrum Südwales,
   Upsala!

Ich wurde durch einen Kaiserschnitt
Geboren, mit Hilfe von Dynamit.
Daß ich noch lebte, war reines Glück.
Von meiner Mutter blieb wenig zurück.
   20 kg mit dem kleinen Finger.

Man baute um mich eine Art von Dock.
Mit Strebestützen im 16. Stock
Eines Wolkenkratzers von Rockefeller.
Das Stockwerk brach, man fand mich im Keller
   Mit verschränkten Armen.

Ich war in allen Städten der Welt
Als Muster von Herkules ausgestellt.
Wer das bezweifelt – 5 Groschen –, der fordre
An der Kasse die Wachskabinettsordre.
Ich nenne mich selbst den Venus von Milo.
   Bruttogewicht: 200 Kilo.

Es haben mich Königinnen betastet.
Ich habe einmal drei Wochen gefastet
Und unternehme auch heute noch Schritte
Zu meiner Entlastung. Und deshalb bitte
   Ich die Herrschaften um ein kleines Douceur.

Am Hängetau

Das Hängetau ist lang und steil.
Jedoch die Übung an dem Seil
Ist heilsam und veredelt.
Dieweil du kletterst, wächst das Tau
Dir hintenraus und wedelt
A la Wauwau.

Marie, die unten nach dir blickt,
Kommt mit der Quaste in Konflikt.

Ich wette um ein Faß Gelee:
Drei Meter über der Erden
Erfaßt dich plötzlich die Idee,
Du möchtest Seemann werden.

Der Kletterschluß mißlingt dir freilich.
Er klingt auch häßlich papageilich.
Schon dieserhalb und um so mehr
Schwankst du verzweifelt hin und her,
Als atemloser Pendel.
Und jäh umgibt dich in der Luft
Ein unartikulierter Duft
Sehr abseits von Lavendel.

Und dann erreichst du ganz verzagt
Den Balken unter Pusten,
Und weil Marie von unten fragt,
Und weil die Stimme dir versagt,
So fängst du an zu husten.

Die Dame fragt ob schwindelfrei
Und schüttelt die Manilla.

Du mimst voll Angst und Heuchelei
Den schwärmenden Gorilla.
Doch weil allmählich Zeit vergeht
Und nirgends eine Leiter steht,
Entschließt du dich voll Grausen
Und präsentierst dein Hinterteil
Und angelst lange nach dem Seil
Und läßt dich plötzlich sausen.

Du plumpst der Dame auf die Brust
Und tust, als tätst du das bewußt,
Und blähst dich wie ein Segel.
Und nickst ein heiteres Allheil!
Und lachst und fühlst dich doch derweil
Teils Burschenschaft, teils Flegel.

Kein Mädchen, nicht einmal die Braut,
Sieht gerne Hände ohne Haut.

Kniehang

Ich wollte, ich wär eine Fledermaus,
Eine ganz verluschte, verlauste,
Dann hing ich mich früh in ein Warenhaus
Und flederte nachts und mauste,
Daß es Herrn Silberstein grauste.
Denn Meterflaus, Fliedermus, Fledermaus –
(Es geht nicht mehr; mein Verstand läuft aus.)

Box-Kampf

Bums! – Kock, Canada: – Bums!
Käsow aus Moskau: Puff! puff!
Kock der Canadier: – Plumps!

Richtet sich abermals uff.
Ob dann der Käsow den Kock haut,
Oder ob er das vollzieht,
Ob es im Bauchstoß, im Knock-out*
Oder von seitwärts geschieht –
Kurz: Es verlaufen die heit'ren
Stunden wie Kinderpipi.
Sparen wir daher die weit'ren
Termini technici.
Und es endet zuletzt
Reizvoll, wie es beginnt:
Kock wird tödlich verletzt.
Käsow aber gewinnt.
Leiche von Kock wird bedeckt.
Saal wird langsam geräumt.
Käsow bespült sich mit Sekt.
Leiche aus Canada träumt:
  Boxkampf –
  Boxer –
  Boxen –
  Boxel –
  Boxkalf –
  Boxtrott –
  Boxtail –.

*Sprich – »nock«, wie Butternockerlsuppe

Kniebeuge

Kniee – beugt!
Wir Menschen sind Narren.
Sterbliche Eltern haben uns einst gezeugt.
Sterbliche Wesen werden uns später verscharren.
Schäbige Götter, wer seid ihr? und wo?
Warum lasset ihr uns nicht länger so
Menschlich verharren?
Was ist denn Leben?
Ein ewiges Zusichnehmen und Vonsichgeben. –
Schmach euch, ihr Götter, daß ihr so schlecht uns versorgt,
Daß ihr uns Geist und Würde und schöne Gestalt nur borgt.
Eure Schöpfung ist Plunder,
Das Werk sodomitischer Nachtung.
Ich blicke mit tiefster Verachtung
Auf euch hinunter.
Und redet mir nicht länger von Gnade und Milde!
Hier sitze ich; forme Menschen nach meinem Bilde.
Wehe euch, Göttern, wenn ihr uns drüben erweckt!
Beine streckt!

Zum Bockspringen

(Nach einer Fabel Ae-sops)

Wie war die Geschichte mit Bobs Wauwau?
Ich erinnere mich nicht ganz genau,
Ob dieser Hund Bobs
– Eins, zwei, drei – hops! –

Ob dieser Hund ein Rebhuhn gebar?
Auf welcher Seite er schwanger war,
Und inwiefern und ob's
– Eins, zwei, drei – hops! –

Ein Dackel war, der das Rebhuhn erzeugte,
Und ob er das arme Geflügel dann säugte. –
Ich glaube, der Dackel war ein Mops. –
   – Eins, zwei, drei – hops! –

Jedenfalls fraß er zu jedermanns Ärger
Nur Wickelgamaschen und Königsberger,
Auch Danziger Klops.
   – Eins, zwei, drei – hops!

Ein seltsamer Mops war Bobs Wauwau.
   – Eins, zwei, drei – hops! au! au!

Felgeaufschwung

Die wir im Felgeaufschwung uns befinden,
Schwer wie das Eisen, das der Ristgriff faßt,
Und wurde uns der eigne Leib zur Last.
Und langsam sehen wir den Tag entschwinden.

Ein abgerissenes Sichvorwärtsschwingen –
Ein seelenloses Steigen über nichts. –
Von Leiden spricht das Zucken des Gesichts.
Nur in der Ferne tönt ein Vesperklingen.

Nun sinkt das Haupt herab, und wie zum Schwören
Hebt sich der Füße zages Doppelspiel.
Und abermals erlahmt die Kraft am Ziel,
Um wieder sich von neuem zu betören.

Und werden doch den toten • überwinden,
Der Geist ist willig, doch das Fleisch ist weich,
Sitzwellend einst, dem Wellensittich gleich,
So werden wir uns droben wiederfinden.

Rundlauf

Heran in die Tiefe, seitab in die Höh –
Auf der Reise im Kreise gewiegt.
Die Mädels, die Buben, Madame und Monsieur,
Das baumelt und taumelt und fliegt.

Es schweben die Röcke wie Glocken dahin,
Und ein viel tätowierter Gesell,
Der fiedelt und sieht nur die Klöppel darin,
Und er spielt, und er fühlt Karussell.

Ein strudelnder Drall im ätherischen Bad,
Vor dem selbst der König sich bückt.
O Leben im Winkel von 50 Grad,
Du lachst uns und machst uns verrückt.

Sorge dividiert durch 2 hoch x

Grübeln und grübeln nun stundenlang –
Bing – Bumpf – Bang – –
Korks jetzt! Lona, und prost! Kling! Klang!
Ein Schurke ist gar kein Feind.
Hoch steht überm zeitlichen Raffinement
Die ewige Regel:
Daß immer mal wieder die Sonne scheint.
Liebstes, armes, verquollenes Kind,
So wie wir beide im Augenblick so sind,
Scheint uns die Sonne noch immer recht anständig lind.
Ihn macht sie frösteln oder sie kocht ihn jetzt heiß.
Bleiben wir aber so!
Sein wir nie schadenfroh!
Ist auch die Sache sehr unangenehm –
Jedes w soll schwinden im Schweiß,
Oder – nein, vor allem und außerdem – –
Na du weißt – – Und ich weiß – –

Schiffersentiment

Vom Seemann Kuttel Daddeldu

Eine Bark lief ein in Le Haver,
Von Sidnee kommend, nachts elf Uhr drei.
Es roch nach Himbeeressig am Kai
Und nach Hundekadaver.

Kuttel Daddeldu ging an Land.
Die Rü Albani war ihm bekannt.
Er kannte nahezu alle Hafenplätze.

Weil vor dem ersten Haus ein Mädchen stand,
Holte er sich im ersten Haus von dem Mädchen die Krätze.

Weil er das aber natürlich nicht gleich empfand,
Ging er weiter – kreuzte topplastig auf wilder Fahrt.
Achtzehn Monate Heuer hatte er sich zusammengespart.

In Nr. 6 traktierte er Eitvie und Kätchen,
In 8 besoff ihn ein neues, straff lederbusiges Weib.
Nebenan bei Pierre sind allein sieben gediegene Mädchen
Ohne die mit dem Zelluloid-Unterleib.

Daddeldu. the old Seelerbeu Kuttel,
Verschenkte den Albatrosknochen.

Das Haifischrückgrat, die Schals,
Den Elefanten und die Saragossabuttel.
Das hatte er eigentlich alles der Mary versprochen,
Der anderen Mary; das war seine feste Braut.

Daddeldu – hallo! Daddeldu,
Daddeldu wurde fröhlich und laut.

Er wollte mit höchster Verzerrung seines Gesichts
Partu einen Niggersong singen
Und »Blu beus blu«.
Aber es entrang sich ihm nichts.
Daddeldu war nicht auf die Wache zu bringen.
Daddeldu Duddel Kuttelmuttel, Katteldu
Erwachte erstaunt und singend morgens um vier
Zwischen Nasenbluten und Pomm de Schwall auf der Pier.

Daddeldu bedrohte zwecks Vorschuß den Steuermann.
Schwitzte den Spiritus aus. Und wusch sich dann.

Daddeldu ging nachmittags wieder an Land,
Wo er ein Renntiergeweih, eine Schlangenhaut,
Zwei Fächerpalmen und Eskimoschuhe erstand.
Das brachte er aus Australien seiner Braut.

Die Weihnachtsfeier des Seemanns Kuttel Daddeldu

Die Springburn hatte festgemacht
Am Petersenkai.
Kuttel Daddeldu jumpte an Land,
Durch den Freihafen und die stille Heilige Nacht
Und an dem Zollwächter vorbei.
Er schwenkte einen Bananensack in der Hand.
Damit wollte er dem Zollmann den Schädel spalten.

Wenn er es wagte, ihn anzuhalten.
Da flohen die zwei voreinander mit drohenden Reden.
Aber auf einmal trafen sich wieder beide im König von
Schweden.
Daddeldus Braut liebte die Männer vom Meere,
Denn sie stammte aus Bayern.
Und jetzt war sie bei einer Abortfrau in der Lehre,
Und bei ihr wollte Kuttel Daddeldu Weihnachten feiern.

Im König von Schweden war Kuttel bekannt als Krakeeler.
Deswegen begrüßte der Wirt ihn freundlich: »Hallo old sailer!«
Daddeldu liebte solch freie, herzhafte Reden,
Deswegen beschenkte er gleich den König von Schweden.
Er schenkte ihm Feigen und sechs Stück Kolibri
Und sagte: »Da nimm, du Affe!«
Daddeldu sagte nie »Sie«.
Er hatte auch Wanzen und eine Masse
Chinesischer Tassen für seine Braut mitgebracht.

Aber nun sangen die Gäste »Stille Nacht, Heilige Nacht«.
Und da schenkte er jedem Gast eine Tasse
Und behielt für die Braut nur noch drei.
Aber als er sich später mal darauf setzte,
Gingen auch diese versehentlich noch entzwei,
Ohne daß sich Daddeldu selber verletzte.

Und ein Mädchen nannte ihn Trunkenbold
Und schrie: er habe sie an die Beine geneckt.
Aber Daddeldu zahlte alles in englischen Pfund in Gold.
Und das Mädchen steckte ihm Christbaumkonfekt
Still in die Taschen und lächelte hold
Und goß noch Genever zu dem Gilka mit Rum in den Sekt.
Daddeldu dacht an die wartende Braut.
Aber es hatte nicht sein gesollt,

Denn nun sangen sie wieder so schön und so laut.
Und Daddeldu hatte die Wanzen noch nicht verzollt,
Deshalb zahlte er alles in englischen Pfund in Gold.

Und das war alles wie Traum.
Plötzlich brannte der Weihnachtsbaum.
Plötzlich brannte das Sofa und die Tapete,
Kam eine Marmorplatte geschwirrt,
Rannte der große Spiegel gegen den kleinen Wirt.
Und die See ging hoch, und der Wind wehte.
Daddeldu wankte mit einer blutigen Nase
(Nicht mit seiner eigenen) hinaus auf die Straße.
Und eine höhnische Stimme hinter ihm schrie:
»Sie Daddel Sie!«
Und links und rechts schwirrten die Kolibri.

Die Weihnachtskerzen im Pavillon an der Mattentwiete
erloschen.
Die alte Abortfrau begab sich zur Ruh.
Draußen stand Daddeldu
Und suchte für alle Fälle nach einem Groschen.
Da trat aus der Tür seine Braut
Und weinte laut:
Warum er so spät aus Honolulu käme?
Ob er sich gar nicht mehr schäme?
Und klappte die Tür wieder zu.
An der Tür stand: »Für Damen«.

Es dämmerte langsam. Die ersten Kunden kamen
Und stolperten über den schlafenden Daddeldu.

Kuttel Daddeldu und Fürst Wittgenstein

Daddeldu malte im Hafen mit Teer
Und Mennig den Gaffelschoner Claire.
Ein feiner Herr kam daher,
Blieb vor Daddeldu stehn
Und sagte: »Hier sind fünfzig Pfennig,
Lieber Mann, darf man wohl mal das Schiff besehn?«
Daddeldu stippte den Quast in den Mennig,
Daß es spritzte, und sagte: »Fünfzig Pfennig ist wenig.
Aber, God demm, jedermann ist kein König.«
Und der Fremde sagte verbindlich lächelnd: »Nein,
Ich bin nur Fürst Wittgenstein.«
Daddeldu erwiderte: »Fürst oder Lord –
Scheiß Paris! Komm nur an Bord.«

Wittgenstein stieg, den Teerpott in seiner zitternden Hand,
Hinter Kutteln das Fallreep empor und kriegte viel Sand
In die Augen, denn ein schwerer Stiefel von Kut-
Tel Daddeldu stieß ihm die Brillengläser kaputt
Und führte ihn oben von achtern nach vorn
Und von Luv nach Lee.
Und aus dem Mastkorb fiel dann das Brillengestell aus Horn,
Und im Kettenkasten zerschlitzt der Cutaway.
Langsam wurde der Fürst heimlich ganz still.
Daddeldu erklärte das Ankerspill.
Plötzlich wurde Fürst Wittgenstein unbemerkt blaß.
Irgendwas war ihm zerquetscht und irgendwas naß.
Darum sagte er mit verbindlichem Gruß:
»Vielen Dank, aber ich muß – – –«

Daddeldu spuckte ihm auf die zerquetschte Hand
Und sagte: »Weet a Moment, ich bringe dich noch an Land.«
Als der Fürst unterwegs am Ponte San Stefano schmollte,

Weil Kuttel durchaus noch in eine Osteria einkehren wollte,
Sagte dieser: »Oder schämst du dich etwa vielleicht?«
Da wurde Fürst Wittgenstein wieder erweicht.
Als sie dann zwischen ehrlichen Sailorn und
Dampferhalunken
Vier Flaschen Portwein aus einem gemeinsamen Becher
getrunken,
Rief Kuttel Daddeldu plötzlich mit furchtbarer Kraft:
»Komm, alter Fürst, jetzt trinken wir Brüderschaft.«
Und als der Fürst nur stumm auf sein Chemisette sah,
Fragte Kuttel: »Oder schämst du dich etwa?«
Wittgenstein winkte ab und der Kellnerin.
Die schob ihm die Rechnung hin.
Und während der Fürst die Zahlen mit Bleistiftstrichen
Anhakte, hatte Kuttel die Rechnung beglichen.

Der Chauffeur am Steuer knirschte erbittert.
Daddeldu hatte schon vieles im Wagen zersplittert,
Während er dumme Kommandos in die Straßen und Gassen
Brüllte, »Hart backbord!« – »Alle Mann an die Brassen!«
Rasch aussteigend, fragte Fürst Wittgenstein:
»Bitte, wo darf ich Sie hinfahren lassen?«
Aber Daddeldu sagte nur: »Nein!«
Darauf erwiderte jener bedeutend nervös:
»Lieber Herr Seemann, seien Sie mir nicht bös;
Ich würde Sie bitten, zu mir heraufzukommen,
Aber leider – –« Daddeldu sagte: »Angenommen!«

Auf der Treppe bat dann Fürst Wittgenstein
Den Seemann inständig:
Um Gottes willen doch ja recht leise zu sein;
Und während er später eigenhändig
Kaffee braute – und goß in eine der Tassen viel Wasser hinein –,
Prüfte Kuttel nebenan ganz allein,

Verblüfft, mit seinen hornigen Händen
Das Material von ganz fremden Gegenständen.
Bis ihm zu seinem Schrecken der fünfte
Zerbrach. – Da rollte er sich in den großen Teppich hinein.
Dann kam mit hastigen Schritten
Der Kaffee. Und Fürst Wittgenstein
Sagte, indem er die Stirne rümpfte:
»Nein, aber nun muß ich doch wirklich bitten – –
Das widerspricht selbst der simpelsten populären Politesse.«
Daddeldu lallte noch: »Halt die Fresse!«

Kuttel Daddeldu und die Kinder

Wie Daddeldu so durch die Welten schifft,
Geschieht es wohl, daß er hie und da
Eins oder das andre von seinen Kindern trifft,
Die begrüßen dann ihren Europapa:
»Gud morning! – Sdrastwuide! – Bong Jur, Daddeldü!
Bon tscherno! Ok phosphor! Tsching – tschung! Bablabü!«
Und Daddeldu dankt erstaunt und gerührt
Und senkt die Hand in die Hosentasche
Und schenkt ihnen, was er so bei sich führt,
– – Whiskyflasche,
Zündhölzer, Opium, türkischen Knaster,
Revolverpatronen und Schweinsbeulenpflaster,
Gibt jedem zwei Dollar und lächelt: »Ei, ei!«
Und nochmals: »Ei, ei!« – Und verschwindet dabei.

Aber Kindern von deutschen und dänischen Witwen
Pflegt er sich intensiver zu widmen.
Die weiß er dann mit den seltensten Stücken
Aus allen Ländern der Welt zu beglücken.
Elefantenzähne – Kamerun,
Mit Kognak begoßnes malaiisches Huhn.

Aus Friedrichsroda ein Straußenei,
Aus Tibet einen Roman von Karl May,
Einen Eskimoschlips aus Giraffenhaar,
Auch ein Stückchen versteinertes Dromedar.

Und dann spielt der poltrige Daddeldu
Verstecken, Stierkampf und Blindekuh,
Markiert einen leprakranken Schimpansen,
Lehrt seine Kinderchen Bauchtanz tanzen
Und Schiffchen schnitzen und Tabak kauen.
Und manchmal, in Abwesenheit älterer Frauen,
Tätowiert er den strampelnden Kleinchen
Anker und Kreuz auf Ärmchen und Beinchen.
Später packt er sich sechs auf den Schoß
Und läßt sich nicht lange quälen,
Sondern legt los:
Grog saufen und dabei Märchen erzählen:
Von seinem Schiffbruch bei Helgoland,
Wo eine Woge ihn an den Strand
Auf eine Korallenspitze trieb,
Wo er dann händeringend hängenblieb.
Und hatte nichts zu fressen und zu saufen;
Nicht mal, wenn er gewollt hätte, einen Tropfen
Trinkwasser, um seine Lippen zu benetzen.
Und kein Geld, keine Uhr zum Versetzen.
Außerdem war da gar nichts zu kaufen;
Denn dort gab's nur Löwen mit Schlangenleiber,
Sonst weder keine Menschen als auch keine Weiber.
Und er hätte gerade so gern einmal wieder
Ein kerniges Hamburger Weibstück besucht.
Und da kniete Kuttel nach Osten zu nieder.
Und als er zum drittenmal rückwärts geflucht,
Da nahte sich plötzlich der Vogel Greif,
Und Daddeldu sagte: »Ei wont ä weif.«

Und der Vogel Greif trug ihn schnell
Bald in dies Bordell, bald in jenes Bordell
Und schenkte ihm Schlackwurst und Schnaps und so weiter. –
So erzählte Kuttel Daddeldu heiter –
Märchen, die er ganz selber erfunden.
Und säuft. – Es verfließen die Stunden.
Die Kinder weinen. Die Märchen lallen.
Die Mutter ist längst untern Tisch gefallen,
Und Kuttel – bemüht, sie aufzuheben –
Hat sich schon zweimal dabei übergeben.
Und um die Ruhe nicht länger zu stören,
Verläßt er leise Mutter und Gören.
Denkt aber noch tagelang hinter Sizilien
An die traulichen Stunden in seinen Familien.

Seemannsgedanken übers Ersaufen

Ich sterbe. Du stirbst. Er stirbt.
Viel schlimmer ist, wenn ein volles Faß verdirbt.
Aber auch wir wollen erst ausgetrunken sein.
Besauft euch beizeiten.
Alle Flüssigkeiten
Finden sich wieder ins Meer hinein,
Wo wir den Schwämmen gleich sind,
Wo uns nichts gebricht,
Weil wir weich sind.
Und wenn man in eine Leiche sticht:
Sie fühlt es nicht.
Wird mich nie mehr acht Glasen wecken,
Will ich gerne den Fischen wie Hackfleisch mit Rührei schmecken.

Weil das mit Sinn so geschieht,
Denn die haben gewiß nicht vergessen,
Wieviel Schollen wir in uns hineingefressen.

Nur bei den Würmern im Sarge ist ein Unterschied.
Wenn uns der Haifisch beim Wickel kriegt –
Das müßte mal einer malen!
Was da wohl alles so unten beisammenliegt –
Zerbrochene Schiffe, Krebse und Apfelsinenschalen.
Frisch ersoffen also und nicht gejammert,
Aber natürlich auch nicht zu übereilt;
Wer sich nicht tapfer noch an die letzte Handuhle klammert,
Der ist im Leben nie um die Horn gesailt.
Ein Schuft, wer mehr stirbt, als er sterben muß!

Aber muß es sein, dann nicht schüchtern.
Ersaufen ist auch ein Genuß,
Und vielleicht wird man dann nie mehr nüchtern.
Denn nur über das Fleisch und die Knochen
Weiß man es, offenbar.
Aber sonst hab ich noch keinen gesprochen,
Der richtig ersoffen war.

Sieben Lieder einer Heimfahrt

I Das Lied von der Hochseekuh

Chanty zum Tanzlied

Zwölf Tonnen wiegt die Hochseekuh.
Sie lebt am Meeresgrunde.
Ohei! – – Uha!
Sie ist so dumm wie ich und du
Und läuft zehn Knoten in der Stunde.
Ohei! – – Uha!

Sie taucht auch manchmal aus dem Meer
Und wedelt mit dem Schweife.

Ohei! – – Uha!
Und dann bedeckt sich ringsumher
Das Meer mit Schaum und Seife.
Ohei! – – Uha!

Die Kuh hat einen Sonnenstich
Und riecht nach Zimt und Nelken.
Ohei! – – Uha!
Und unter Wasser kann sie sich
Mit ihren Hufen melken.
Ohei! – – Uha!

II Duett des Schiffsjungen mit einem Passagier

Junge: Ach Faulsein ist schön!
Und schön ist die Ruhe!
Und Nichtstun ist schön!
(Nach den Füßen des Passagiers schielend)
Und schön sind schöne Schuhe!
Passagier: Ja Faulsein ist schön!
Und Schlaf tut so gut.
Und schön ist die Stille!
(Lächelt dem Jungen zu)
Und schön ist ein schöner Hut!
Junge: Und schön ist der Himmel –
Passagier: Eine Reise unterm Wind!
Junge: Und schön sind die Blumen!
Passagier: Und schön ist ein Kind!
(Lächelt dem Jungen zu)
Wie Sie es sind!
Junge: Und schön ist die Musik.
Passagier: Auch ein Bild kann es sein,
Ein Gedicht kann es sein.
Junge: Und schön ist eine Roßkastanie –

(Passagier lächelt)
Passagier: Oder ein glatter Stein.
Beide: Ja Faulsein ist schön!
Passagier: Und schön ist Paris!
Und schön sind zwei Freunde.
Junge: Und schön ist das Paradies!

III Daddeldu verprügelt den Schiffsjungen

Wenn du siehst, daß jemand ins Wasser fällt,
Dann springst du sofort hinterher.
Denn man weiß nie bestimmt,
Ob er sackt oder schwimmt,
Und die nassen Kleider sind schwer.

Wenn du erst dich besinnst, was du selber riskierst,
Dann ist das eine Hundeschweinerei!
Denn, wenn du wirklich dein Leben verlierst,
Was wäre dann schon Schlimmes dabei?!

Wenn aber der Jemand ertrinkt – und, wie hier
Es beinahe geschah, eine Frau –,
Dann verdienst du, daß ich die Leiche dir
Rechts und links um die Ohrflossen hau.

IV Klage einer unbeliebten Passagierin

Ich weiß gar nicht, wie ihr seid
Und was euch von mir zieht.
Was tat ich euch denn zuleid,
Daß ihr, ihr alle mich flieht.

Daheim ist nicht Wärme noch Trost.
Der Wasserhahn schließt nicht und tropft,
Tropft, tropft. Und mein Herz klopft, klopft.
Denn mein Mann ist darüber erbost.

Der Peter, mein einziges Kind,
Ist fremd mir. – Mag keiner mich leiden.
Gott weiß, warum sie mich meiden.
Ich verstehe nicht, wie sie sind.

Will keiner mich lieben noch hassen.
Und spüren doch alle mein Weh.
Sie retteten mich aus der See.
Wie bin ich nun hier so verlassen.

V Land in Sicht

Matrosensang

Kameraden, vorbei ist das Fasten,
Ich sehe den Leuchtturm durchs Glas.
Schon flattern um unsere Masten
Die Möwen. Im Wasser schwimmt Gras.

Schon steigen die Türme vom Hafen
Wie Kräuterkäse grün aus dem Grau.
Old sailorboys, heute nacht schlafen
Wir alle an Land bei der Frau.

Vielleicht noch tanzen wir heute
Und saufen, soviel uns behagt.
Wir haben als Fahrensleute
So lang dem Vergnügen entsagt.

Hei ho! Macht euch sauber, Matrosen!
Bald tritt auf den Kampfplatz der Stier.
Die besten Hemden und Hosen
Warten steif auf die Mädchen auf dem Pier.

Schon seh ich die Tücher sie schwenken.
Denn jeder von uns ist ein Held
Und naht sich mit Auslandsgeschenken.
Hei ho! Heut abend rollt Geld!

VI An Land, die Whiskyberauschten

Wir sind betrunken wie die Wellen
Im Stillen Ozean.
Das hat uns armen Gesellen
Der Whisky angetan.

Wir glotzten in das Leben
Wie ein gekochter Fisch.
Wenn wir uns jetzt erheben,
Liegen wir unter dem Tisch.

So bleiben wir besser noch sitzen
Und trinken immer noch mehr.
Und unsere Nasen schwitzen
Sehr.

Wir wollen alle alle nur noch lallen
Und brüllen wie ein Rind,
Daß wir den Leuten gefallen,
Die nüchtern sind.

VII Abschied der Seeleute

Chor der Seeleute:
Wir Fahrensleute
Lieben die See.
Die Seemannsbräute
Gelten für heute,
Sind nur für to-day.

Die Mädchen, die weinen,
Sind schwach auf den Beinen.
Was schert uns ihr Weh!
Das Weh, ach das legt sich.
Unsre Heimat bewegt sich
Und trägt uns in See,
Far-away.

Chor der Mädchen:
Wir, die Bräute
Der Fahrensleute,
Lieben und küssen,
Doch wissen, sie müssen
Zur Seefahrt zurück.

Und wenn sie ertrinken,
Dann – wissen wir – winken
Uns andre zum Glück.

Schiffer-Sentiment

Gelb das Wasser und der Himmel grau.
Neben mir hockt eine alte Wachtel,
Alte Dame oder alte Frau,
Zählt zum zehnten Male ganz genau
Geld aus einer Zigarettenschachtel.

Grog tut wohl, und alte Frau tut weh.
Ich muß fort. Ich stoße meinen Kutter
Ungern in die trübe, gelbe,
Ganz genauso mißgelaunte See. –

Liebe Zeit! Es ist doch stets dieselbe,
Jedermannes arme alte Mutter.

Daddeldus Lied an die feste Braut

Lat man goot sin, lütte seute Marie.
Mi no ssavi!
Ich habe deine Photographie
In der Mediterriniensi
Weit draußen auf dem Meere
Damals verloren,
Als ich bei den Azoren
Mit der Bulldog beinah versoffen wäre. –

Bulldog aheu!

Swiethart! Manilahaariges Kitty-Anny-Pipi –
Oder wie du heißt –
Bulldog aheu!
Bei Jesus Chreist
Ich war – seit Konstantinopel – dir immer treu.

Scheek hends! Ehrlich und offen:
Ich bin gar nicht besoffen.

Giff öss e Whisky, du, ach du! Jesus Chreist!

Skool! bleddi Sanofebitsch – Ohne Spott:
Ich glaube, dich hat der liebe Gott
An einem Sonntag zusammengespleißt.
Weißt du, was du bist: Weißt?
Hör mich einmal ernsthaft auf mich.
Du – du bist – mein zweites Ich.
Du mußt mir mal deinen Namen ausbuchstabieren,
Hein soll mir das auf den Arm tätowieren.

Mary, mach mal deinem Daddeldu
Die Hosentür zu.

Ich habe noch immer die graue Salbe von dir,
Das ist ganz egal; das ist auch ein Souvenir.
Wer mir die Salbe nimmt –
Ich bin der gutmütigste Kerl, glaub es mir;
Ich habe noch keinem Catfisch ein Haar gekrümmt –
Wenn ich zurück bin aus Schangei,
Wie Gott will hoffen, –
Wer mir die Salbe nimmt,
Dem hau ik die Kiemen entzwei.

Bulldog aheu! Ich bin nicht besoffen.
Wirklich nicht!
Wirklich nicht!
Wer mir die Salbe krümmt,
Dem renn ich die Klüsen dicht. –
Komm her, Deesy, wir schlagen die Bulldog entzwei.
Wenn ich aus Kiatschu, Kiatschau –

Porko dio Madonna! –
Mary, du alte Sau,
Wer dir die Salbe stiehlt aus Schangei,
Der wird einmal Kapitän Daddeldus Frau.

Seemannstreue

Nafikare necesse est.
Meine längste Braut war Alwine.
Ihrer blauen Augen Gelatine
Ist schon längst zerlaufen und verwest. –
Alwine sang so schön das Lied:
»Ein Jäger aus Kurpfalz«.

Wie Passatwind stand ihr der Humor.
– Sonntags morgens wurde sie bestattet
In der Heide, wo kein Bäumchen schattet,
Und auch ihre Unschuld einst verlor.
Donnerstags grub ich sie wieder aus.
Da kamen mir schon ihre Ohrlappen
So sonderbar vor.

Freitags grub ich sie dann wieder ein.
Niemand sah das in der stillen Heide. –
Montags wieder aus. Von ihrem Kleide,
Das man ihr ins Grab gegeben hatte,
Schnitt ich einer Handbreit gelber Seide,
Und die trägt mein Bruder als Krawatte. –

Gruslig wars: Bei dunklem oder feuchten
Wetter fing Alwine an zu leuchten.
Trotzdem parallel zu ihr verweilen
Wollt ich ewiglich und immerdar.

Bis sie schließlich an den weichen Teilen
Schon ganz anders und ganz flüssig war.

Aus. Ein. Aus; so grub ich viele Wochen.
Doch es hat zuletzt zu schlecht gerochen.
Und die Nase wurde blauer Saft,
Wodrin lange Fadenwürmer krochen. –
Nichts für ungut: Das war ekelhaft. –
Und zuletzt sind mir die schlüpfrigen Knochen
Ausgeglitten und in lauter Stücke zerbrochen.

Und so nahm ich Abschied von die Stücke.
Ging mit einem Schoner nach Iquique,
Ohne jemals wieder ihr Gebein
Auszugraben. Oder anzufassen.

Denn man soll die Toten schlafen lassen.

Chansonette

War ein echter Prinz und hat Warzen im Bett.
Und kniete vor jeder Schleife.
Vaters Leiche lag auf dem Bügelbrett
Und roch nach Genever und Seife.

Wenn der Pfaffe unter meine Röcke schielt,
Sagt die Alte, werd' ich Geld bekommen.
Meinem Bruder, der so schön die Flöte spielt,
Haben sie die Nieren rausgenommen.

Glaubst du noch an Gott? und spielst du Lotterie?
Meine Schwester kommt im Juli nieder.
Doch der Kerl ist ein gemeines Vieh.
Schenk mir zwanzig Mark; du kriegst sie wieder.

Außerdem: ich brauche ein Korsett,
Und ein Nadelchen mit blauen Steinen.
In ein Kloster möcht ich. Oder bei's Ballett.
Manchmal muß ich ganz von selber weinen.

Avant-Propos

Ich kann meinen Bauch doch nennen, wie ich will
Und orthographisch nach Belieben schreiben!
Wer mich nicht lesen mag, der laß es bleiben.
Ich darf den Sau, den Klops, das Krokodil
Und jeden anderen Gegenstand bedichten,
Darf ich doch ungestört daheim
Auch mein Bedürfnis, wie mir's paßt, verrichten.
Was könnt mich zu Geist und reinem Reim,
Was zu Geschmack und zu Humor verpflichten? –
Bescheidenheit? – caheiatio – oho!
Und wer mich haßt, – – sie mögen mich nur hassen!
Ich darf mich gründlich an den Hintern fassen
Sowie an den avant-propos.

Jene brasilianischen Schmetterlinge

Wie schön ihr angezogen seid!
Simpelfarbig ist unsere Menschenhaut
Und hat noch Hitzpickel am Gesicht.
Aber ich denke das ohne Neid.
Ihr renommiert wahrscheinlich auch nicht
Mit euren sonnenmetallischen Flügeln.
Sie sind euer einziges Kleid.
Ihr braucht es niemals zu bügeln.
Und wenn ich es täte, dann ginge
Es sicher entzwei.
Und eure Leben, ihr Schmetterlinge,

Huscht sowieso wie eine Sternschnuppe vorbei.
Drum seid ihr Ochsen, wenn ihr's nicht genießt.
Dauernd saufen, naschen, geschlechtlich paktieren!
Derart keine Zehnelsekunde verlieren!
Bis euch der deutsche Professor aufspießt.
– –

Die europäischen Fernen
Kennenzulernen,
Was euch das Leben nie bot,
Was ihr damals auch nie gewollt noch begriffen hättet, –
Nun wär's euch. – – Zwischen Gläser gebettet
Leuchtet ihr so geduldig tot.
Broschen seid ihr und Fächer.
Ich habe aus euch einen Aschenbecher;
Aber er tut mir so leid.
Ich streue die Asche lieber daneben.
Denn euch brachte das schöne Kleid
Um euer junges, brasilianisches Leben.

Flugzeuggedanken

Ein ehemaliger Matrose fliegt

Ich bin einst in Seemannsjahren
Oft elbauf, elbab gefahren.
Auf der Seite, wo wir dann Stadt Altona
Sichteten, stand ich an Deck und sah.

Sah ein Haus. Vom Schornsteinruß geschminkt,
Kickt es lustig nach der Elbe hin.
Und ich wußte: Meta wohnt darin.
Wenn ich dort vorbeigefahren bin,
Hat sie mir und hab ich ihr gewinkt,
Ein Signal »Ich liebe dich«.
Und ich sah sie, und sie sah auch mich.

Heute flog ich über das vertraute
Altona. Hab nicht das Haus entdeckt.
Doch ich hab die Hand hinausgestreckt,
Hab gewinkt, wie ich es einst getan.
Und ich wußte: Meta schaute,
Winkte auf nach meinem Wolkenkahn
Oder, wie sie's nennen, »Aeroplan«.

Wenn man sich auch sonst von nah,
Teufel eins, viel lieber sah,
Dacht ich doch verliebt und bang

Oben dort im Wolkenhang:

Wenn ich jetzt hinunterstürze,
Fängt mich Meta in der Schürze
Auf.

Aus der Vogelkunde

Ich spreche von Flugmaschinen.
Sie summen lauter als Bienen
Und sind eine Kreuzung von Taube,
Ente, Maikäfer und Schiffsschraube.

Sie nisten einzeln, paar- und gruppen-
Weise in Hallen und Schuppen.

Ich habe persönlich festgestellt:
Sie bringen lebendige Junge zur Welt,
Die wie Menschen aussehn,
Wenn sie aus ihnen herausgehn.

Auch legen sie Eier und brüten
Im Krieg. Zeus möge das künftig verhüten.

Ihre Nahrung sind Menschen, Koffer, Benzin
Und Zeitungen aus Berlin.

Sie sind über die ganze Welt
Verbreitet und sehr zahm auch in Freiheit.
Außerdem sind sie der Polizeiheit
Und der Zollbehördlichkeit unterstellt.
Volkstümlich nennt man sie schlechthin Maschinen.

Ich könnte Ihnen mit Näherem dienen,
Aber ich verlange dafür
Eine Flugzeugengebühr.

An ein startendes Flugzeug

Da stehst du in nächster Nähe
Vor mir, stumm, starr, dumm und grau.
Torkle davon, du listige Krähe,
Töff töff und surr und dann auf in das Blau.

Weiß ich doch, daß du ganz genau weißt,
Was du zu tun hast, damit du fliegst.

Wenn du so leicht in den Lüften kreist,
Ein wenig wippst und ein wenig dich wiegst,
Fehlt nur noch, daß du trillerst und singst
Wie ein Vogel im erdfernen Glück.
Ach dann scheint uns: Am liebsten gingst
Du gar nicht wieder zum Boden zurück.

Um Gottes willen, du Loser, entrinn nicht
Der Erde, die doch menschlich dich schuf.
Überstürz dich auch nicht und besinn dich
Auf unser Vertraun und auf deinen Beruf.

Flugzeug am Winterhimmel

Ich fliege im Flockengewimmel
Ach, guter Himmel, laß das doch sein!
Ich Flugriese bin nur klein Vögelein
Gegen dich, schüttender Himmel.

Sag Schneegestöber, ich bäte es sehr,
Ein wenig nachzulassen.
Denn meine Flügel tragen schon schwer
An sechs ganz dicken Insassen.

Die spielen Karten in meinem Leib
Und trinken, weil sie so frieren.
Und wollen nach Zoppot, um Zeitvertreib
Und Örtliches zu studieren.

Und käme ich dort nicht pünktlich hin,
Die würden es niemals verzeihen.
Lieber Himmel, wenn ich gelandet bin,
Dann darfst du gern wieder schneien.

Fallschirmsprung meiner Begleiterin

Wie sie den Fallschirm mir zeigt und erklärt,
Kann ich nur halb zuhörn und zusehen.
Ich muß daran denken, wie ganz verkehrt
Oft Frauen mit ihren Schirmen umgehen.
Ich bin doch sonst kein solch Angstpeter.
Aber nun – – Und nun sind wir so weit,
Vielmehr so hoch. Etwa zweitausend Meter!
Wir erheben uns. »Alles bereit?«
Ich öffne die Türe.

»Gott soll Sie erhalten
Und Ihren seidenen Schirm entfalten.
Ich schösse mich tot, wenn ich jemals erführe – –«

Mir graust.
Das Frauenzimmer ist abgesaust.
Ich blicke ihr nach. Einmal überschlägt sie
Sich, wird ein Punkt, dann ein Pünktchen, und, ach,
Plötzlich ein sonnig blitzendes Dach,
Und ich weiß: das Dach trägt sie.

Ich schließe die Türe und reiße die Watte
Aus meinen Ohren. Ich fühle mich frei
Und sicher. Und ärgre mich doch dabei,
Weil sie mehr Schneid als ich hatte.

Ein Freund erzählt mir

»Ich sah auf der Wiese – Oskar ist Zeuge –
Eine Dame sich aus der Kniebeuge
Langsam erheben
Und vor ihr etwas wie Segeltuch schweben.
Eine tausendköpfige Menge gafft
Nach dieser Lady in Hosen aus Loden.
Dann, langsam, bläht sich das Segel und strafft
Seine Taue. Die ziehen die Dame vom Boden
Und hoch in die Wolken. Grotesk anzuschauen.
Das Weib schwebt unter dem Schirm an den Tauen.
Dann schließt sich der Schirm, aber trägt dennoch sie
Höher und höher, man weiß gar nicht, wie.
Dann zeigt sich ein Flugzeug. Die Tür der Kabine
Steht offen, und aus der Öffnung sieht
Ein Mann mit einer Ringelnatzmiene.
(Es gibt doch wahrhaftig nicht viel solcher Nasen!)

Und wieder plötzlich –, nein, alles geschieht
Ganz langsam – also unplötzlich neigt
Der Schirm sich nach unten. Die Dame steigt
Fußoberst weiter. Und solchermaßen,
Im Bogen, schweben der Schirm und die Dame
Ins Flugzeug hinein. Und sie oder du,
Einer von euch schlägt die Türe zu.«

Film. Rückwärts gedrehte Zeitlupenaufnahme.

Flugzeuggedanken

Dort unten ist die Erde mein
Mit Bauten und Feldern des Fleißes.
Wenn ich einmal nicht mehr werde sein,
Dann graben sie mich dort unten hinein,
Ich weiß es.

Dort unten ist viel Mühe und Not
Und wenig wahre Liebe. –
Nun stelle ich mir sekundenlang
Vor, daß ich oben hier bliebe,
Ewig. und lebte und wäre doch tot –
Oh, macht mich der Gedanke bang.

Mein Herz und mein Gewissen schlägt
Lauter als der Propeller.
Du Flugzeug, das so schnell mich trägt,
Flieg schneller!

Helfen

Es betteln Armut und Betrug.
Es betteln die Faulen und Schwachen.
Wer viel gegeben, gab nie genug.
Ehrliches Lachen darf lachen.

Wir reden gern uns die Schuld vom Hals
Und arbeiten ungern für Faule.
Es packt uns Reue erledigtenfalls
Oder Gruseln bei offenem Maule.

Und ganz erschüttert hörn wir und schreiben
Von Armen, die unerreichbar bleiben.

Wie leicht klingt das, wenn jemand spricht:
»Hart! Aber das Schwache muß sterben!«
Doch dürfen auch manche Leute nicht
Am ewigen Helfen verderben.

Frühling

Die Bäume im Ofen lodern.
Die Vögel locken am Grill.
Die Sonnenschirme vermodern.
Im übrigen ist es still.

Es stecken die Spargel aus Dosen
Die zarten Köpfchen hervor.
Bunt ranken sich köstliche Rosen
In Faschingsgirlanden empor.

Ein Etwas, wie Glockenklingen,
Den Oberkellner bewegt,

Mir tausend Eier zu bringen,
Von Osterstören gelegt.

Ein süßer Duft von Havanna
Verweht in ringelnder Spur.
Ich fühle an meiner Susanna
Erwachende neue Natur.

Es lohnt sich manchmal, zu lieben,
Was kommt, nicht ist oder war.
Ein Frühlingsgedicht, geschrieben
Im kältesten Februar.

An der alten Elster

Wenn die Pappeln an dem Uferhange
Schrecklich sich im Sturme bogen,
Hu, wie war mir kleinem Kinde bange! –
Drohend gelb ist unten Fluß gezogen.

Jenseits, an der Pferdeschwemme,
Zog einmal ein Mann mit einer Stange
Eine Leiche an das Land.
Meine Butterbemme
Biß ein Hund mir aus der Hand. –
O wie war mir bange,
Als der große Hund plötzlich neben mir stand!

Längs des steilen Abhangs waren
Büsche, Höhlen, Übergangsgefahren. –

Dumme abenteuerliche Spiele ließen
Mich nach niemand anvertrauten Träumen
Allzuoft und allzulange

Schulzeit, Gunst und Förderndes versäumen. –
Hulewind beugte die Pappelriesen.
O wie war mir bange!

Pappeln, Hang und Fluß, wo dieses Kind
So viel heimlichstes Erleben hatte,
Sind nicht mehr. Mir spiegelt dort der glatte
Asphalt Wolken, wie sie heute sind.

Fliegerleute
(1928)

Vielleicht wird sich das später ändern.
Auch ist es vielleicht in verschiedenen Ländern
Anders. Doch wie das in Deutschland heute
Liegt, muß ich sagen: Die Fliegerleute,
Piloten, Bordmonteure, Flugleiter,
Bezirksleiter, Funker und so weiter,
Auch die im Büro und der luftige Boy
Sind goldige Kerls. – Ihnen Gutes! Ahoi!

Nur ehrliche Leistung bringt nach der Ferne
Durch Wetter und Wogen ein Schiff.
Doch bei der Luftfahrt kommt die moderne
Weltmännische Bildung hinzu und der Schliff.

Humorvoll und kühn, sich beherrschend, bescheiden –.
Heraus ohne Schmeichelei:
Ich mag diese Kerls leiden.

Ihre Welt ist noch frei.
So, wie sie sind, und dort, wo sie sind,
Wehn alle Flaggen und ein guter Wind.

Wie wohl das heute tut.
Prost Fliegerleute, ich denke an euch!
Ändert euch nicht. Ich schwenke vor euch
Meinen Hut.

Wie machen wir uns gegenseitig das Leben leichter?

Wir haben zu großen Respekt vor dem,
Was menschlich über uns himmelt.
Wir sind zu feig oder sind zu bequem,
Zu schauen, was unter uns wimmelt.

Wir trauen zu wenig dem Nebenuns.
Wir träumen zu wenig im Wachen.
Und könnten so leicht das Leben uns
Einander leichter machen.

Wir dürften viel egoistischer sein
Aus tierisch frommem Gemüte. –
In dem pompösesten Leichenstein
Liegt soviel dauernde Güte.

Ich habe nicht die geringste Lust,
Dies Thema weiter zu breiten.
Wir tragen alle in unsrer Brust
Lösung und Schwierigkeiten.

Museumsschweigen

Wie's Gedanken gibt,
Die durch Stein und Welten gehn,
Kann's geschehn,
Daß die Fliege den Ichthyosaurus liebt.

Still ist's im Museumssaal.

»Lieber Freund, ich liege
Fest in Bernstein«, sagt die Fliege,
»Bernstein ist ein Mineral.
Und ich liebe dich, du Riesenexemplar,
Und ich möchte deinetwegen
Nur noch einmal Eier legen.«

»Bernstein?
Kann gern sein«,
Sagt das Ichthyosau,
»Aber ich bin auch eine Frau,
Eine sehr entschlossene sogar.
Weil ich noch in dem Momente,
Als gewisse Elemente
Mich erstickten, noch ein Kind halb gebar.«

»Eier oder lebendig – –«,
Sagt die Fliege, »wir wohnen
Beide auf der Welt seit Millionen
Jahren. – Wissen Sie die Zahl noch auswendig?«
»Nicht so ganz genau«,
Sagt Frau Ichthyosau,
»Aber wollen wir doch nicht sentimental
Flöten oder winseln.
Nein, versuchen wir jetzt wieder einmal,
Ganz verliebt einander anzublinzeln.«

Da betrat den Museumssaal
Der pensionsberechtigte Museumswärter.
Und da blinzelten die beiden nicht.
Denn solch Wärter
Tut eben seine Pflicht

Und schürft nicht tiefer.
Denn Beamtenpflicht ist härter
Als Bernstein und Schiefer.

Raketenwagen auf der Avus
(23. Mai 1928)

Begeistert und beängstigt sahn
Tausende Menschen dem zu:
Es raste über die Avusbahn
Der Raketenwagen. Huh!!

Er donnerte, feuerte, fuhr und ließ
Einen Rauch hinter sich, der auch stank.
Der schneidige Lenker des Wagens hieß
Fritz von Opel. Ihm Dank!

Er fuhr wie ein Teufel und sicher vorbei,
Endete, niemand sah, wo.
Es war eine anständige Teufelei.
Bravo!

Giraffen im Zoo

Wenn sich die Giraffen recken,
Hochlaub sucht die spitze Zunge,
Das ihnen so schmeckt, wie junge
Frühkartoffeln mit Butter mir schmecken.

Hohe Hälse. Ihre Flecken
Sehen aus wie schön gerostet.

Ihre langsame und weiche
Rührend warme Schnauze kostet

Von dem Heu, das ich nun reiche.

Lauscht ihr Ohr nach allen Seiten,
Sucht nach wild vertrauten Tönen.
Da sie von uns weiter schreiten,
Träumt in ihren stillen, schönen
Augen etwas, was erschüttert,

Hoheit. So, als ob sie wüßten,
Daß nicht Menschen, sondern daß ein
Schicksal sie jetzt anders füttert.

Freiballonfahrt mit Autoverfolgung

(1928)

Auf Augsburgs sonntagsbunten Flugplatz lacht
Die Sonne. Doch vergeblich brütet
Sie auf gigantische Dickhäuteriche,
Die von Miliz und Polizei bewacht
Und liebevoll von Feuerwehr behütet,
Dick aufgeblasen überm Boden schweben,
Von Photographen, Pressevolk umgeben.

Doch nicht nur diese wichtigen Leuteriche,
Sondern vor allem: viele Autos warten
Darauf, daß jene gasgefüllten Tiere –
Ihrer sind viere – pünktlich drei Uhr starten.

Denn es sind Ehrenpreise ausgesetzt
Für alle Wagenführer, die
Als erste die Ballons, wenn sie
Gelandet sind, erwischen.

Jetzt

Erhebt ein Wind sich. Unsre Riesen zerren
An ihren Fesseln wild. Wir, ihre Herren,
Klettern in ihre Körbe. – Es schlägt drei.
Gewichte lösen sich. Man läßt uns frei.
Die Menge winkt. Wir steigen munter.
Als Blick nicht ausreicht mehr noch Winkehand,
Schwing ich mich auf der Gondel Rand
Und schleudre meinen Hut hinunter,
Der Frau zum Gruß, dem Publikum
Zum dankbar lauten Gaudium.

Mich kümmert's anfangs nicht, wohin
Die Luft uns führt. Im Korbe bin
Ich nur geladener Passagier.
Doch Dr. Weltz, der Führer, neben mir
Und Unparteiischer E. Scheuermann,
Zwei altbewährte Meisterflieger, sehn
Sich kundig um und zeigen lächelnd dann
Mir in der Tiefe winzige Chausseen,
Auf denen unserer Verfolger Wagen
Bald lauernd halten, bald wild weiterjagen.

Wir müssen vor zwei Stunden niedergehn,
Doch dürfen erst nach einer Stunde landen.
Acht Säcke Ballast sind vorhanden,
Meßapparate, hundert Meter Tau.
Die beiden Sachverständigen zeigen,
Erklären alles mir genau.

Und unterdessen steigen wir und steigen.
Eintausend Meter, zweitausend vierhundert,
Fünfhundert – –. Herrlich! Uns umwundert
Die Adlerwelt der Überlegenheit.

Herr Scheuermann notiert Ort, Stand und Zeit.

»Schaut! Jener Wald«, sagt unser Führer, »wär
Der rechte Platz, sich zu verstecken.
Doch leider schiebt die Strömung uns konträr.
Wir müssen tiefer!« – Als ich voller Schrecken
Auf ein Gewitter überm Wald weise,
Sagt Weltz: »Das stört nicht unsre Reise.«
Und hängt sich wuchtig an das Gasventil.

Wir sinken rasch, wie wir an Buntpapieren,
Die wir auswerfen, deutlich konstatieren.
Die Strömung ändert sich; der Wald wird Ziel.

Der Himmel hat sich drohend überzogen.
Von den Ballons, die mit uns aufgeflogen,
Ist nurmehr einer fern zu sehn.
Und wir, mit Gas und Spannung angefüllt,
Sind plötzlich ganz in Nebel eingehüllt.
Drei Männer, die lautlos im Schweigen stehn.
O zauberhaftes Indenwolkenschweben!
So wie die Märchenengel für die Kinder leben.

Wir lauschen, warten, fallen, – – »Da!«
Da schimmert etwas unter uns und nah,
Wird klar und klarer – – Grüne Waldesmassen.
»Dort in die Tannen!« – Gas entlassen,
Eh der Gewitterwind uns faßt und treibt!

Die Gondel schlägt in Tannenwipfel, bleibt
Dort hängen wie ein Riesenvogelnest.
Sechs Hände krallen im Gezweig sich fest.
Ich muß die Wipfel um Verzeihung bitten.
Sie haben sicherlich dabei gelitten.

So schweben wir in höchsten Nadelzweigen,
Schaun auf die Uhr und lauschen, lauschen, schweigen.
Schon fünf Minuten sind verronnen.
Fünf weitre unentdeckt, dann ist's gewonnen.

Doch: Töff töff töff – – Dann: Eine Stimme schreit
Von unten auf: »Hallo! Ergebt euch gütig!«

Wir sind gefaßt. Ich rufe übermütig:
»Bedaure sehr, wir sind noch nicht so weit!«
Dabei versuchen wir, wie vorgenommen,
Zu einem Weiterfluge freizukommen.
Aus kleinen Säcken schütten wir in Hast
Auf die Verfolger all unsren Ballast
Und ziehn uns luvwärts gegen Sturm. – –

Zu spät!
Gewitter und ein Wolkenbruch entlädt
Sich. Blitz und Guß und Donner. – Toll! –
Und Weltz und Scheuermann, gleich einsichtsvoll,
Ergeben sich an die, die uns gefunden.
Weltz reißt die Hülle auf. Wir sausen. – Für Sekunden
Hakt unser Korb in Zweigen fest. Und dann –
Zehn Meter überm Boden mag es sein –
Plumpst er hinunter wie ein harter Stein.

»Seid ihr gesund?« – »Ja!« Ich, Weltz, Scheuermann.

Zwischen Lipp und Kelchesrand

Ein weibliches Rekördchen
Hatte sich besoffen,
Mußte mal aufs Örtchen.
Als es wieder rauskam,
War's schon übertroffen.

Kuttel Daddeldu über Nobile
(Juli 1928)

So große Kerle gingen tot.
Gott weiß, was fern in höchster Not
Noch heute kämpft, vom Eis umklammert,
Für dieses Großmaul, das jetzt jammert
Um seinen angequetschten Zeh.

Wann hat ein Captain je in See
Als erster seine Crew verlassen?!
Dem möcht ich in die Kiemen fassen!

Ach, daß sie den gerettet haben!
Er müßte, tief ins Eis gegraben,
Mit einem Lorbeerstock im Hintern,
Solang die Welt steht, überwintern.

Verflucht, ich kann nicht richtig beten,
Doch hab ich eine solche Wut.
Gott sei zu Amundsen recht gut.
Und wenn mir Nobile begegnet,
Will ich ihm das Gedärm zerkneten
Und ihn und sein ihm teures Leben
An andre Fäuste weitergeben,
So, daß er Luft und Wasser segnet.

Begrüßung eines soeben Gelandeten

Ich wünsche dir Glück zum festen
Boden. – War das dein erster Flug? –
Ich glaube, du fährst am besten
Das nächstemal mit dem Eisenbahnzug.

Ganz bleich siehst du aus. Und doch
Bist du so lebhaft und aussprudelnd froh.
Warst du unterwegs ebenso?
Du zitterst ja noch.

Ja, die Luft hat keine Balken.
Aber nun genieße du das Nun.
Über Flügel denken Falken
Anders wie ein Huhn.

Sind dir vier Wolkenstunden
Zu langsam verronnen,
Hast du die Erde nun wieder gefunden,
Sie neu liebgewonnen.

Wer oben unzufrieden,
Ängstlich oder auch krank war,
Sei dann hienieden
Wenigstens dankbar.

Trostworte an einen Luftkranken

Recht so! Speie, lieber Mitgast, speie!
Speie dreist und ungeniert und laut,
Daß sich einmal andersrum befreie,
Was für dich passé ist und verdaut.

Speie froh. Es wird dir polizeilich
Und moralisch jederzeit verziehn. –
Ja, ich gebe zu: Ich habe freilich
Da leicht reden, weil ich nie gespien.

Und der Himmel möge auch verhüten,
Daß es je geschieht. Ich stell mir bloß
Vor, wie unten deine Tüten
Landen in der Mutter Erde Schoß.

Andern Luft und Appetit verderben,
Kann ein schadenfröhlich freier Sport
Sein. Und niemand wird deswegen sterben.
Denn der Magen ist wie ein Abort.

Abgesehen von der Profitlüge

Die kurzen Beine der Lüge sind
Auch nur etwas Relatives.
Ein Segler kreuzend gegen Wind
Ist immer etwas Schiefes.

Ob sie aus Anstand, aus Mitleid gibt,
Sich hinter der Kunst will schützen,
Wenn sie nicht innerst sich selber liebt,
Wird Lüge niemandem nützen.

Es gibt eine Lüge, politisch und kühn,
Und die ist auch noch zu rügen.
Ich meine: Wir sollten uns alle bemühn,
Möglichst wenig zu lügen.

Eine Zuschauerin im Flughafen

»Nie wieder wird's Menschen geben,
Die so viel erleben,
Wie wir, in unsrer gigantischen Zeit!
Der Weltkrieg und die ihm folgenden Leiden –
Wird keiner auch uns darum beneiden –
Haben doch alles, was in der Welt
Früher geschah, in den Schatten gestellt.
O unsre Zeit! Und speziell unser Land!«

Der Platzleiter bückte sich, hob galant
Ein Buch auf, gab's mit der linken Hand
Der Dame zurück, nicht mit der rechten.
(Er war im Kriege in Luftgefechten
Dreimal abgeschossen und rühmlichst bekannt.)

»Danke. – Ach, wie der Gedanke erhebt:
Nie wird – nie hat eine Generation
Soviel Erfindungen neu erlebt.
Denken Sie nur an Edison,
An Fahrrad, Auto und Grammophon,
An Kino, Radio, Röntgenstrahlen,
Schon Trambahn, Rohrpost und Salvarsan.
All das hat unsere Zeit getan!
Und was noch folgt, ist kaum auszumalen.
Wir schreiten weiter von Siegen zu Siegen.
Nicht Fortschritt mehr, sondern Fortflug. Wir fliegen
Empor. Wir werden zu höheren Fernen
Schweben, zum Mars und zu sämtlichen Sternen.
Wir werden vielleicht
Die alleräußerste Peripherie
Des Weltalls erreichen. – –
Ich danke Ihnen, das haben Sie

Und Ihresgleichen
Durch Ihr Genie und durch Mut erreicht.«

Die Dame schwieg, und sie fächelte
Mit ihren Armen, als wollte sie fliegen.

Der Flugplatzleiter lächelte.
»Bin oft nach der Sonne zu aufgestiegen«,
So sagte er heiter,
»Doch zog sie sich immer um jedes Stück
Meiner erstrebten Annäherung weiter
Und höher zum alten Abstand zurück.«

Köln – Brüssel – London

Ach, mir war seltsam. Nach dem Start erwog ich,
Ob's komisch sei, wenn man sentimental
Denkt. Ach, zum ersten Male überflog ich –
Ein ehemaliger Seemann – den Kanal.

Im Sonnenwetter, das wir anfangs hatten,
Sah ich zur Erde. Lautlos eilend schlich
Tief unter uns, doch mit uns, unser Schatten.
Und ich ward traurig, als er plötzlich wich.

Und Brüssel dann. Ein kurzer Aufenthalt.
Ich hab als Sieger dort einmal gelitten,
Im Krieg. Ich habe dort nichts abzubitten.
Und doch: Es überlief mich kalt.

Und weiter ging's, durch wechselvolle Höhen,
Nunmehr durch Grau und schwere Hagelböen.
Doch mich betrank's. Wie lange war es her,
Daß ich zur See ging?! – Segelschiff und Meer! –

Und als nun fern, dann näher der Kanal
Auftauchte, ich die Küste überschwebte,
War's, daß ich nun zum zweiten erstenmal
Stolz, ehrlich staunend Globetrot erlebte.

Die Ufer unsres Kontinents entschwanden.
Zwei Dampfer sah ich, die mit ihren Wellen
Scheinbar ganz still, wie starrgefroren standen.
Dann brach die Sonne durch und wies mit hellen,

Vergnügten Fingern auf das Inselland
Und auf zwei Flieger. Diese zogen
An uns vorbei, als wir den Kuchenrand
Von Englands Küste überflogen.

Land unter uns. Bis sich vom Flugplatz Croydon
Blinkauf, blinkab ein Winkefeuer zeigte.
Als dann sich unser Kahn zur Landung neigte,
Wie brannte ich auf lang entbehrte Freuden.

7. August 1929

Ein Zeppelin fliegt übers Meer.
Aber es gibt schon heute
Ganz gut gescheite Leute,
Die interessiert das gar nicht sehr.

Der Weltenraumverkehr floriert
Seit Urzeit, niemals minder.
Wo gut? Wo schlecht? – Das interessiert
Die Greise wie die Kinder.

Was man im Leben sich erwarb,
War Gnade oder Beute.

Da ich Geburtstag feiere, starb
Die Kathi Kobus heute.

Es hat an solchen Tagen –
– – – – – –
Was wollte ich denn eigentlich sagen? –
Es hat ein Jedes was erträumt.
Es hat ein Jedes was versäumt.

Wer hat gewonnen?

Weil du berühmt bist und mir Wahrheit sagst,
Zerschlag ich dir ein Stück von deinen Zähnen.
Nun du mich meidest und sogar verklagst,
Bitt ich dich um Verzeihung unter Tränen.

Du lächelst siegreich, läßt mich also leiden. – –
Ich werde reich und gut. Du wirst senil.
Ich frech. – Und wir versöhnen uns und meiden
Und plagen uns im wechselschroffen Spiel.

Doch immer ruhiger und mehr besonnen
Legt sich der Kampf. Die Wahrheit steht. Es fragt
Jeder von uns und jeder neu verzagt:
»Wer hat gewonnen?!«

Kurz vor der Weiterreise

Kurz vor der Weiterreise

In Eile – in vierzig Minuten
Geht mein Zug. Denke dir nur:
Die gelbe Tasche mit Frack und den guten
Hosen, vier Hemden und Onkel Karls Uhr,
Die Metamorphosen des Tacitus,
Zwei Unterwäschen, fast sämtliche Kragen,
Sogar das Glas mit dem Bandwurm in Spiritus
Und vieles andere. – Schluß – herzlichen Gruß.

Ich muß dir ja noch die Hauptsache sagen:
Das alles haben sie mir gestohlen.
Ich habe hier Blut geschwitzt.
Der Teufel soll Berlin holen!
Denn auch mein neuer Hut ist vertauscht.
Pfenniger läßt dich grüßen. Er sitzt
Neben mir. Wir sind dir gut, aber ziemlich berauscht.

Hamburg

Das Hafenleid – die Alsterdiamanten –
Das sind für mich so fertige Begriffe,
Da fallen Zahlen um die großen Schiffe,
Wenn ich begönnert, aber mißverstanden

Zwischen den Reedern sitze an der Bar,
Die scheinbar nur um Whiskysoda knobeln.
Indessen denk ich immer vor den nobeln
Kaufherren an mein schlechtgekämmtes Haar.

Dann die, die aus den Schiffen sich verstreuen:
Unangenehme, plumpe Wunderlinge,
Sie schenken bluterlebte Wunderdinge
Und wollen nichts als sich mit andern freuen.
Wie sie das erste beste runtergießen,
So gierig wie die weißen Hafenraben – – –
Muß man den Schlüssel selbst erschmiedet haben,
Um ihre seltnen Märchen zu erschließen.

Und alles kenn' ich: Backbord, Luv und Lee,
Das »Rundstück warm«, die Segel und die Lichter,
Die hellen abgesalzenen Gesichter.
Fuhr ich vielleicht umsonst sechs Jahr zur See!

Hier bunte Ratsherrn, flatternd um die Masten,
Dort steife Flaggen, die zur Börse hasten.
Und steife Grogs, Qualm, Tabak, Nebeldunst.
Du fragst nach Kunst? Ach Hummel, Hummel Kunst!

Nachts klang zwölf Glasen – (nein, vielleicht zwölf Uhr) –
Wie aus Westindien – dumpfes Dampfertuten,
Ich träumte (aber dieses lüg ich nur),
Ich träumte eben von der Tante Bur –
Kann es wohl sein, daß Augenwimpern bluten?
Hier trink ich morgens Bier auf nüchtern Magen
Und häufe Wurst auf grobes, schwarzes Brot
Und fühle mich so stark in jeder Not,
Ich würde mich hier schämen, je zu klagen.

Bremen

Hier gelt ich nix, und würde gern was gelten,
Denn diese Stadt ist echt, und echt ist selten.
Reich ist die Stadt. Und schön ist ihre Haut.
Sag einer mir:
Welch Geist hat hier
Die Sankt Ansgarikirche aufgebaut?
Groß schien mir alles, was ich hier entdeckte.
Ein Riesenhummer lag in einem Laden.
Wie der die Arme eisern von sich reckte,
Als wollte er durchs Glas in Frauenwaden,
In Bremer Brüste plötzlich fassen
Und – wie wir's von den Skorpionen lesen –
Restweg im Koitus sein Leben lassen –
Wär er nicht längst schon rot und tot gewesen.
Als ich herauskam aus dem Keller, wo
Schon Heine saß, da sagte ich: »Oho!«
Denn auf mich sah Paul Wegener aus Stein,
Und er war groß und ich natürlich klein.
Brustwarzen hatte er an beiden Knien,
Vielleicht war's auch der Roland von Berlin.
Und als ich, wie um eine spanische Wand
Mich schlängelnd, eine seltsam leere,
Doch wohlgepflegte Villengasse fand
Und darin viel verlorene Ehre,
Stand dort ein Dacharbeiter.
Den fragt ich so ganz nebenbei:
Ob er wohl ein Senator sei?
Da ging er lächelnd weiter.

Frankfurt an der Oder

Nicht Oderkrebse aß ich,
Nein: ersten frischen Blumenkohl
Mit Bröseln. Dazu las ich,
Was du mir so ausführlich schriebst,
Daß du die Miete schuldig bliebst.
Ich freute mich, daß du mich liebst.
Die Miete, die vergaß ich.
Denn Frankfurt war so spaßig.
Besonders weil's Karfreitag war,
Guten Tag. Wie geht es? Leben Sie wohl.
War alles Langerweile voll.
Ich frug den Mixer an der Bar,
Was man an Frankfurt rühmen soll.
Da mußte er gerade
Mal raus. Und das war schade,
Denn bald darauf ging schon mein Zug.
Ich konnte nicht mehr warten
Und hatte just noch Geld genug
Für ein paar Ansichtskarten.
Ich preßte allen Witz heraus
Und schrieb mit stumpfer Feder
An alle Freunde: »Grüße aus
Frankfurt an der Entweder.«

Cassel

Die Karpfen in der Wilhelmstraße 15

Man hat sie in den Laden
In ein intimes Bassin gesetzt.
Dort dürfen sie baden.
Äußerlich etwas ausgefranst, abgewetzt –
Scheinen sie inwendig

Doch recht lebendig.
Sie murmeln Formeln wie die Zauberer,
Als würde dadurch ihr Wasser sauberer.
Sie kauen Mayonnaise stumm im Rüssel
Und träumen sich gegen den Strich rasiert,
Sodann geläutert, getötet, erwärmt und garniert
Auf eine silberne Schüssel.
Sie enden in Kommerzienräten,
Senden die witzigste von ihren Gräten
In eine falsche Kehle.
Und ich denke mir ihre Seele
Wie eine Kellerassel,
Die Kniebeuge übt. –
Ja und sonst hat mich in Cassel
Nichts weiter erregt oder betrübt.

Leipzig

Die Berge sind so schön, so erhaben! –
Aber es gibt hier keine. –
Wo hier zwei Menschen sind, ist keiner alleine. –
Über manche Leute, die jemand begraben,
Lache ich beinahe mich selber zu Tode, –
Fast alle Sachsen sind sächsisch. Sie zeigen sogar,
Daß die Pariser und die Londoner Mode
Vor zwei Jahren eigentlich auch sächsisch war.
Bei deiner Großmutter bin ich gewesen.

Es tut einem weh:
Sie nagelt – die Siebzigjährige – Stiele an Besen
Und trinkt – weil das jetzt am billigsten – Blutreinigungstee.
Sie hat eine alte Kommode, wertvolles, frühes Barock.
Ich klärte sie auf. Und denke dir:
Sie – unabwehrbar – schenkte sie mir,

Trug sie persönlich mir heimlich nachts ins Hotel in den dritten Stock.
Was nun mit ihr, was mit der Kommode machen?? –

Genug für heute. Ich bin so müde gefragt.
Es ist doch billig, über die Sachsen zu lachen.
Der müßte selber ein
(Und würde kein) Sachse sein,
Der einmal recht ihre Vorzüge sagt.

Mannheim

Schaff mir doch jemand den Schutzmann vom Hals!
Der Kerl schreitet ein.
Ich möchte doch gar nichts weiter, als
Nur laut schrein. Ganz laut schrein.
Der aber schreit: Nein,
Das dürfte nicht sein.

Was wär nun an meinem Geschrei
Schlimmes dabei?
Wenn ich doch heute so fröhlich bin.
Dafür haben die von der Polizei
Gar keinen Sinn.

Paßt auf, ihr Leute, was ich nun
Tue. Ich werde nichts Böses tun.
Wenn ich jetzt laufe,
Läuft der besäbelte Mann
Wie wild hinterher.
Aber ich laufe schneller wie der.
Und werde schrein, was ich nur schreien kann.

Was wissen die Polizein
Vom redlichen Fröhlichsein.

Am Südpol darf jeder Seelöwe schrein
So laut, wie er will. –

Schon gut, ich bin ja schon still.

Frankfurt am Main
September 1923

Wie ich mich auf dich freue!
Nur noch fünf Tage weit!
Wird!
Was ich auch scheue.
Niemals die Zeit.

Ich sitze wo und esse.
Um mich die Herren von der Messe
Sind alle wichtig im Gefecht.
Ich wollte, ich wäre bezecht.

Nahbei, vor einem stolzen Hotel
(Wo man noch echten Whisky hat),
Schwemmt sich aus schöner Schale ein Quell,
Als weinte eine ganze Stadt
Ihre Zeitnot über den Rand.

Renée, ich küsse deine Hand.
Auf Wiedersehn!
Ich denke: Wenn nächstens vieles fällt,
Wir zwei bleiben stehn,
Solange wir wissen, was uns hält.

Frankfurt am Main

Januar 1924

Hier hab ich den Teufel gesehn.
Er ging durch die schnurrigen Gassen
Und hat etwas fahren lassen
Abends vor zehn.

Fand wieder Freunde lieb und wert.
Und haben manche mich entdeckt.
Ich weiß: der Apfelwein schmeckt
Gut, aber er zehrt.

Wie du mich wohl wiedersiehst?!
Ich habe vor steifen Leuten
Einen Pferdeappel gespießt.
Ob die sich innerlich freuten?

Mag es hier billig, teuer,
Interessant oder langweilig sein.
Mir ist dies Frankfurt am Main
So angenehm nicht recht geheuer.
Und mir gefällt's.

So nehme ich jede Fremde,
Als schliche ich nachts im Hemde
Durch Korridore eines Hotels.

Aus Amsterdam

Nachdem ich den ersten und zweiten Preis
Gestern in einer Verlosung gewann,
Und zwar einen Seehund und eine Matratze,
Und nun nicht wohin damit weiß,

Und weil mir hohnlachend jedermann,
Dem ich das Zeug billig offeriere,
Noch weniger bietet, nur weil man lebendige Tiere
Nicht wie einen Regenschirm einfach stehnlassen kann,
Und jeder von meiner Abreise weiß
(Denn der eine Gewinn – der zweithöchste Preis –
Ist richtig lebendig und bellt wie ein Kalb),
Die Matratze allein aber geb ich nicht hin,
Aus Trotz meinetwegen. Und eben deshalb
Und weil ich heute so traurig bin
Und ein Zündholz verschluckte und kurz und gut:

Mir ist heute so zum Sterben zumut.
Du brauchst deswegen nicht ängstlich zu sein.
Es hat ja noch Zeit.
Nur merk dir bei dieser Gelegenheit:
Wenn ich mal sterbe, ist alles dein
(Nach meinem Wunsch und von Rechts wegen),
Was ich besessen habe im Leben.
Nur sollst du dann meinen drei liebsten Kollegen
Folgende kleine Souvenirs geben:

Dem Degenschlucker Paul Speisel vererbe
Ich den krummen Türkensäbel mit Schärpe.
Der Lachsalvendaisy in Ingolstadt
(Die mir mal das Leben gerettet hat)
Sende das Neue Plüschtestament.
(Frage sie erst, ob sie mich noch kennt.)
Den Jupiter aus Papiermaché
(Den kleineren mit den fehlenden Ohren!)
Und sämtliche Fachzeitschriftenbände
Vermache ich den Gebrüdern Hoppé,
Vogelstimmenimitatoren.
Und drücke ihnen im Geiste die Hände.

Notiere noch (Motzstraße vierzehn, Berlin)
Den Zauberkünstler René du Claude.
Dem hab ich mal hundert Pesetas geliehn.
Die schuldet er mir jetzt seit sechseinhalb Jahren.

Und mögen diese nach meinem Tode
Mir alle ein gutes Gedenken bewahren.
Und mir, meiner Frau, einen ewigen Kuß.
Doch laß mich nicht weich werden. – Also jetzt Schluß
Mit jeder Sentimentalität.

Sei brav! Bleib mir treu! Und ich grüße dich.
Sei sparsam und fleißig! Leb wohl! Es ist spät,
Und die Kegelgesellschaft wartet auf mich.

Wien

Februar 1924

Ich werde wohl in wenig Wochen
Bischof und Bürgermeister sein von dieser Stadt.
Nach dem, was man mir allwo hier versprochen
Und mit viel Küßdiehands beteuert hat.

Und andrerseits: nach dem, was man gehalten
Und wie man mich empfehlend weiterwies
Und überhaupt – es drängt mich, einzuschalten:
Hier ißt und trinkt – – So denk ich mir Paris.

Ich lebe noch, obwohl die Trambahnwagen
Links fahren und sich alles links
Ausweicht. Ich weiß dir mündlich allerdings
Auch vieles Gute über Wien zu sagen,
Für heute laß mich etwas neidisch klagen.

Denn Oper, Fasching, Tanz und Operette –
Ich merkte, zählte … und ich kroch ins Bette.

Und wie sich unsereins hier vor den Läden weidet!
Und wie, was weiblich oder feminin
Ist, hier sich elegant tut und bekleidet –!
Ja Wien bleibt Wien.

Ich seh die Tiere, die man abgeschossen
Um Pelz und Flirt.

Jedoch ich werde mählich was verwirrt.
Ich habe zuviel Heurigen genossen.
Und draußen wuchtet um den Stephansturm
Schon seit acht Tagen böser Wind. –
Der müßte zehnmal stärker – stärkster Wind –
Hier all die Damherrn, Dummen oder Dämen
Jählings entkleiden, nackt wie Regenwurm. –
Wie sich die Zierigen wohl dann benähmen?!

Ach wärst du hier, wär all das abgetan.
Schlagobers würd ich um dich häufen lassen.
Auch sah ich winkelschöne, arme Gassen
Und Kirchentürme ganz aus Filigran.

Zürich

An Hügin

Frage ich mich: Führ ich
Gern ein zweites Mal dorthin
Nach (Hamburgli-)Zürich?? –
Merk ich doch, daß ich im Zweifel bin.
Ungeachtet dessen – immerhin!

Wer, wie ich, die ganze Stadt
Und die weitere Umgebung
Zwecks privater Schiller-Neubelebung
Oberhalb und unterhalb durchbummelt hat,
Der kommt aus der hohlen Gasse
Tagelang oft gar nicht mehr heraus.
Doch ist dort auch eine ganze Masse
Ernster Künstler und auch sonst zu Haus
Und vertragen sich wie Katz und Pack und Maus.
Ihnen, mir, auch anderen wahrscheinlich
Ist die Stadt zu übertrieben reinlich.
Nirgends Pferdefrüchte auf dem Pflaster.
Nirgends Sünde, nirgends Laster.
Und die Polizei berührt uns peinlich.

In den Kneipen sah ich beim Walliser
Anfangs lauter breitgenährte Spießer,
Immer sechs um einen Patriarchen,
Und ihr Sprechen klang mir erst wie Schnarchen.
Aber bald entdeckte ich, Gott sei Dank,
Daß sie doch trotz ihrer Meistermienen,
Wachgehalten vom politischen Dreiklang,
Freier, schöner waren, als sie schienen.

Ja, sie schwimmen wirtschaftlich im Glücke,
Hamstern zentnerschwere Frankenstücke,
Zahlen winzi-niedli-kleine Rappen.
Hmm!
Das Glück geht ihnen durch die Lappen,
Und ihr Unglück hält sich fern.
Immerhin: ich würde doch sehr gern
Wieder einmal frische Luft dort schnappen.

O daß sie ewig nicht so friedlich bliebe,
Die kriegverschonte, teure Schweiz!

Ich grüße Zürich einerseits und andrerseits
Und viele Freunde dort, die ich sehr liebhabe.

Abschied von Paris

Herz, ich schreibe dies
In der letzten Stunde in Paris,
Aus der letzten Flasche echt Champagner
In dem *Nègre de Toulouse*,
Nicht so froh, wie ich zuvor aus mancher
Unsentimentalen Stunde sandte manchen Gruß.

Daß ich hier nicht länger durfte bleiben,
Läßt glückstraurig jetzt mich selber quälen.
Morgen aber werd ich frech erzählen
Und deutschabenteuerlich viel übertreiben,

Wie von einer sternenweiten Ferne,
Wie Paris mir ist – ach nein, dann war –.
Denke dir nur: Jede siebente Laterne
Hier ist ein naives Pissoir.

Unsympathisch, unergründlich
Comme chez nous ist die Bourgeoisie,
Doch die simplen Leute von Pari
Und die Künstler und die bunten Fremden,
Pascin, Eiffelturm und der und das und die –
Morgen, Liebste, schildre ich das mündlich.
Und die Strümpfe und koketten Hemden.

Zwar nach einundzwanzig Bummeltagen
ist noch nichts Erschöpfendes zu sagen
Über dies
Land Paris.
Auch was ich dir morgen angter nus
Glühend loben werde, prüfe du's.

Bums! Ein Glas zerschlug im *Nègre de Toulouse*.

Chartres

Kirchenfenster, Kirchenfenster,
Kirchenfenster, Kirchenfenst …
Hoch im Dachgebälk der Kathedrale
Sahen meine Freunde viel Gespenster.
Ich sah nur ein einziges, das internationale,
Ewige, gottfröhliche Gespenst,
Das nicht nur in Kathedralen,
Sondern auch im Zöster und im Faust,
Auch in Püffen und in Apfelsinenschalen
Oder sonstens wo für den und jenen haust.
Der Professor, welcher im Beruf
Und bei seinen Leuten
An sehr erster, prominenter Spitze steht,
Wußte, wer das alles und wie und warum er's schuf:
Und er bat die Freunde, ihn zu bitten, uns zu deuten.
Und dann konnte er geflüssig, klar und sinnig
Steine, Formen, Farben lesen.
Und doch vor den schönen Kirchenfenstern bin ich
Damals glücklich ganz fernanderswo gewesen.
Doch dem Kirchendiener hab ich lange
Zugeschaut – das hat mich zweitens interessiert.
Wie der Kerl mit einer Eisenstange
Und mit einem Holzpantoffel raffiniert

Eine Maus beschlich.
Ach, die hatte sich
Scheu verirrt. – Nun mag man nicht vergessen,
Daß oft Mäuse ohne Ehrfurcht oder Scham:
Bibeln, Samt und Christusnasen fressen.
Doch ich freute mich
Ungeheuerlich,
Als die Kirchenmaus dem Kirchendiener doch entkam.

Augsburg

Ich bin da im Weißen Lamm
Abgestiegen.
Leider ließ ich im Zug deinen schönen, neuen Schwamm
Liegen.
Mir blieb nichts verschont.
Hier hat auch Goethe gewohnt –
Wollte sagen »erspart«. –

Augsburg hat doch seine Art;
Besonders wenn Markt ist, und Zwiebeln, verhutzelte Weiblein
Und Butter und Gänse auf steinaltem Pflaster sich tummeln.

Dort, wo früher Hasen- und Hundemarkt war,
Schreib ich diesen Brief. Eine wunderliche
Ganz enge Kneipe – Marktleute – Kupferstiche –
Nur Schnäpse –

Verzeih, mir ist nicht ganz klar,
Aber sonderbar.
Schade nur um den herrlichen Schwamm!
Die ihn finden, die freun sich.

Auf der Reise nach Italien 1790.

Es lebe Goethe! Das Lamm! Und der Schwamm!
Ach was! Schwamm drüber! Punktum Streusand!
Prosit: es lebe Neuseeland.

München

Nach einer Herrenstammtisch-Nacht
versehentlich an die Steuerbehörde gesandt

Die Amseln flöten am Stachus.
Am Sendlingertorplatz nach Schwabinger Nacht
Schimpfen Caprivi und Bacchus
Auf eines Wasserspringbrunnens Pracht.
Jemand, der seinen Doktor gemacht
Hat, fühlt sich als ein Riese
Und brüllt wie am Spieße. –
Auf der Oktoberwiese:
Die Bavaria: – lacht.
Vor Mittag wünschen zweie
Sich »Angenehme Ruh!«
Der dritte Chargierte Immerzu
Feiert noch Bannerweihe.
Im Donisl blühn die Weißwürste.
Im Schlachthof brüllt anderthalb Kalb.
Und reaktionäre Dürste
Erheben sich allenthalb …
Die Frauentürme verwechseln
Sich selber. Von unten her
Kurzwichsig mit Jodeln und Sächseln
Hebt sich der Fremdenverkehr.
Da lassen sich aus Venedig
Die Tauben und Witwen und Ehefraun
Am Theatiner rundum beschaun.
Und trippeln, als seien sie ledig,

Und weil ich mich eben so freue,
Mal ohne Frau, auf verbotenem Weg,
Drum preis ich die alte und neue
Pinako – Pinako – – kothek.

Ein Stück Rheinfahrt

Ich habe nach dem langweiligen Rhein
Und den kitschigen Burgschutthaufen
Gar nicht gesehn, zog es vor, zu saufen –
Nein: wir tranken einen vorzüglichen Wein.

Wir benahmen uns auf jeder Station
Am Fenster wie Gesindel,
Schimpften in ordinärem Ton
Über angebliches Kindergewindel.
Und infolgedessen
Und berechnenderweise
Haben wir während der ganzen Reise
Allein im Kupee gesessen.

Und was ergibt dann sich?
Ach, ein Loch im Strumpf kann sich
Durch alle Größen
Bis in ein randloses Glück auflösen.

Das Glück schlägt manchen Kegelpurz.
Die Reise war zu kurz.
Der Rhein und die Burgen gähnten.
Wir wähnten
Beide Prinzen zu sein.

Unbestreitbar ausgezeichnet ist der Wein.

Rheinkähne

Den Rhein durchgleiten die großen
Kähne. Breit und flach.
Es sitzen zwei Badehosen
Auf dem hintersten Dach.

In diesen Hosen stecken
Zwei Männer, nackt und braun.
Die lieben das Tempo der Schnecken
Und schimpfen auf ihre Fraun.
Und mustern die fremden Weiber,
Die strandlängs promeniern.

Glauben doch oft nackte Leiber,
Daß sie an sich imponieren.
Wie ausgetretene Schuhe
Sind diese Kähne. Hat jeder Kahn
Solch friedlich häusliche Ruhe,
Hat keiner das Getue
Der preußischen Eisenbahn.

In jedem Kinderwagen
Am Strande rollt ein Kind.
Keins dieser Kinder wird fragen,
Was Schleppkähne sind.

Platzmusik in Stuttgart

Das ist ein froher Sonntagsblick:
Stuttgart, Studenten, Platzmusik.

Da stehen sie in Grüppchen
Nach Kopfbedeckung, grün, rot, blau,

Und löffeln sich ihr Süppchen
Und wissen alle nichts genau.

Warum wird nicht gesungen,
Warum wird nicht marschiert zum Takt
Der Zeitmiliz, die alles packt?

Es bummeln diese Jungen
Vorbei, ein wachsendes Geschlecht,
Von keinem Zwang gezwungen.
Sie haben recht.

Der Platz ist schön. Der Platz ist weit.
Ein Sonntagsvolksgewimmel
Hat seine eigene Einigkeit
Und einen offiziellen Himmel.

Brief aus Düsseldorf nach München

10. Januar 1930

Nun, sind die Tage dir nicht schön verflossen
In dieser wohlgeführten, freien Stadt!?
Und doppelt schön, weil, was wir hier genossen
Haben, uns gleicherzeit gestreichelt hat.

Wie jene Gassenbuben Räder schlugen!
Wie sich die Wellen rechts am Rhein betrugen!
Zwar: »Löwensenf« ist kein sehr schönes Wort,
Doch er und schwarzes Brot! – In hundert Stunden
Haben wir hundert Herrliches gefunden.

Geliebte Frau, nun denk Dich dort
Zurück an jenes zarte Wasserbrünnchen
Im Breidenbacher Hof. Ach Du bist fort

Und weit von hier und untendrein in München.

Ich küsse Dich mit weitgedachtem Rüssel
Aus Düssel.

Der große Christoph

Wer Rigas Hafen kennt,
Kennt auch das Holzmonument,
Das man den großen Christoph nennt.

Der Heilige mit seinem Wanderstabe.
Auf seiner Schulter sitzt der Jesusknabe.
Den hat er, wie die Leute dort sagen,
Durch die Düna getragen.

Die Flößer und die Schiffersleute schenken
Ihm Blumen, Bänder hin und andrerlei
Und bitten frömmig ihn dabei,
Er möge dies und das zum Guten lenken.
Es kommen viele Leute so und gehn.

Der Christoph trägt um seine Lenden
Ein Hemd, vier Hemden, manchmal zehn,
So je nachdem, was sie ihm spenden
Und andermal auch wieder stehlen.

Er trägt und gibt das Gerngewollte.
Und Christus schweigt; er ist ja noch so klein,
Und beide lächeln ob der simplen Seelen.
Und wenn sie wirklich etwas wurmen sollte,
Dann kann das nur ein Holzwurm sein.

Ausflug nach Tirol

Kann man das Jodeln wohl
In meinem Alter lernen?
Nie war, wie in Tirol,
Ich derart nah den Sternen.

Ich sah vom Stripsenjoch
Drüben an steiler Wand
Leute aufs Totenkirchl kraxeln,
Wahrscheinlich Sachseln
Aus Hosenträgerland.
Aber kühn und schön war es doch.

Was ich um Hochwürden dann
Später in Sankt Johann
Sang, lebte und sprach in der »Post«,
Schmeckte wie Herz am Rost
Nach ausgegangener Hochtouristenkost.

Alm und Kuhstall, fette Weiden,
Bärenwirt und Sennerin –
Wo ich durchgegangen bin,
Schien mir alles zum Beneiden.

Nur die Wandervögel, die
Einem jede Poesie
Und den Appetit verleiden,
Mocht ich meiden.
Alle Tiroler sind
Keine Amerikaner.
Wäre ich eine Mutter mit Kind,
Ich nährte mein Kind mit Terlaner.

Im Kursalon in Kitzbühel
Da ist des Nachts der Sekt so kühel.
Ich muß die Gäste loben,
Die zur Musik dort oben
So vornehm tanzen und schweigen,
Um ja nicht mehr zu zeigen
Als ihre hochmodernen Garderoben.

Ich möchte ein wilder Gebirgsbach sein,
Klar, schäumend, rauschend und blinkend,
Unhaltsam kämpfend von Stein zu Stein,
Mich an mir selber betrinkend.

Daß ich mein Kragenknöpfchen verlor,
Kommt schließlich auch einmal anderwärts vor.
Du, mein einziges Tirol,
Lebe wohl! Lebe wohl!

Schneiderhüpfl vor dem Ochsen am Spieß

Ein Maß Bier und zwei Maß Bier
Und hundert Maß Bier und tausend Maß Bier.
So leben wir, so leben wir
An der Isar.
Und Kalbshaxn und Kalbshaxn.
Wir sind keine Preußen, wir sind keine Sachsen.
Wir sind keine Spießer.
Wir sind Genießer.

Oktoberfest im Mai, im August,
Oktober zu jeder Zeit.
Wir sind uns unserer selbst bewußt
Und jodeln aus herziger Brust:
»Immer kampfbereit!«

Wir sind urwüchsig und frei.
Wir sind international gesinnt.
Un, zwo, trois, gsuffa!
Es lebe unsere Polizei!
Wer unsere Behörden nicht liebt,
Der spinnt.
Wir sind tolerant.
Die preußischen Sauerein
Sind uns bekannt.
Kommt zum Oktoberfest!
Unterstützt unsere Brauerein!
Himmel Herrgott Sakrament!

Frühling hinter Bad Nauheim

Zwei Eier, ein Brötchen, ein Hut und ein Hund –
Am Himmel die weiße Watte,
Die ausgezupft
Den Himmel ohne Hintergrund
So ungebildet übertupft,
Erzählt mir, was ich hatte.

Erzählt mir, was ich war.
Ich hatte, was ich habe.
Aber was weiß ich, was ich bin?!
Genauso dumm und vierzig Jahr?

Ich fliege, ein krächzender Rabe,
Über mich selber hin.
Ich bin zum Glück nicht sehr gesund
Und – Gott sei Dank –
Auch nicht sehr krank.

Der Wind entführt mir meinen Hund.
Die Eier, der Kognak, das Brötchen
Schmecken heute besonders gut:
Und siehe da: mein alter Hut
Macht Männchen und gibt Pfötchen.

In Eltville 1932

Millionen Glaskanonen schießen
Gefrorene Hefe, unter Tag. –
Was oben auf den blühenden Wiesen
Das Wiesenschaumkraut wohl träumen mag? –

Hier lauschte ich schon vor vielen Jahren
Den Nachtigallen stundenlang.
Und wenn es damals auch andere waren,
So blieb's doch der gleiche Sang.

Ein Schiffchen am Ufer, ein Schiffchen weit draußen
Und in mir die Seele so still. –
Fern, wo die Eskimos hausen,
Ist alles anders als in Eltville.

Gibt's hinter der Peripherie
Des Himmels wohl Schaufel und Besen?
Ich glaube, dort oben ist noch nie
Ein Krieg gewesen.

Großplatztauben

Auf großen Plätzen in den Städten
Mästen sich Taubenschwärme.
Es gehen knurrend manchmal Gedärme
Vorbei, die nur ein solch Federvieh

Gar zu gern und gebraten hätten.

Man erziehe rechtzeitig sein Kind
Zu der Liebe zu allen Tieren.
Kinder, die schön angezogen sind,
Sollen mit reichgekleideten Müttern
Tauben öffentlich hätscheln und füttern
Und sich dabei
Neckisch und lieblich fotografieren
Lassen. – Spatzen sind vogelfrei.

Ich habe vor markusplatzigen Tauben
Etwas Angst wegen meines Hutes.
Ich kann mir nicht viele Hüte erlauben.
Ich wünsche den Fotografen nur Gutes
Und den Müttern auf der Parade –
Nicht ihrem Kind –
All das, wofür meine Hüte zu schade
Sind.

Insel Hiddensee

Kühe weiden bis zum Rande
Großer Tümpel, wo im Röhricht
Kiebitz ostert. – Nackt im Sande
Purzeln Menschen selig töricht.

Und des Leuchtturms Strahlen segnen
Eine freundliche Gesundheit.

Andrerseits: Vor steiler Küste
Stürmen Wellen an und fliehen. –
Nach dem hohen Walde ziehen
Butterbrote und Gelüste.

Fischerhütten, schöne Villen
Grüßen sich vernünftig freundlich.

Steht ein Häuschen in der Mitte,
Rund und rührend zum Verlieben.
»Karusel« steht angeschrieben.
Dieses Häuschen zählt zu Vitte.

Asta Nielsen – Grischa Chmara,
Unsre Dänin, und der Russe –,

Auf dem Schaukelpolster wiegen
Sich zwei Künstler deutsch umschlungen. –
Gar kein Schutzmann kommt gesprungen. –
Doch im Bernstein träumen Fliegen.

Um die Insel rudern, dampfen,
Treiben, kämpfen Boote, Bötchen.

Abstecher: Reichenbach im Vogtland

Es sang sich ein Lied in der Nacht.
Da wurden zwei Bürger in Reichenbach
Im Vogtlande wach.

Was wollte ich sonst in dieser Stadt
Als nur meine Fahrt unterbrechen;
Frug: ob sich hier ein Wirtshaus hat,
Wo Leute um die Zeit noch zechen.

Am Himmel standen Zeichen.
Warum – so hatte ich mir gedacht –
Soll Reichenbach in dieser Nacht
Nicht Guatemala gleichen?

Was geht mich Guatemala an,
Wenn ich daselbst nicht bin. –
Stieg aus. Bereute das. Doch ach:
Da flog mein Zug schon weiter hin.
Und ich stand nachts in Reichenbach.

Vielleicht erlebe ich Rübezahl,
Den Ollen!?
Doch sicher bin ich heute einmal
Für jedermann verschollen.

Aussteigen plötzlich, besonders noch spät,
Das kann ich jedem empfehlen.
Er braucht ja, wie sein Leben vergeht,
Gerade nicht Reichenbach wählen. –

Es klang ein Gesang wie Männerverein
Und brachte Dachrinnen zum Schmelzen
Und roch so nach Wein. Da trat ich hinein
Und kam mir dort vor wie Lord Nelson.

Im Seichtlärm eines Stammlokals
Der Honoratioren
lm Stile Anno dazumals
Beneugiert und verloren – – –

Gott segne die Azoren!

Berlin

Da fährt die Hochbahn in ein Haus hinein
Und auf der andern Seite wieder raus.
Und blind und düster stemmt sich Haus an Haus.
Einmal – nicht lange – müßtest du hier sein.
Wo das aufregend gefährlich flutet und wimmelt
Und tutet und bimmelt
Am Kurfürstendamm und am Zoo.
Das Leben in Pelzen und Leder.
Es drängt einen so oder so
Leicht unter die Räder.
Sonst habe ich gut hier gefallen.
Man hat mir hohe Gagen angeboten.
Aber weißt du: jeder verkehrt hier mit allen,
Nur nicht mit stillen Menschen oder mit toten.
Ich bin so stolz darauf, dir einen Scheck zu überweisen.
Ja, ja, hier heißt es sich durchbeißen.
Das gibt mir mancherlei Lehre.
Heute ging mir beim Kofferflicken die Nagelschere
Entzwei. Not bricht Eisen. –

Sehnsucht nach Berlin

Berlin wird immer mehr Berlin.
Humorgemüt ins Große.
Das wär mein Wunsch: Es anzuziehn
Wie eine schöne Hose.

Und wär Berlin dann stets um mich
Auf meinen Wanderwegen.
Berlin, ich sehne mich in dich.
Ach komm mir doch entgegen!

Berlin
An den Kanälen

Auf den Bänken
An den Kanälen
Sitzen die Menschen,
Die sich verquälen.

Sausende Lichter,
Tausend Gesichter
Blitzen vorbei: Berlin.
Übers Gewässer
Nebelt Benzin …
Drunten wär's besser.

Hinter der Brücke
Flog eine Mücke
Ins Nasenloch.
Loch meiner Nase,
Nasenloch, niese doch
In die stille Straße!

Auf dem Omnibus, im Dach,
Rütteln meine Knochen,
Werden gute Worte wach,
Bleiben ungesprochen. –

Ach, da fällt mir die alte Zeitungsfrau ein –
Vanblix oder Blax soll sie heißen –,
Die hat ein so seltsames Schütteln am Bein,
Daß alle Hunde sie beißen. –

An den Kanälen
Auf den dunklen Bänken

Sitzen die Menschen, die
Sich morgens ertränken.

Kanäle in Berlin

Beleuchtete Zimmer und Säle
Locken mit lautem und hellem Spiel.
Aber die dunkle Politur der Kanäle
Verschweigt so viel.

Uferlängs gehen unsichtbar –
Stoßweise – zwei Stimmen.
Sonderbar! Wie in Gefahr!?
Oder als ob sie schwimmen.

Eine klang wie ein Kind. –
Ich bin links eingebogen.
Dort, wo die hellen Häuser sind,
Hab ich traurig mich belogen.

Müde in Berlin

Wenn die Gedanken sich zerstreut
Aus dir entfernen,
So, daß kein schönes Bein dich freut,
Und eine trübe Feuchtigkeit
Hängt über dir, unter den Sternen –
Wo willst du hin um solche Zeit?

Schön ist zum Beispiel die Peltzer-Bar.
Aber müde Menschen sind undankbar.

Geh heim und lege dich zur Ruh.
Du findest doch die Worte nicht,

Wenn jemand freundlich zu dir spricht.
Denn du bist du
Und kannst dir selber nicht entfliehn.

Leg dich in deine Hände.
Dann schäumt das schillernde Berlin
Um deine ernsten Wände. – –
Dein Schiff wird in die Ferne ziehn.

Unter den Linden

Unter den Linden, vom Pariser Platz
An, unter und neben den kleinen Linden,
Kann jedes Mädchen einen Schatz
Ganz leicht finden.

Da wird einem so gut wie zu Hause zumut. –
Den ganzen Tag tönt dort
Autogetut.
Aber alles versöhnt dort.

Da schwingt im Takt einer Einigkeit
Der Asphalt unter den Füßen.
Und Neuzeit, gute und alte Zeit
Gehn hell vorüber und grüßen.

Unter den Linden
Schwindet der Haß,
Sieht man immer etwas
Um die Ecke verschwinden.

Die Litfaßsäulen

Es stehen die Litfaßsäulen
Verstreut, den Leuchttürmen gleich,
Und lassen vom Wind sich umheulen
Und werden im Regen ganz weich.

Und rufen und locken und preisen
Aus buntem und grellem Papier
Und drohen und stechen und beißen
Und lügen noch schlimmer als wir.

Früh lehnt ein Mann eine Leiter
An das, was Litfaß erfand.
Er reißt ihr vandalisch, doch heiter
In Fetzen das bunte Gewand.

Nachdem er sie darauf bekleistert –
Als brächte ihn Nacktes in Zorn –,
Klebt er ihr wieder begeistert
Viel Buntes auf Hinten und Vorn.

Theater … – Aktion … – Zigaretten … –
Wohltätigkeits … – Raubmord … – Und Sport … –
Proteste … – Amtliche … – Betten … –
Kurz alles in Bild oder Wort.

Ich lese das ernst ohne Pause.
Mich interessiert so was sehr.
Und meiner Frau sag zu Hause
Ich alles dann auswendig her.

Ihr Sinn für Romane, Gedichte
Und Zeitungen ist nicht so groß.

Sie hört meine Litfaßberichte,
Und abends ziehn wir dann los.

Und wie, wie in Sturm und Wellen,
Die Litfaßsäulen starr stehn,
So sollen am Aktuellen
Auch wir nicht etwa achtlos vorübergehn.

An Berliner Kinder

Was meint ihr wohl, was eure Eltern treiben,
Wenn ihr schlafen gehen müßt?
Und sie angeblich noch Briefe schreiben.

Ich kann's euch sagen: da wird geküßt,
Geraucht, getanzt, gesoffen, gefressen,
Da schleichen verdächtige Gäste herbei.
Da wird jede Stufe der Unzucht durchmessen
Bis zur Papagei-Sodomiterei.
Da wird hasardiert um unsagbare Summen.
Da dampft es von Opium und Kokain.
Da wird gepaart, daß die Schädel brummen.
Ach schweigen wir lieber. – Pfui Spinne, Berlin!

Eisenach
(An den liebsten Freund)

Edelster Freund, ich gedenke dein
Abends vorm Fuße der Wartburg sitzend,
Bleisoldaten aus Baumrinde schnitzend
Und beseelt von dem Wunsche, dir gleich, ein Dichter zu sein.

In der Drachenschlucht morgens gewesend,
Mittags den Simplizissimus

Und die Geschichte der Thüringer Landgrafen lesend,
Türmt sich – wie Schollen – Genuß auf Genuß.

Was ich hier schaue, erfüllt mich mit Liebe und Dank.
Du, mein Dichter – nein Mensch – du wirst mich verstehn.
Welch ein Unterschied zwischen den lieblichen Triften
Und jener bitteren und doch süßen Anklagebank,
Wo wir uns fanden eintausendneunhundertundzehn
Wegen Verbreitung unzüchtiger Schriften.

Ist mir's nicht eben, als hörte ich Raubritter streiten,
Hier, wo einst Luther den Teufel mit Tinte beschmiert?
Seh ich nicht dort weiland Kaiser Wilhelm den Zweiten,
Wie er persönlich die alte Burg renoviert?
Hat nicht der Riegel geknarrt?
Naht nicht Fritz Reuter sich dort?
Doch ich muß leider jetzt fort.
Landgraf, ach werden Sie hart!

Über Ewigkeit möcht ich jetzt plaudern
Mit dir, doch (He, Kellner, noch ein Glas! He!)
Doch aus dem Tale vernehm ich mit Schaudern
Ruf meiner Pflicht: Komm ins Varieté!
Liebster, adieu!

Was ich jetzt fühle und was meinen trunkenen Blicken
Schönes sich bietet, das möcht ich zum Postpaket
Falten und packen, um dir zu schicken,
Sei's nur dies abendvergoldete Gartenstaket.

Aber nun werde (weil muß) ich hinuntersteigen
In das äußerlich gut beleuchtete Eisenach,
Werde mich zeigen, arbeiten, verneigen. – –
Aber mit irgendwem kriege ich hinterher Krach.

Betrachtungen in einer Bahnhofswartehalle

Wie seine eigne Spucke schmeckt,
Das weiß man nicht.
Wenn man in seinen Spiegel leckt,
Kriegt man die Spucke zu Gesicht.

Das muß durchaus kein Spiegel sein.
Man kann aufs Sofa, auf die Hand,
Man kann auf jeden Gegenstand,
Wenn man nur richtig hintrifft, spein.

Jedoch: Tut wohl ein Gent,
Der etwas von Bazillen
Weiß und die Folgen kennt,
Bazillen das zu Willen??

Man spuckt von Bord ins Meer bei Sturm.
Man spuckt diskret vom Eiffelturm
(Bis unten sechs Sekunden).
Man spuckt an einen Litfaßzaun,
Doch nie in Gegenwart von Fraun
Und stets in stillen Stunden.
Weh dem, der sie verliert!
Weh dem, der sie vergeudet,
Die Spucke! Sie bedeutet
Viel, wenn man raucht und priemt, frankiert,
Umblättert, löscht, aquarelliert.

Die eigne Spucke, Mimikry,
Verdirbt den Appetit uns nie.
Ich bin nicht ihr Entdecker.
Ich bin kein Speichellecker,

Bin kein Feinschmecker,
Doch ich liebe sie.
Ich liebe nur die meinige.
Ausnahmen sind exzeptionell
Und – frei gesagt – dann sexuell;
Obwohl ich solche Leute niemals steinige.

Manches soll man verschlucken.
Jetzt naht mein Zug. Die Zeit vergeht.
Ich weiß, in jedem Wagen steht:
»Nicht auf den Boden spucken.«

Hanau

Es war nur nebenbei – nur eine Frage.
Ich weiß, wie mich mein Gastwirt liebt.
Ob ich mich auf die siebzehn Meter hohe Leiter wage?
Ja! Was es hohe Birnenbäume gibt.
Dem hab' ich nun an einem Tage
Zirka zwei Zentner saftiger, gelber
Birnen herabgenommen;
Hab' für mich selber
Das Maul und die Taschen voll
Und einen gärenden Groll
Gegen den Wirt bekommen,
Der, wenn ich mich in der Nacht
Blindvoll besaufe, so gastfreundlich lacht.

Eisenbahnfahrt

Weine nicht Abschiedstrauer.
Es biegt sich alles sowieso.
Unterm moralischen Popo
Brennt nichts so heiß wie Dauer.

Und weil es uns so lange
So schlecht erging – nein noch zu gut! –
Sei nicht mehr bange.
Mir macht die Eisenbahn jetzt Mut.

Dann fuhr der Zug. – Mein Vis-à-vis,
Mann mit Begleiterinnen,
Die wollten – ach ich kenne die –
Ein Fettgespräch beginnen.

Aus Fett, im Fett und über Fett.
Ich aber wünschte ihnen
Im stillen ein bequemes Bett
Mit Syrup und mit Bienen.

Ich stierte fremd und sprach kein Wort.
Doch all mein Leid erwachte,
Daß ich mich einschloß im Abort
Und rauchte dort und dachte.

Es stinkt im Eisenbahnklosett
Nach jedermann und kläglich.
Doch sowas stinkt wohl täglich
Aus jedermann und jedem Bett.

Es kann die Bahn, ein Mensch, ein Gaul
Ausgleiten und entgleisen. –
Denk nicht zu viel und halt dein Maul
Auf Reisen!

Wilhelmshöhe

An Bäumen und Steinen vorüber.
Dort oben soll Ledderhose sein.

»Das Leben wird täglich trüber«,
Sagen die Leute. Wie mag
Es erst im November sein?!
Nein, da trinke ich lieber
jetzt, am hellichten Nachmittag,
Bei Ledderhose mit mir allein Wein.
Das hockt sich – wie eine Krähe –
Dort scheu vergnügt und allen fremd.
Ich brauchte mindestens zwei Flöhe
Für einen Reim auf Wilhelmshöhe,
Fühl aber nur vergangene Angst im Hemd.
Doch hab ich inzwischen den Ring versetzt.
Für zweihundert Mark!
Und du kannst dir denken: Jetzt
Bin ich ein König und stark, stark.
Wichtwürdige Gesichter
Balancieren rings um mich her,
Als wären es alles Richter. –
Ich aber denke an dich, Peter Scher.

Hinterm Hotel

Hinter dem schwarzen Hotelbau lag
Ein Gärtchen, düster bei Nacht wie bei Tag.
Blumenlos waren die Beete,
Weil keine Sonne sie je beschien,
Und grün, aber auch schmutzig grün,
Waren nur die Stakete.

Ein Hausdiener mit Knochenfraß
Und ein Küchenmädchen aus dem Elsaß
Haben dort die Natur besiegt
Und ein Kind gekriegt.

Hinter der Laube, in blattlosen Zweigen
Lebt dort ein gutes Gespenst.
Ich will es dir zeigen,
Ohne daß du's erkennst.

Frankfurt am Main

Und vieles andere: Applaus und Wein,
Freunde und Freiheit, wie es immer hieß.
Am schönsten aber, wenn ich ganz allein
In einem Winkel, der die Grüße mied,
Das taumelnd Aufgewirbelte sich setzen ließ
Und ruhig Täuschendes vom Echten schied.
Dann gingen Gott und Teufel durch die Wände;
Dann sah ich Schiffe im Polar vereist
Und sah im Waschfaß deine fleiß'gen Hände.
Und ob mitunter läppisch oder feist
Die Nachbarschaft mich störte oder stank,
Was ich errechnete, war immer Dank
Nebst einer Rechnung über Apfelwein. –
Um diesen Winkel, diese Stunde –
So zwischen Tageslicht und Bühnenlicht –
Mag, so wie andres anderswo, Frankfurt am Main
Um mich gewesen sein,
Das weiß ich nicht.

Straßenbahn 23 und 13

Was nur in Frankfurt sich begibt:
Die Trambahn hielt auf offner Strecke.
Sie sah am Wege eine Schnecke
Und sagte gähnend: »Steigen Sie ein, wenn es Ihnen beliebt.«
Die Schnecke wehrte: »Danke, mir pressiert es.«

Da gab die Bahn ein Abfahrtssignal und noch eins und
ein drittes und viertes.
Und wirklich begann sie allmählich weiter zu fahren,
Um noch vor Sonntag die nächste Station zu erreichen.
Dort lagen an dreihundert Leichen,
Lauter Leute, die über dem Warten verhungert waren.

Darmstadt

Gestern war's gut; und heute ist's früh.
Mein Hotel liegt dicht daneben.
Hier geben sich die Leute Müh',
Über ihre Seelenzahl zu leben.

Max hat was von »Schule der Weisheit« gesagt.
Ich habe das für Unsinn genommen.
Und der Großherzog hat nicht nach mir gefragt,
Aber das verstehe ich vollkommen.

Eine Frau war dort mit kurzen Haaren,
Welche fürchterlich mit mir poussierte.
Über Darm und Stadt orientierte
Ich mich nicht. Weil wir bis vier zu zehnt beisammen waren.

Mochten – denke! danke! – viele mich hier leiden,
Manche überlegen und bescheiden,
Klug und klar,
Leute, die jahraus, jahrein in Darmstadt sind, –

Kurz: Als ich in Darmstadt war,
O du mon dieu mon dieu –
Doch das letztere stammt von Wedekind.

Worte in den Wind

Sei mir gegrüßt, du, den ich meine,
Und sende mir dreihundert Dollar zu
Und laß mich sonst im übrigen in Ruh,
Auf daß ich einmal über Großmut weine.

Besuche mich, wenn ich einmal allein bin,
Du fremde schöne und gewisse Frau!
Sei mir die ideal ersehnte Sau,
Doch sage nicht von mir, daß ich ein Schwein bin.

Wagt euch empor, die ich so gerne riefe,
Ihr einflußreiche, starke Knechtebrut!
Verbreitet mich und zieht vor mir den Hut
Und sagt mir schmeichelnd superste Lative.

Vergeßt mich nicht, ihr Freunde, die's nicht gibt,
Helft, Edelste, mir, wenn ich in Gefahr bin,
Bestätigt laut, daß ich so rein und wahr bin
Und daß ihr mich ob meiner Schlichtheit liebt.

Du erhabnes, über Welt und Sternen
Ragendes und höchstes Etwas, komm!
Denk von mir, der kennen dich zu lernen
Nie die Ehre hatte: Der ist fromm!

Selbstverständlich sollst du ewig thronen! –
Bitte, bitte, mach mich niemals krank.
Könntest du – im voraus tiefen Dank –
Mich vielleicht auch mit dem Tod verschonen?

Guter Rausch

Denken wir jetzt nicht an den Halunken,
Der betrügt, indem er sich besäuft,
Auch nicht an den andern, der betrunken
Schimpft und androht oder Amok läuft,

Nicht an Witzler, nicht an Vielversprecher,
Noch an den, der morgen früh bereut,
Der am Tag vor Nacht- und Nacktheit scheut.
Was ich meine, gilt für andere Zecher.

Ihrer denk ich. Nach dem sechsten Glase,
Oder nach dem dritten oder zehnten,
Kommen sie – nicht etwa in Ekstase –
Sondern in den variiert ersehnten

Zustand, klar und dennoch mild zu sehn,
Mild zu horchen auf die andern, Fremden,
Und wie Engel in schneeweißen Hemden
Sozusagen vor sich selbst zu stehn.

Manchmal schießen sie mit der Pistole
Dann in sich ein ewig tiefes Loch.
Manchmal lächeln sie und trinken noch
Kognak, Zwetschenwasser, Sekt und Bowle.

Aber immer nehmen sie sich vieles
Vor und nehmen vieles still zurück
Und erkennen in Betreff des Zieles
Und der Zukunft ihren Weg zum Glück.

Und man wird um solch entrückte Zeit
Sie beneiden, und man wird sie lieben. –

Wenn sie doch – zu frühem Tod bereit –
Unverändert derart trunken blieben!

Dresden

Die Stadt macht einen ganz barock.
Bemerkenswertes kennst du ja aus Bildern
Und Büchern. Warum das noch schildern.
Und sozusagen scharrt mein Reisestock.

Ich habe Angst, hier zu verwildern.
August der Starke und Paris
Sind weit von diesem Tumerspieß,
Auch Walter von der Vogelwies.

Was sind wir nun an Gas und Miete schuldig?
Antworte nicht. Mit Geld steht's diesmal schlecht.
Vielleicht deshalb bin ich so ungeduldig
Und gegen Dresden billig ungerecht.

Doch hier – das tolle Welt- und Großstadtleben
Zermürbt mich ganz und gar.
Übrigens: Wurzen liegt nicht weit daneben,
Die Stadt, wo meine Mutter mich gebar.

Fort! Tausend Dank den Dresdener Verehrern!
Doch fort von Dresden! Meine Sehnsucht weht
Nach einer Stadt, die nur aus Oberlehrern
Und aus Gemütlichkeit besteht.

Stettin

Denke dir: Einer von den drei Borris ist tot.
Der Löwe hat ihn zerfleischt und halb aufgefressen.
Gerade der (das werde ich nie vergessen),
Der damals in Riga mir seinen Lackschuh anbot. –
Heute hab ich zum Abendbrot
Das Würstchen von deiner Mutter gegessen. –
Auch Marcell, der Gedächtniskünstler, ist hier.
Die Leute klatschen bei ihm wie besessen.
Er schuldet mir noch aus Mailand 200 Lire;
Aber das hat er vergessen. –
Ich sende dir ein Postpaket Muscheln,
Pfahlmuscheln (Petroleumsmuscheln sagen wir hier.)
Nimm sie wie Hackfleisch. Ich wollte, ich wäre bei dir
Und könnte kuscheln.

Ab Kopenhagen

Kein Kaviar, kein' Kokosnuß,
Kein Obst noch Weinbergschnecken –
Am Tage, da ich reisen muß,
Da will mir nichts mehr schmecken.

Lebe wohl, du schönes Kopenhagen!
Wie ist das schlimm: entbehrlich sein.
Was kümmert dich im Grunde mein
Schweres Herz und mein leerer Magen.

Der mein Gepäck zur Bahn gebracht,
Der Mann kennt keine Tränen.
Im Gegenteil: Er grüßt und lacht
Vergnügt. So sind die Dänen.

Wie stets nach dreißig Tagen
Bricht eine neue Welt entzwei.
Mich hat ein Mädchen hier umgarnt,
Ein Wunderweib! – Vorbei! Vorbei!
Nun sitz ich still im Wagen.
Jedoch ich will nicht klagen.
Vor Taschendieben wird gewarnt.

Lebe wohl, du schönes Kopenhagen.

Über Asta Nielsen

So eine Landschaft gibt's: wo man den bleichen
Mond über weiten Ebenen sieht,
Der glanzlos, deutlich durch die Ferne zieht,
Die – weil sie in uns liegt – wir nie erreichen.

Jemand deutete auf eine Dame hin,
Die die Treppe scheuerte.
Er beteuerte:
Sie sei eine Königin.
Und ich wollte Klarheit, fragte
Sie, ob sie das sei, was jener dachte.
Und sie sagte:
»Nein!« – Scheuerte und lachte.

Zu der großen Künstlerin kam ein Verehrer,
Schenkte ihr ein schweres Stück
Gold. Sie gab es freundlich ihm zurück,
Dankte wie ein gütiger und weiser Lehrer.

Man verwundete und scheuchte sie,
Böse oder dummbelehrt gezielt.
Töten konnte man sie nie.

Weil sie einfach Mensch ist und weil sie
Es auch bleibt, wenn sie Theater spielt.

Blicke lange ihr ins Gesicht
Und dann denke nicht
Ihrer, sondern deiner selbst. Und sprich
Lange du mit mir über dich.

Die Strömung

Die Strömung strömte Süd-Nord-West
Und bog sich dann im Bogen.
In ihrer Mitte kam ein Rest
Von einem Boot gezogen.

Dann kam ein Wasserleichelchen;
Es war von außen offenbar
Noch ziemlich frisch.
Dahinter trieb ein Speichelchen,
Das abgesondert war
Von einem Fisch.

Dem folgte sehr viel Kohlendreck,
Das Wasser wurde trüber.
Dann gondelte verdorbener Speck
Fischunterzupft vorüber.

Dann trieb ein Balken stumpf vorbei,
Dann nichts, dann ein Stück Dichtung,
Ein Flaschenkork und andrerlei, –
Alles in gleicher Richtung.

Dann kam ein Rest von einem Boot.
Ihm folgte eine gelbe

Chinesenleiche, stark zersetzt.
Und alles, was ich sah, war tot,
War unbedeutend und zuletzt
Im Grunde stets dasselbe.

Aus Breslau

Ach, liebe Kollegin. Du bist es nicht mehr.
Nun bist du wirklich Bäuerin.
Und deine Koffer stehen leer.
Du glaubst nicht, wie ich hin und her
Und her und hin
Traurig und glücklich darüber bin.

Ist da Wald, wo dein Häuschen steht,
Und habt ihr eine Kuh?
Und wer melkt sie? Dein Mann oder du?
Ach das ist seit ewig und immerzu
Ein Wunsch, der auf meinem Kopfkissen steht.

Schreib mir doch alles ganz genau.
Habt ihr auch Obst und Gemüse?
Und trägst du im Stall nackte Füße?
Und eine Schürze gestreift oder blau?

Und wenn du selbst deine Vorhänge ziehst,
Dann, wenn die Sonne dich blendet.
Du trinkst nichts, was man dir spendet.
Ob du beim Melken sitzt oder kniest?

Aus Breslau über Berg und Tal
Viel Grüße dir. – Nein, euch beiden.
Und sage deinem Herrn Gemahl:
Ich wäre nicht zu beneiden.

München – Hamburg – Altona – Amerika

Denn von München bis nach Hamburg hin,
Dritter Klasse, ist kein rechter Schlaf.
Ob Artist, ob müde oder Schaf –
Jedenfalls: Ich merke steif: Ich bin.
Aber grüßt mich in Hannover
Schon ein kühles, blondes Lineal.
Elbe abwärts, über den Kanal
Weht ein frischer Wind nach Dover.
Denn dies Hamburg liegt nicht weit vom Meere,
Wohinein der Binnenländer sticht.
Und am Dammtor stehen Leip und Kläre,
Die wie Whiskysoda zu mir spricht.
Und ich melde dann
Mich bei dir an Deck,
Dicker, treuer Kaptein Muckelmann.
Und du lächelst über mein Gepäck.
Abends lassen wir uns hin und her
Bis nach Altona
durch die Hafenkneipen treiben,
Nur damit wir unsrem Peter Scher
Nach Amerika
Eine schöne Ansichtskarte schreiben.

Weltverkehr

Horch! Eine Stimme aus dem Radio rief:
»Ich bin der unbekannte Fisch Plattunde.
Ich lebe auf dem Meeresgrunde
So schätzungsweise fünfzehntausend Meter tief.
Ihr Menschen hört, ich möchte gar zu gern
Einmal den Flieger Udet kennenlern.«

In einer Höhe von genau zwölftausend
Elfhundert Metern durch die Lüfte sausend,
Erwiderte Herr Udet so:
»Mein lieber, unbekannter Fisch im Meere,
Ich habe Ihren Wunsch vernommen.
Auch ich ersehne ein Zusammenkommen.
Auf meiner Seite wäre ja die Ehre.
Bestimmen Sie per Radio
Nur bitte wann? und wie? und wo?«

Kaum war dies Zwiegespräch gesprochen,
So ward das Meeresspiegelglas
Von einem kleinen Fisch durchbrochen,
Der eine Fliege schnappte und sie fraß.

Amberg

Ich möchte ein Hecht sein,
Recht bissig und schlecht sein,
Unter Wasser und stumm
In der Vils in der Pfalz.
Das Wasser dort hat kein Salz.
Die im trüben fischen,
Würden mich bald erwischen.
Sie würden mich haun
Und spicken und kochen
Und mir dann vertraun,
Mich essen, verdaun,
Und nach Jahren und Wochen
Würde ich heilig gesprochen.
Man würde mich preisen.
Kein Gasthof zur Linken und keiner zur Rechten,
Ein mittlerer würde dann nach mir heißen:
»Gasthof zum Hechten«.

Über Finnland

Wie ich mich auf die Reise zur See,
Auf Helsingfors und die Finnmark freute!
Und nun erfahre ich heute:
Jenes finnische Varieté
Sei pleite gegangen.
Ich könnte Entschädigung verlangen,
Aber die Leute sind restlos bankrott.
Wovon wir beide dann im Mai
Leben sollen, das weiß nur Gott.
Nun bin ich einen Monat lang frei,
Kann abends rechtzeitig schlafen gehn,
Kann wieder einmal ein Theaterstück sehn.
Wär Geld, wir könnten die ganze Zeit
Mal bürgerlich behaglich zu zweit,
Die Abende zu zweit allein
In mein – dein – unserm Heim verleben.
Ach Helsingfors soll herrlich sein.
Es soll dort ernste Menschen geben,
Für Kunst empfänglich, ehrlich, gut, –
So destilliertes Fischerblut –
In Spiritus gesetzte Herzen.
Bezaubernd soll die Landschaft sein. –
Jetzt krieg ich auch noch Rückenschmerzen.
Ein Unglück kommt halt nie allein.

Ruf zum Sport

Auf, ihr steifen und verdorrten
Leute aus Büros,
Reißt euch mal zum Wintersporten
Von den Öfen los.

Bleiches Volk an Wirtshaustischen,
Stellt die Gläser fort.
Widme dich dem freien, frischen,
Frohen Wintersport.

Denn er führt ins lodenfreie
Gletscherfexlertum
Und bedeckt uns nach der Reihe
All mit Schnee und Ruhm.

Doch nicht nur der Sport im Winter,
Jeder Sport ist plus,
Und mit etwas Geist dahinter
Wird er zum Genuß.

Wirrsal

Denn immer wieder steigt von Zeit zu Zeit
Das Glück zu hoch und sackt das Leid zu tief.
Und dann: erwacht,
Was man gewaltsam totgemacht
Oder was kraftlos dumpfe Unwahrscheinlichkeiten schlief.

Und Kugeln müssen singen durch die Nacht;
Und nichts in ihrer Bahn soll leben bleiben.
Und was die Menschen sagen oder schreiben,
Soll offenkundig Lüge sein.
Und eine Zeitlang herrsche Nichts und Nein,
Und beuge sich der Vater vor dem Sohn.
Revolution!

Damit wir alle neu und weiter leiden,
Noch einige die wenigen beneiden,
Die dann so stark und unabhängig sind,

Daß sie zum Beispiel sich vor einem Kind
Ganz plötzlich – oder sich vor grünen Zweigen
Oder vor einem Esel – tief verneigen.

Hannover

Ich habe wieder viel Geld verbraucht, weil: – –
Ich ließ in letzter Woche täglich
Zweimal meine Füße bestrahlen.
(Der eine ist schon ziemlich heil.)
Und nahm an der Internationalen
Artisten-Loge-Streik-Sitzung teil.
Der Erfolg meiner Rede war kläglich.
Aber ich mußte noch nachträglich
Einundsechzig Mark Mitgliedsgeld zahlen.
Fossil ward wieder zum Vorstand gewählt.
Und das ist sehr richtig.
Sonst war die Sitzung sehr fad, aber wichtig.
Später im Klubhaus hat Biegemann,
Mein ehemaliger Lehrer, mir dann
Von Illineb, seinem Lehrer, erzählt.

Aus meiner Kinderzeit

Vaterglückchen, Mutterschößchen,
Kinderstübchen, trautes Heim,
Knusperhexlein, Tantchen Röschen,
Kuchen schmeckt wie Fliegenleim.

Wenn ich in die Stube speie,
Lacht mein Bruder wie ein Schwein.
Wenn er lacht, haut meine Schwester.
Wenn sie haut, weint Mütterlein.

Wenn die weint, muß Vater fluchen.
Wenn er flucht, trinkt Tante Wein.
Trinkt sie Wein, schenkt sie mir Kuchen:
Wenn ich Kuchen kriege, muß ich spein.

Stuttgart

Ich kam von Düsseldorf, dort sah ich Radschläger.
Ich kam nach Stuttgart, dort trank ich Steinhäger,
Denn mit dem schwäbischen Wein
Scheint mir nicht allzuviel los zu sein,
Wenigstens nicht mit dem billigen.
Doch ich wohnte in dem Olgabau,
Einem Schlosse einer hohen Frau,
Die mir auch die besten Sorten tat bewilligen.
Ach, ich schwirrte von Vergnügen zu Vergnügen.
Schien auch dem Publikum zu genügen.
Durfte über ein Auto verfügen,
Fuhr mit diesem herrschaftlichen Benz
Wie eine quietschfidele Eminenz
Nach Marbach an dem Hause vor,
Wo Kodweiß Schillern einst gebor,
Ging auch kollegial hinein
(Scheinbar schien mir alles dürftig, ernst und klein),
Sah mich also recht bescheiden eilig satt,
Freute mich später kannibalisch dann
Über einen Brunnen Zum wilden Mann,
Welcher Wilde zwei Feigenblätter hat,
Und zwar nämlich eins vorn irgendwo
Und das andere ganz hinten vorm Popo.

Kehren wir nach Stuttgart nun zurück. –
Und wer will, der mag dort bleiben. –
Ich persönlich schwamm dort wie ein Schwamm im Glück,

Heißt: Ich soff mich voll und ließ mich treiben.
Nach der Wettermeldung war es kalt.
Ich besuchte eine Irrenanstalt.
Eine Schizophrenin sprach so wunderwirr.
Ach, was ich noch alles schaute!
Und wie fürstlich wohnte, wie gesagt, ich hier!
Daß ich niemals mich aufs Nachtgeschirr
Und auch sonst mir vieles nicht getraute.

Morgen zwölf Uhr lande ich bei dir.
Und was bringe ich als Souvenir?
Was von Stuttgart mit? – Manch treuen Gruß,
Eine Probe des erwähnten Weines,
Anekdoten und ein süßes, kleines
Embryo in Spiritus.

Wien

(Später)

Ich habe gestern drei Liter Sahne getrunken
Und hinterher ein Würstchen gemacht,
Das hat wie versengte Pferdehufe gestunken,
Aber es sah golden aus und wie eine Acht.
Und das soll Umschwung bedeuten;
Ist auch schon eingetroffen:
Ich bin jetzt beliebt bei den Leuten.
Hätt' ich nur nicht die Sahne gesoffen!
Ich bin schon dreimal von Malern gemalt,
Wenn auch ganz schief,
Und darf auf Gageerhöhung hoffen.
Den Glasaufsatz hat ein Gönner bezahlt.
Und von Renée kam ein herziger Brief.
Kurz, ich hab wieder verteufelten Mut.
Man kann hier mit Geld wie im Himmel leben.

Nur mein Magen ist heute nicht gut,
Mußte mich dreizehnmal übergeben.

Graz

Man hatte mir viel Angst gemacht.
Ich fuhr nach Graz als wie zur Schlacht.
Doch unterwegs – ich kam aus Wien –
Sah ich schon wechselweise
Berge aus Schnee und Berge grün.
Da reimte ich auf »Reise«
Mir guten Trost. Und wurde kühn:
Der Schnee zerschmilzt, und ein Tag zerschmilzt.
Und Wälder sah ich und Kühe
Und Wiesen, olivenfarbig befilzt.
Ich sagte mir immer wieder bis Graz:
Gib dir nur trotzdem viel Mühe.
Und kam an und tat's.
Wenn ich in der Rosenkranzgasse dann
(Die kennt nur der Eingeborne)
Eine fesche Grazer Verlorne
– nach jener vorerwähnten Schlacht
Am Abend – in der Nacht gewann,
Und beides ganz unstreitig,
So ward mir solches Siegen
Dadurch sehr leicht gemacht,
Daß sich die Grazer gegenseitig
Meist in den Haaren liegen.

Königsberg in Preußen

Ich habe – fall nicht um vor Schreck –
Ein richtiges Gedicht gemacht.
Und ist sogar ein gut Gedicht!

Ich dichtete im Blutgericht
Bei Sekt und Königsberger Fleck.
Ich nenne es »Sehnsuchtsschwüle Nacht« –
Das sind Gedärme und Eingeweide.
Es ist nach Meinung von zwei Soldaten,
Die selber dichten, sehr schön geraten.
Der Inhalt ist »Mondschein – Liebespaar – Heide«.
Es fehlen mir noch die letzten zwei Zeilen.
Ich sende dir später eine Kopie.
Ich will auch noch an der Überschrift feilen.
Man tut sich schwer mit der Poesie.
Doch ich glaube, daß ich noch manches mache.
Das Reimen ist übrigens Nebensache.
Es muß nur gewisse Eindrücke auslösen.

Hier weht so ein frischer östlicher Wind.
Ich bin im Schloß und Universität
Und einmal bei Journalisten gewesen.
Die nach allen Seiten gebildet sind.
Nur ist es morgens hier immer sehr spät.
Und auch auf dem Viehmarkt herrscht Tempo und Leben.
Man muß sich in alles einmal vertiefen.
Wie sich die Metzger dort Handschlag geben,
Zum Beispiel, – das schildert sich gar nicht in Briefen.
Und ist auch nicht weiter interessant.

Aber lies mal Immanuel Kant.
Das sind natürlich nicht Liebesgeschichten,
Sondern ein Philosophengenuß.
Morgen bin ich in Memel. – Jetzt muß
Ich weiter Sekt trinken und feilen und dichten.

Hong-Kong

Ich erhielt heute deinen beleidigten Brief.
Deine Nachschnüffeleien kränken mich tief.
Und erstens ist Tay-Fi kein Frauenzimmer,
Dann zweitens treiben es andre viel schlimmer,
Und drittens hab' ich – parteilos betrachtet –
Zwar mit ihr in einem gemeinsamen Zimmer
Im Grand Hotel Discrétion übernachtet,
Doch war überhaupt nur dies Zimmer noch frei,
Und wie die Betten zunander standen
(Vergleiche die kleine Skizze anbei),
Ist gar kein Grund zu Verdächten vorhanden. –

Im übrigen weißt du: Ich liebe dich s e h r.
So lange von dir getrennt zu sein,
Erträgt aber niemand. Ich bin doch kein Stein,
Und ich brauche – ganz schroff gesagt: mehr Verkehr.
Alle Männer, auch Frauen, ganz nebenher
Gesagt, alle Völker brauchen dasselbe!
Und diese blöde, luetische, gelbe
Chinesin kommt ernstlich doch nicht in Betracht.
Wir haben uns halt mal per Zufall gefunden
Und ein paar anregende Stunden verbracht.
Man kann doch nicht ewig die ausgeschwätzte
Gleiche Gesellschaft und Gegend erleben.

Wenn man alle Münchner nach Preußen versetzte
Und umgekehrt. Und auch andererseits,
Etwa die Fakire nach der Schweiz. –
Was würde das Perspektiven ergeben! –
Wollen doch nicht am Alltäglichen kleben.
Großzügig sein! Also zürne nicht mehr. –
Du weißt, welche Zeit dein Brief bis hierher

Bei dem miserablichten Dampferverkehr
Gebraucht und wie lange es wiederum währt,
Bis du endlich meine Rückantwort liest.
Und dann – und ich habe das eben beniest –
Ist doch die ganze Affäre verjährt.

Abschied von Pascin

16. Jan. 25.

Je suis été à Paris,
Et c'était le premier fois.
Et j'ai vu au Jockey Kiki,
Belle en couleur et froid
Et amusante et coquette,
Et froid – je disais –
Froid comme mon Bett;
Parceque je ne parle pas français.
Je suis été dans la Vache Enragée,
En Louvre et allwo pour les étrangers
Là bas et ici. –
Et Kiki et Paris
Ils ont la même mélodie et couleur.
Paris, et où est ton coeur?
Dans un coin, quel je ne connais,
Parceque je ne parle pas français.

Je suis été chez Pascin.
Et j'ai trouvé des amis;
Et un des plus bons s'appelle vin. –
J'aime Paris.

Pour vous, Pascin, merci bien!
Et je voudrais vous très plus dire, mais – mais
Je parle trop peu français.

Je suis beaucoup travaillé. –
Arriver – partir – rester et aller –
J'aime la monde sur la mars et jusque dieu.
Et dieu est comme merde très près de moi.
Aujourd'hui j'ai froid. –
Pascin, lebe wohl und adieu!
Und lieben auch Sie mich ein klein petit peu.

Die Brüder

Der Weekend traf den Weekbeginn:
»Guten Morgen!«
»Guten Abend!«
Sie mochten sich anfangs nicht leiden,
Und immer hatte von beiden
Der eine ein unrasiertes Kinn.

Trotz dieser trennenden Kleinigkeit
Lernten sie doch dann sich leiden
Und gingen klug und bescheiden
Abwechselnd durch die Zeit

Und gaben einander Kraft und Mut.
Und schließlich waren die beiden
Nicht mehr zu unterscheiden.
Und so ist das gut.

Jerusalem

(An ein Dienstmädchen in Straßburg i. d. Uckermark)

Mein Gold, was sagst denn du dazu,
Daß mich ein Flieger nach Jeru-
Salem hat mitgenommen?
Man ißt hier gut und trinkt sehr viel,

Und zweimal bin ich schon am Nil
Im Delta rumgeschwommen.

Die Stadt hat sehr viel Ähnlichkeit
Und urantike Hallen.
Jedoch man wird von Zeit zu Zeit
Von Räubern angefallen.
Die Leute hier sind ziemlich braun
Und heißen Zionisten;
Inwendig aber sind die Fraun
Genau wie bei uns Christen.

Ich habe zehn Moscheen gesehn
Und sprach mit Beduinen.
Ihr Türkisch konnt' ich nicht verstehn,
Wohl aber ihre Mienen.

Am Sonntag kam auf einem Gnu
Der Sultan aus der Wüste,
Und als ich keck ihn mit »Jeru-
Salem Aleikum!« grüßte,

Da lud er mich in sein Palais
Und ließ mich dort entkleiden
Und schenkte mir sein Portemonnaie
Und wollte mich beschneiden.

Ich aber schlich mich leise fort
Und floh im weiten Bogen. –
Mein liebes Gold, auf Ehrenwort:
Ich hab' noch nie gelogen.

München
(An die Schwiegereltern)

München, bei der echten Frau zu Hause.
Endlich also einmal wieder Ruhepause.
Meine Stübchen, Küche, Bad, Salon,
Meinen Schreibtisch! Meine Blumenwiese
Auf der Brüstung vom Balkon!
Wie ich das genieße!
Ohne jemanden zu bitten oder stören.
Ha!: Ich dürfte ruhig mit Behagen
– weil sie mir gehören –
All die schönen Bilder an der Wand zerschlagen.
Doch ich tu's nicht. Denn wir nießen die
Und das alles ge zu zweit,
Kindlich glückliche und fromme Zeit!
Schöner war es nirgends, wird es nie.
Und wir kochen, spielen Schach und lesen,
Plaudern: wie die Zwischenzeit gewesen,
Ordnen, albern, täubeln. Bis es klingelt. Dann
Sind wir mäuschenstill.
Weil ich all die Leute von X Jahren
Vieler Städte, die mal gütig zu mir waren,
Aber alle mal nach München fahren,
Nicht empfangen – oder doch nicht nach Gebühr behandeln kann.

Übralldaß a. d. Elbe

Übralldaß hat ein Publikum,
Das blickt so dumm, so gottlos dumm,
Daß man es prügeln müßte,
Wenn man nicht sicher wüßte,
Daß es ja selbst nicht weiß, warum.

Sein Horizont befindet
Sich in dem Mittelpunkt der Stadt.
Die Leute dort verbindet
Das Fehlende, das jeder hat.

Sie sehnen nie, sie beten nie.
Sie wissen, daß sie besser sind.
Die Luft ist dort gefroren.
Und keiner – scheint's – macht dort Pipi.
Sie rümpfen, wenn man sagt: Ein Kind
Würde gezeugt, geboren.

Sie schlafen, wenn sie wachen,
Leben vielleicht auch umgekehrt.
Sie kauen, wenn sie lachen.
Und dort wird gottlos viel verzehrt.
Sie sind nur Gaumen und Popo.
Zwar ist nicht jedermann dort so,
Ein paar sind ausgenommen;
Zwei sind sogar verehrungswert.

Soll einer von dort kommen,
Der über mich sich nun beschwert.

Antwort an einen Kollegen

Ob du Artist, ob du Franz Liszt,
Ein Christ, ein Mist, ein sonst was bist, –
Bezweifle es. Und dir zum Heil
Bezweifle auch das Gegenteil.

Was dir die Ideale nimmt,
Der Satz: daß nichts, was zutrifft, trifft,
(Ein Satz, der darum selbst nicht stimmt)

Ist nur für Überlegene Gift.

Doch hüte dich, an diesen Satz
Zu glauben, gar ihn zu betonen.
Freu dich an Hatz und Schmatz und Spatz,
An Unzucht oder Kaffeebohnen.

Doch sollte etwas in dir wohnen,
Bewirkend, daß du mich verstehst
Und lachst und dankbar weitergehst
Und dennoch etwas Bessres weißt,
Dann glaub ich, daß du richtig reist.

Das Sonderbare und das Wunderbare

Doch ihre Sterne kannst du nicht verschieben

Das Sonderbare und Wunderbare
Ist nicht imstande, ein Kind zu verwirren.
Weil Kinder wie Fliegen durch ihre Jahre
Schwirren. – Nicht wissend, wo sie sind.

Nur vor den angeblich wahren
Deutlichkeiten erschrickt ein Kind.

Das Kind muß lernen, muß bitter erfahren.
Weiß nicht, wozu das frommt.
Hört nur: das muß so sein.

Und ein Schmerz nach dem andern kommt
In das schwebende Brüstchen hinein.
Bis das Brüstchen sich senkt
Und das Kind denkt.

Bleibt uns und treibt uns

Was Sehnsucht durch ein Loch im Bretterzaun
In deiner Jugend sah,
Nun steht es vor dir, hoch und herb und braun
Und schön bewegt und dir ganz nah.

Doch da du zartest danach greifen willst,
Ist eine starre Wand aus Glas dazwischen –
Ein Durst entschwindet, den du nimmer stillst,
Hell wie Millionenglanz von Silberfischen.

Und ich darf noch

Hie und da, dann und wann
Ein Wehweh. Doch im ganzen:
Ich, der ich nicht tanzen kann,
Sehe gern andere tanzen.

Noch immer in Arbeit gestellt
Und die Arbeit genießend,
Finde ich dich, ausstudierte Welt,
Immer neu fließend.

Gehe durch die Straßen einer Stadt,
Um Dinge herum, die stinken.
Was Beine oder keine Beine hat,
Kann blinken oder winken.

Ich kann einen Pflasterstein,
Der am Rinnstein liegt, aufheben.
O schönes Auferdensein!
Und ich darf noch leben.

Nachtgalle

Weil meine beiden Beine
Erfolglos müde sind
Und weil ich gerade einsam bin,
Wie ein hausierendes Streichholzkind,
Setz ich mich in die Anlagen hin
Und weine.

Nun hab ich lange geweint.
Es wird schon Nacht; und mir scheint,
Der liebe Gott sei beschäftigt.
Und das Leben ist – – alles, was es nur gibt:
Wahn, Krautsalat, Kampf oder Seife.
Ich erhebe mich leidlich gekräftigt.
Ich weiß eine Zeitungsfrau, die mich liebt.
Und ich pfeife.

Ein querendes Auto tutet. –
Nicht Gold noch Stein waren echt
An dem Ring, den ich gestern gefunden. –
Die nächtliche Straße blutet
Aus tausend Wunden.
Und das ist so recht.

Nächtlicher Heimweg

Es wippt eine Lampe durch die Nacht.
Trapp klapp –
Ich will mir denken,
Daß meine Mutter jetzt noch wacht,
Und will den Hut für sie schwenken.

Wir sind nicht, wie man seien soll,
Wir haben einander nur gern,
Doch meine Mutter ist alt und ist fern.
Und mir ist das Herz heut so voll.

Da kommt eine Frau mir entgegen,
Ich will was Gutes überlegen,
Weil sie so arm und so eckig aussieht.
Aber die Frau entflieht.
Ich bin ihr zu verwegen.

Nun wird es still und wunderbar.
Kein Laut auf der Straße Mitte.
Nur drüben am andern Trottoir
Gehn meine eignen Schritte.

Du und die Nacht

Gib du dem Tag, was aus dir will.
Die Nacht ist still.
Auch wenn in einem Nachtlokal
Du welche Leute, die Skandal
Begeistert, siehst.
Nicht, daß du fliehst!

Auch wenn ein Raufbold dich berennt
Oder ein blöder Korps-Student
Mit Gott – dem's einfiel, dort zu wandeln –
Will anbandeln.

Dieweil das meiste schläft, baut aus Gestirnen
Sich Unkenmärchenhaftes. Gruslig schiebt
Schlechtes Gewissen seine Heimlichkeiten,
Und Hirne dampfen über Nachtarbeiten.
Dieweil die Stille dürstend Weisheit siebt,
Schwelgt Animalisches, und Sehnsucht liebt.

Gib du der Nacht, was dir der Tag vergibt.

Blues

Wenn du nicht froh kannst denken,
Obwohl nichts Hartes dich bedrückt,
Sollst du ein Blümchen verschenken.
Aufs Geratewohl von dir gepflückt.

Irgendein staubiger, gelber –
Sei's Hahnenfuß – vom Wegesrand.
Und schenke das Blümchen dir selber
Aus linker Hand an die rechte Hand.

Und mache dir eine Verbeugung
Im Spiegel und sage: »Du,
Ich bin der Überzeugung,
Dir setzt man einzig schrecklich zu.
Wie wär's, wenn du jetzt mal sachlich
Fleißig einfach arbeiten tätst?
Später prahle nicht und jetzt lach nicht,
Daß du nicht in Übermut gerätst.«

Morgenwonne

Ich bin so knallvergnügt erwacht.
Ich klatsche meine Hüften.
Das Wasser lockt. Die Seife lacht.
Es dürstet mich nach Lüften.

Ein schmuckes Laken macht einen Knicks
Und gratuliert mir zum Baden.
Zwei schwarze Schuhe in blankem Wichs
Betiteln mich »Euer Gnaden«.

Aus meiner tiefsten Seele zieht
Mit Nasenflügelbeben
Ein ungeheurer Appetit
Nach Frühstück und nach Leben.

Die Ameisen

In Hamburg lebten zwei Ameisen,
Die wollten nach Australien reisen.
Bei Altona auf der Chaussee,
Da taten ihnen die Beine weh,
Und da verzichteten sie weise
Dann auf den letzten Teil der Reise.

Weißt du?

Wenn ein Neunauge mit einem Tausendfuß
Kinder zeugt, wie mögen die gehen?
Wie mögen die sehen?
Ich weiß es nicht. Weißt du's?

Weißt du wohl, daß eines Flugzeugs Schatten,
Wenn er über Häuser, Bäume, Matten,
Menschen, Tiere, Wasser geht,
Nichts und niemand widersteht?

Jeder weiß, warum in schönen Zweigen
Schöne Spinne schöne Netze webt.
Aber weißt du, was das Schweigen
Eines andern Menschen
Sinnt und nacherlebt und vorerlebt?

Sommerfrische

Zupf dir ein Wölkchen aus dem Wolkenweiß,
Das durch den sonnigen Himmel schreitet.
Und schmücke den Hut, der dich begleitet,
Mit einem grünen Reis.

Verstecke dich faul in die Fülle der Gräser.
Weil's wohltut, weil's frommt.
Und bist du ein Mundharmonikabläser
Und hast eine bei dir, dann spiel, was dir kommt.

Und laß deine Melodien lenken
Von dem freigegebenen Wolkengezupf.
Vergiß dich. Es soll dein Denken
Nicht weiter reichen als ein Grashüpferhupf.

Natur

Wenn immer sie mich fragen,
Ob ich ein Freund sei der Natur,
Was soll ich ihnen nur
Dann sagen?

Ich kann eine Bohrmaschine,
Einen Hosenträger oder ein Kind
So lieben wie eine Biene
Oder wie Blumen oder Wind.

Ein Sofa ist entstanden,
So wie ein Flußbett entstand,
Wo immer Schiffe landen,
Finden sie immer nur Land.

Es mag ein holder Schauer
Nach einem Erlebnis in mir sein.
Ich streichle eine Mauer
Des Postamts. Glatte Mauer aus Stein.

Und keiner von den Steinen
Nickt mir zurück.

Und manche Leute weinen
Vor Glück.

Es lebe die Mode!

Für die Mode, nicht dagegen
Sei der Mensch! – Denn sie erfreut,
Wenn sie sich auch oft verwegen
Vor dem größten Kitsch nicht scheut.

Ob sie etwas kürzer, länger,
Enger oder anders macht,
Bin ich immer gern ihr Sänger,
Weil sie keck ins Leben lacht.

Durch das Weltall sei's gejodelt
Allen Schneidern zum Gewinn:
Mode lebt und Leben modelt,
Und so haben beide Sinn.

Enttäuschter Badegast

Wenn ich im Badeanzug bin
Und im Familienbade,
Geht die Erotik fort. Wohin
Weiß Gott. Wie schade!

Und Weiber jederlei Gestalt,
Sie lassen alle dann mich kalt,
Wie die verdammte Jauche
Der See, in die ich tauche,
Kalt gemacht, speziell am Bauche.

Von der Kabine bis ans Meer
Geniere ich mich immer sehr.
Trotz Spucke und trotz Laufgeschwind
Merkt jede Frau und jedes Kind,
Daß meine Füße dreckig sind.
Und niemand fragt woher.

Daß jemanden, der nicht gut schwimmt,
Daß man den gar nicht mehr als Mann,
Sondern als Tauchemännchen nimmt –

So handeln Weiber, die bestimmt
Wären, mich aufzuregen.

Mir schmeckt das Badewasser nie,
Ich denke immer an Pipi
Und kann das auch belegen.

Es liegt mir fern, hier indiskret
Krampfadern aufzuwühlen,
Doch jede Frau, die baden geht,
Weiß nicht von meinen Gefühlen.

Lebhafte Winterstraße

Es gehen Menschen vor mir hin
Und gehen mir vorbei, und keiner
Davon ist so, wie ich es bin.
Es blickt ein jedes so nach seiner
Gegebenen Art in seine Welt.

Wer hat die Menschen so entstellt??

Ich sehe sie getrieben treiben.
Warum sie wohl nie stehenbleiben,
Zu sehen, was nach ihnen sieht?
Warum der Mensch vorm Menschen flieht?

Und eine weiße Weite Schnee
Verdreckt sich unter ihren Füßen.
So viele Menschen. Mir ist weh:
Keinen von ihnen darf ich grüßen.

Stille Winterstraße

Es heben sich vernebelt braun
Die Berge aus dem klaren Weiß,
Und aus dem Weiß ragt braun ein Zaun,
Steht eine Stange wie ein Steiß.

Ein Rabe fliegt, so schwarz und scharf,
Wie ihn kein Maler malen darf,
Wenn er's nicht etwa kann.
Ich stapse einsam durch den Schnee.
Vielleicht steht links im Busch ein Reh
Und denkt: Dort geht ein Mann.

Landregen

Der Regen rauscht. Der Regen
Rauscht schon seit Tagen immerzu.

Und Käferchen ertrinken
Im Schlammrinn an den Wegen. – –
Der Wald hat Ruh.
Gelabte Blätter blinken.

Im Regenrauschen schweigen
Alle Vögel und zeigen
sich nicht.
Es rauscht urewige Musik.

Und dennoch sucht mein Blick
Ein Streifchen helles Licht.
Fast schäm ich mich, zu sagen:
Ich sehne mich nach etwas Staub.

Ich kann das schwere, kalte Laub
Nicht länger mehr ertragen.

Herbst

Eine trübe, kaltfeuchte Wagenspur:
Das ist die herbstliche Natur.
Sie hat geleuchtet, geduftet und trug
Ihre Früchte. – Nun, ausgeglichen,
Hat sie vom Kämpfen und Wachsen genug. –
Scheint's nicht, als wäre alles Betrug
Gewesen, was ihr entwichen?!

Das Händesinken in den Schoß,
Das Zweifeln am eignen, an allem Groß,
Das Unbunte und Leise,
Das ist so schön, daß es wiederjung
Beginnen kann, wenn Erinnerung
Es nicht klein machte, sondern weise.

Ein Nebel blaut über das Blätterbraun,
Das zwischen den Bäumen den Boden bedeckt.

Wenn ihr euren Herbst entdeckt:
Dann seid darüber nicht traurig, ihr Fraun.

Steine am Meeresstrand

Steine schaumumtollt,
Zornig ausgerollt
Über Steine. –
Freiheit, die ich meine,
Gibt es keine.

Stille nun. Entbrandet
Ruht ihr, feucht umsandet,
Unzählbar gesellt,

Von der Zeit geschliffen
Oder kampfentstellt. –
Alle von der Welt
Lange rauh begriffen,
Schweigt ihr. – Ihr begreift die Weit.

Wie ich euch sortiere,
Spielerisch verführt:
Früchte, Götzen, Tiere,
Wie es Phantasie so legt,
Habt ihr in mir aufgerührt,
Was seit Kindheit mich bewegt.

Spitze, trübe, glatte, reine,
Platte, freche, winzig kleine,
Ausgehöhlte, fette Steine,
Plumpe, schiefe, trotzig große –

Ja ihr predigt ernst wie froh,
Meistens simpel, oft apart,
Weit umgrenzte, willenlose
Freiheit. – Predigt ebenso
Fromm wie hart.

Kindersand

Das Schönste für Kinder ist Sand.
Ihn gibt's immer reichlich,
Er rinnt unvergleichlich
Zärtlich durch die Hand.

Weil man seine Nase behält,
Wenn man auf ihn fällt,
ist er so weich.
Kinderfinger fühlen,
Wenn sie in ihm wühlen,
Nichts und das Himmelreich.

Denn kein Kind lacht
Über gemahlene Macht.
Kinder weinen.
Narren warten.
Dumme wissen.
Kleine meinen.
Weise gehen in den Garten.

Don Quijote

Die Winde ziehen weiter
Und sind auf einmal wieder da,
Sind wütend, lau oder heiter
Dir wieder nah.

Wie jede Wolke – die gelbe,
Die graue, die rosige – wiederkehrt,
Verändert, doch immer dieselbe.
Ist das nicht begrüßenswert?

Ein Schutzmann ist keine Tante. –
Frage die Wolke, frage den Wind:
Warum Bekannte
Nicht immer Freunde sind.

Es gibt so viel Bekanntes
In der Welt. –
Deshalb hat Cervantes
Den Don Quijote aufgestellt.

Wenn es unversehns ganz finster wird

Wenn es unversehns ganz finster wird –
Wenn sich Fliegen vor dem Tod erbosen,
Summend – gegen feuchte Stirnen stoßen –

Wenn ein Fensterblümchen sein Köpfchen versteckt,
Wenn ein Zündholzblinken dich erschreckt –

Was bei Licht du übersehen
Hast, will es nun vor dir stehen?
Willst du Lachen gegen Lachen
Heucheln? Hohle Witze machen?
Daß du vorm Gewissen fliehst,
Öffentlich,
Lachenden Gesichts??

Hüte dich!
Weißt du, was du morgen siehst? –
Vielleicht nur und für immer: nichts.

Was dann?

Wo wird es bleiben,
Was mit dem letzten Hauch entweicht?
Wie Winde werden wir treiben –
Vielleicht!?

Werden wir reinigend wehen?
Und kennen jedes Menschen Gesicht.
Und jeder darf durch uns gehen,
Erkennt aber uns nicht.

Wir werden drohen und mahnen
Als Sturm
Und lenken die Wetterfahnen
Auf jedem Turm.

Ach, sehen wir die dann wieder,
Die vor uns gestorben sind?
Wir, dann ungreifbarer Wind?
Richten wir auf und nieder
Die andern, die nach uns leben?

Wie weit wohl Gottes Gnade reicht.
Uns alles zu vergeben?
Vielleicht? – Vielleicht!

Und auf einmal steht es neben dir

Und auf einmal merkst du äußerlich:
Wieviel Kummer zu dir kam,
Wieviel Freundschaft leise von dir wich,
Alles Lachen von dir nahm.

Fragst verwundert in die Tage.
Doch die Tage hallen leer.
Dann verkümmert deine Klage …
Du fragst niemanden mehr.

Lernst es endlich, dich zu fügen,
Von den Sorgen gezähmt.
Willst dich selber nicht belügen
Und erstickst es, was dich grämt.

Sinnlos, arm erscheint das Leben dir,
Längst zu lang ausgedehnt. – –
Und auf einmal – –: Steht es neben dir,
An dich angelehnt – –
Was?
Das, was du so lang ersehnt.

Überall

Überall ist Wunderland.
Überall ist Leben.
Bei meiner Tante im Strumpfenband.
Wie irgendwo daneben.
Überall ist Dunkelheit.
Kinder werden Väter.
Fünf Minuten später
Stirbt sich was für einige Zeit.
Überall ist Ewigkeit.

Wenn du einen Schneck behauchst,
Schrumpft er ins Gehäuse,
Wenn du ihn in Kognak tauchst,
Sieht er weiße Mäuse.

Schwebende Zukunft

Habt ihr einen Kummer in der Brust
Anfang August,
Seht euch einmal bewußt
An, was wir als Kinder übersahn.

Da schickt der Löwenzahn
Seinen Samen fort in die Luft.
Der ist so leicht wie Duft
Und sinnreich rund umgeben
Von Faserstrahlen, zart wie Spinneweben.

Und er reist hoch über euer Dach,
Von Winden, schon vom Hauch gepustet.
Wenn einer von euch hustet,
Wirkt das auf ihn wie Krach,
Und er entweicht.

Luftglücklich leicht.
Wird sich sanft wo in Erde betten.
Und im Nächstjahr stehn
Dort die fetten, goldigen Rosetten,
Kuhblumen, die wir als Kind übersehn.

Zartheit und Freimut lenken
Wieder später deren Samen Fahrt.

Flöge doch unser aller Zukunftsdenken
So frei aus und so zart.

Über eine Weile – –

Nur eine Weile muß vergehn;
Dann ist auch dieses überstanden.
Dann wird mit hell euch zugewandten
Augen das Nette vor euch stehn.

Und eh ihr fragt, wie ihr dem Neuen
Euch fügen wollt, zwingt Gegenwart
Zum Danken oder zum Bereuen.
Leicht schmilzt ein Leid. Die Schuld ist hart.

Vergehe Zeit!

1932

Vergehe Zeit und mach einer besseren Platz!
Wir haben doch nun genug verloren.
Setz einen Punkt hinter den grausamen Satz:
»Ihr habt mich heraufbeschworen.«

Was wir, die Alten, noch immer nicht abgebüßt,
Willst du es nicht zum Wohle der Jugend erlassen?!
Kaum kennen wir's noch, daß fremde Hände sich fassen
Und Fremdwer zu Ungleich sagt: »Sei herzlich gegrüßt.«

Laß deine Warnung zurück und geh schnell vorbei,
Daß wir aufrecht stehen.
Vergönne uns allen, zuinnerst frei,
Das schöne Grün unsrer Erde zu sehen.

Auf dem Kirchhof

Dort ruhen sie unter den bunten Hügeln.
Unsere Augen sehen sie nimmer erwachen.
Auf der Mauer hockt mit gebrochenen Flügeln
Das Lachen.

Fern in den Wolken verhallt die Klage.
Bittere Tränen trocknet der Wind,
Und aus Kränzen stiehlt sich die zitternde Frage:
Wohin sie gegangen sind.

Ein Traum

Es war nur ein Traum, doch es war eine Pracht!
Ich glaubte in mondscheinsilberner Nacht
Auf schwellendem Rasen zu liegen.
Ein glänzendes Schloß erhob sich kühn,
Und ich sah aus dem Fenster epheugrün
Ein Märchenkind lauschend sich biegen.

Ein Mädchengesicht, so lieb, so traut,
Wie ich es nimmer zuvor geschaut.

Gleich flüssigem Golde erglänzte ihr Haar,
Und ich las in dem dunklen Augenpaar
Ein wehmütig banges Erwarten.
Ein leiser Wind erquickte die Luft
Und trug einen süßen, berauschenden Duft
Vom Holunderbusch durch den Garten.

Dort saß an des Springbrunns Sprudelquell
Geigend ein müder Wandergesell.

Und als dann – und das war so schön in dem Traum –
Eine Nachtigall hoch im Lindenbaum
Mit einstimmte in seine Lieder
Und schluchzend sang, wie von Schmerz und Lust,
Da war es, als fiele auf meine Brust
Das Glück wie ein Morgentau nieder. – –

Die alten Linden seufzten im Wind.
Im Schlosse weinte das Märchenkind.

Da flog aus dem Schatten gespenstig vom Dach
Eine Fledermaus auf. Da wurde ich wach,
Und alles war plötzlich verschwunden.

Ödes Erwachen. Wie leerer Schaum
Zerronnen war alles, was ich im Traum
So selig geschaut und empfunden. – –

Doch wie ein Trost kam's über mich dann:
O glücklich, wer noch so träumen kann!

Draußen und drinnen

In der Villa am Berg, die ob ihrer Pracht
Im Dorf als »das reiche Schloß« bekannt,
Da hat man die Nacht durchjubelt, durchlacht
Und an geistreichen Reden, an Speise und Trank
Das kostbarste, edelste dargebracht;
Da haben hundert Kerzen gebrannt;
Da haben die Gläser geklungen;
Da hat am Flügel ein blondes Kind
Ein tiefergreifendes Lied gesungen. – –
Und während denen, die dort vereint,
Die Stunden traumhaft verronnen sind,

Hat – draußen am schneeverwehten Tor –
Ein armer Wanderbursch gelauscht
Und – – bitter geweint.

Der Verschmähte

Hell strahlen die festlichen Wände,
Fanfaren schmettern laut.
Es reichen sich selig die Hände
Bräutigam und Braut.

Es schwelgen im rauschenden Glanze
Frohe Damen und Herrn
Und wiegen sich lachend im Tanze. –
Nur einer steht fern.
Der schluchzt an der Tür wie ein Knabe.
Hochzeit feiern sie laut,
Ihm tragen sie heute zu Grabe
Des anderen Braut.

Nachtschwärmen

Die alte Pappel schauert sich neigend,
Als habe das Leben sie müde gemacht.
Ich und mein Lieb – hier ruhen wir schweigend –
Und vor uns wallt die drückende Nacht.

Bis sich zwei schöne Gedanken begegnen, –
Dann löst sich der bleierne Wolkenhang.
Goldene, sprühende Funken regnen
Und füllen die Welt mit lustigem Klang.

Ein trüber Nebel ist uns zerronnen.
Ich lege meine in deine Hand.

Mir ist, als hätt ich dich neu gewonnen. – –
Und vor uns schimmert ein goldenes Land.

Der Geliebten

Such nicht der Sorge mattes Grau.
Ist nicht die Jugend ein funkelnder Tau?
Gleichen nicht schöne Gedanken
Rote Rosen an wilden Ranken?
Ist die Hoffnung bunt und reich,
Weiten, blumigen Wiesen gleich?

Wir flechten uns Lauben aus Ranken und Rosen
Auf taufrischen Wiesen zum Küssen, zum Kosen.
Dort wollen wir wandeln, wir ganz allein.
Dort wollen wir König und Königin sein.

Melancholie

Von weit her Hundebellen
Klingt durch die nächtliche Ruh.
Es spülen die schwarzen Wellen
Mein Boot dem Ufer zu.

Die blauen Berge der Ferne
Winken am Himmelssaum.
Auf in den Lichtbann der Sterne
Trägt mich ein Traum.

Stumm ziehen wilde Schwäne
Über das Wasser hin.
Mir kommt eine müde Träne.
Ich weiß nicht, warum ich so bin.

Der Sängerin

Ich werde die Stunde nie vergessen,
Die wie ein Sternfall meiner Nacht erschien.
Ein lauschender Toter, hab ich vor dir gesessen
Um deiner Lieder schwelgende Melodien.

Sie haben bunte Kränze mir gewunden,
Wie ich sie flocht in frohen Kindertagen
Und wie ich sie nach still verhärmten Stunden
Zum Grabeshügel meiner Braut getragen.

Ich danke dir. Dein Lied wird weiterschwingen,
Wird mich durch fremde Wunderländer führen
Und meiner Seele reinste Saiten rühren.
Und seine Klänge werden nie verklingen.

Freude

Freude soll immer schweigen.
Freude soll offen sich zeigen.
Freude soll lachen, glänzen und singen.
Freude soll danken ein Leben lang.
Freude soll dir die Seele durchschauern.
Freude soll weiterschwingen.
Freude soll dauern.
Ein Leben lang.

Das Andenken

Es hängt an meiner Zimmerwand
Ein welker Strauß an verblaßtem Band.
Den Strauß hat deine liebe Hand
Dereinst, als ich im Garten schlief,

Für mich gepflückt.
Das Band
Schlang sich um einen Abschiedsbrief,
Der mir dein Herz so weit entrückt. – –
Und wie ich lang hinübersehe,
Faßt mich ein seltsam Glück und Weh.

Es hängt an meiner Zimmerwand
Ein Strauß, frischblühend und ohne Band.

Herzenstreue

»Und seid ihr glücklich?« – hab ich dann gefragt. –
Mir ist das leise Zittern nicht entgangen.
Und lachend, wie das »Ja«, das du gesagt,
Ist eine Stunde uns vorübergangen.

Doch was mich glühend dir zu Füßen trieb,
Vor deinem Lachen starb es hin in Reue,
Nur eine grenzenlose Achtung blieb
Vor solcher tränenschönen Herzenstreue.

Abend am Strand

Abendglühgold zittert auf träumender See.
Eine Möwe zieht ihre einsamen Kreise.
Auf dem Wasser treibend, ein Boot. Und leise, leise
Bringt mir der Wind eine müde Weise. – –

Närrisches Herz, was stimmt dich so weh?

Es ist besser so

Es ist besser so.
Reich mir die Hand. Wir wollen froh
Und lachend voneinandergehn.
Wir würden uns vielleicht nach Jahren
Nicht mehr so gut wie heut verstehn.
So laß uns bis auf Wiedersehn
Ein reines, treues Bild bewahren.

Du wirst in meiner Seele lesen,
Wie mich ergreift dies harte Wort.
Doch unsre Freundschaft dauert fort.
Und ist kein leerer Traum gewesen,
Aus dem wir einst getäuscht erwachen.
Nun weine nicht; wir wollen froh
Noch einmal miteinander lachen. – – –
Es ist besser so.

Meine Gedanken trafen dich still allein
Spät in der Nacht in deinem Kämmerlein,
Sahen dich kindlich vor meinem Bildnis beten.
Meine Gedanken sind leise beiseite getreten,
Und sie sprachen voll Sehnsucht: Ach wenn sie doch wüßte,
Daß ich ihr Bild zur selben Stunde küßte.

Gartenbäume und Wegblumen

Quäle dich nicht, wer ich bin,
Denn du siehst mich nimmer wieder,
Frage nicht woher? Wohin?
Sing mir eines deiner Lieder.

Glaube, daß ich gerne bliebe,
Wie es stumm dein Auge spricht.
Nimm mein Gold für Deine Liebe,
Nur von morgen sprich mir nicht.

Laß uns Wang an Wange glühen
Und dann auseinandergehn,
Bäume, die im Garten blühen,
Blumen, die am Wege stehn.

Der letzte Weg

»Ich gehe ins Wasser«, sagte sie leis,
»Ade!
Du hast es gut mit mir gemeint.
So weiß ich einen, der um mich weint.
Hab Dank!«
Ich aber sah ihr tiefes Weh
Und küßte sie, die arm und krank,
Und sagte: »Geh!«

Das Loreley-Lied

Du hast so oft das deutsche Herz gerührt
Und aus des Tages arbeitstrockner Schwüle
Hinauf, ins grenzenlose, gnadenkühle,
Ins unbestimmte Wunderland geführt.

Komm oft zu mir, du schlichte Melodie,
Und gräm dich nicht, wo Dünkel dich verlacht.
Mir ist es stets, als ob die Poesie
Vor deinem Zauber neu im Volk erwacht.

Einer Unglücklichen

Ich kenne die harten Züge
Und den trocknen Durst am Mund,
Und wäre beides nur Lüge,
Gäb es dein Auge kund.

Ich horche an deinem Herzen,
Was zehrendes Fieber spricht,
Und lese in deinen Schmerzen
Das Wort: Ich darf ja nicht.

Ich kann dir die Ruhe nicht geben,
Doch hab ich dich lieb, mein Kind,
Wie alle, die so im Leben
Klagelos einsam sind.

Zwei Frauen

Es sitzen im schwülen Dämmerlicht
Zwei blühende Frauen
Und regen sich nicht.
Sie schauen sich an und schauen
Und schauen mit sengender Augenglut
In sengende, glühende Augen,
So tief, so wild, als gälte es Blut
Mit Blicken aus Blicken zu saugen.

Da ringt unter wogenden Brüsten
Ein irres, fremdes Gelüsten
Mit bangem, ruhlosen Leiden. – – – –
Ein schillerndes, schuppiges Schlangengetier
Kriecht aus dem Dunkel in hastiger Gier,
Schlingt seinen Leib um die beiden

Und dehnt sich schleimig, duckt sich und spuckt
Und bäumt sich lautlos und züngelt und zuckt.

Das ist die Schlange, vor der uns graut,
Wenn uns ihr bannendes Auge trifft.
Sie trägt ein langsam tötendes Gift,
Aus unergründlichen Rätseln gebraut.

Die lange Nase

(Eine Parabel)

Hans wird der Nasenkönig genannt,
Denn er hat eine lange Nase.
Sie rufen's ihm nach auf der Straße.
Hans läßt sie rufen; er macht sich nichts draus,
Die Eltern und Bruder und Schwester zu Haus,
Sie lachen ja alle so oft ihn aus
Und spotten über die Nase.
Hans kommt in die Schule. Er hört, daß man lacht,
Daß man sich über ihn lustig macht,
Daß man vom Nashorn, vom Rüsseltier spricht
Und von der Gurke in seinem Gesicht. –
So folgt ihm der Ulk auf Schritt und Tritt,
Und Hans lacht mit.

Er wird ein Soldat. Er wird ein Mann,
Und überall trifft er den Spottvogel an.
Der pfeift und singt und läßt keine Ruh.
Hans lacht dazu.
Hans lacht dazu, wenn man witzelt und höhnt,
Er hat mit der Zeit sich daran wohl gewöhnt.

Hans freite des Nachbars Liesel so gern
Da drüben über der Straße.

Und er fragt ganz schüchtern mal bei ihr an,
Da sagt ihm die Liesel: Sie mag keinen Mann
Mit einer so langen Nase. – –

In der Nacht, im Garten vorm Rasenplatz,
Da küßt sich die Liesel mit ihrem Schatz.
Sie tanzen, sie springen, sie singen vereint,
Und drüben, über der Straße,
Im Stübchen, wo noch die Lampe scheint,
Sitzt Hans vorm Spiegel und weint und weint
Über die lange Nase.

Die Dünenwälder bei Riga

Die Kiefernwälder meiner Heimat
Rauschen ein ernstes, ergreifendes Lied
Von Einsamkeit und Ewigkeit.
Dort habe ich oft meine kindlichen Sorgen
Still in das traumvolle Moos geweint.
Wenn die Sonne scheint, dann flammt und flutet
Über die Dünen das Abendrot,
So goldig, so brennend wie die Sehnsucht,
Die mich nach fernen Gestaden gelockt.
Dann ist es, als wären die Bäume
In leuchtendes Blut getaucht,
So rot, so glühend
Wie das Heimweh, das mich zurückruft,
Dem Liede zu lauschen
Von Einsamkeit und Ewigkeit.

Der Weihnachtsbaum

Es ist eine Kälte, daß Gott erbarm!
Klagte die alte Linde,
Bog sich knarrend im Winde
Und klopfte leise mit knorrigem Arm
Im Flockentreiben
An die Fensterscheiben.
Es ist eine Kälte! Daß Gott erbarm!
Drinnen im Zimmer war's warm.
Da tanzte der Feuerschein so nett
Auf dem weißen Kachelofen Ballett.
Zwei Bratäpfel in der Röhre belauschten,
Wie die glühenden Kohlen
Behaglich verstohlen
Kobold- und Geistergeschichten tauschten.
Dicht am Fenster im kleinen Raum
Da stand, behangen mit süßem Konfekt,
Vergoldeten Nüssen und mit Lichtern besteckt,
Der Weihnachtsbaum.
Und sie brannten alle, die vielen Lichter,
Aber noch heller strahlten am Tisch
(Es läßt sich wohl denken
Bei den vielen Geschenken)
Drei blühende, glühende Kindergesichter. –
Das war ein Geflimmer
Im Kerzenschimmer!
Es lag ein so lieblicher Duft in der Luft
Nach Nadelwald, Äpfeln und heißem Wachs.
Tatti, der dicke Dachs,
Schlief auf dem Sofa und stöhnte behaglich.
Er träumte lebhaft, wovon, war fraglich,
Aber ganz sicher war es indessen,
Er hatte sich schon (die Uhr war erst zehn)

Doch man mußte's gestehn,
Es war ja zu sehn,
Er hatte sich furchtbar überfressen. –
Im Schaukelstuhl lehnte der Herzenspapa
Auf dem nagelneuen Kissen und sah
Über ein Buch hinweg auf die liebe Mama,
Auf die Kinderfreude und auf den Baum.
Schade, nur schade,
Er bemerkte es kaum,
Wie schnurgerade
Die Bleisoldaten auf dem Baukasten standen
Und wie schnell die Pfefferkuchen verschwanden.
– Und die liebste Mama? – Sie saß am Klavier.
Es war so schön, was sie spielte und sang,
Ein Weihnachtslied, das zu Herzen drang.
Lautlos horchten die andern Vier.
Der Kuckuck trat vor aus der Schwarzwälderuhr,
Als ob auch ihm die Weise gefiel. – –
Leise, ergreifend verhallte das Spiel.
Das Eis an den Fensterscheiben taute,
Und der Tannenbaum schaute
Durchs Fenster die Linde
Da draußen, kahl und beschneit
Mit ihrer geborstenen Rinde.
Da dachte er an verflossene Zeit
Und an eine andere Linde,
Die am Waldesrand einst neben ihm stand,
Sie hatten in guten und schlechten Tagen
Einander immer so lieb gehabt.
Dann wurde die Tanne abgeschlagen,
Zusammengebunden und fortgetragen.
Die Linde, die Freundin, die ließ man stehn.
Auf Wiedersehn! Auf Wiedersehn!
So hatte sie damals gewinkt noch zuletzt. –

Ja daran dachte der Weihnachtsbaum jetzt,
Und keiner sah es, wie traurig dann
Ein Tröpfchen Harz, eine stille Träne,
Aus seinem Stamme zu Boden rann.

In Zelle 108

In der Gefängniszelle 108
Erschien die langvergessene Sehnsucht wieder.
Vom hohen Fenster stieg sie mild und sacht
An einem schmalen Sonnenstrahl hernieder.

Sie grüßte einen müden, kranken Mann
Und sang ein Lied in seine wachen Träume,
Bis eine Träne auf sein Lager rann.
Da wuchsen aus der Träne grüne Bäume.

Und Wiesen, blütenbunt und sonnenhell,
Entstanden rings und hauchten zarte Düfte.
Durch frisches Grün sprang lustig wild ein Quell.
Ein Vogelschlag durchjubelte die Lüfte.

Und sieh, der Kranke war nicht mehr allein,
Denn eine Schar von Dienern stand im Garten.
Die riefen: »Herr, viel Gold und Glanz ist dein,
Sieh uns als Diener deinen Wunsch erwarten.«

Der aber sprach und lächelte dabei:
»Nehmt Gold und Glanz und lebt damit zufrieden!
Ich habe keinen Wunsch, ich – – bin ja frei.
Geht hin! Euch sei dasselbe Los beschieden.«

Aus der Gefängniszelle 108
Ward selben Tags in später Dämmerstunde

Ein toter alter Mann herausgebracht.
Ein Lächeln lag auf seinem bleichen Munde.

An meinen Lehrer

Ich war nicht einer deiner guten Jungen.
An meinem Jugendtrotz ist mancher Rat
Und manches wohlgedachte Wort zersprungen.
Nun sieht der Mann, was einst der Knabe tat.

Doch hast du, alter Meister, nicht vergebens
An meinem Bau geformt und dich gemüht.
Du hast die besten Werte meines Lebens
Mit heißen Worten mir ins Herz geglüht.

Verzeih, wenn ich das Alte nicht bereue.
Ich will mich heut wie einst vor dir nicht bücken.
Doch möcht ich dir für deine Lehrertreue
Nur einmal dankbar, stumm die Hände drücken.

Bohème

Auch ich bin einst in ihrer Flur gegangen
Und denke gern an jene Zeit zurück.
Sie barg in schwarzer Hülle manches Glück,
Aus dem mir feine Lebensquellen sprangen.

Auch ihr bleibt Freunde, die heut weltverschollen.
Wir haben jedes Wetter einst geteilt;
Bergan, talab ist uns die Zeit enteilt; –
Will ohne kann und Können ohne Wollen.

Brodlose Nächte seh ich müd verdämmern,
Von kalten Wänden grinst die Einsamkeit,

Und wieder fühl ich, wie in jener Zeit,
Die Qual der Zweifel in den Adern hämmern.

Verhärmt verschwärmte Mädchenaugen winken.
Musik rauscht auf. Bunt formt sich Bild aus Bild. –
Könnt ich doch einmal noch so toll und wild
In unbemessner Fülle Leben trinken.

Wohl ist sie leicht, doch wie man sie auch nehme,
Sie bleibt gewaltig ohne Wo und Wie.
Es liegt doch ein Stück eigne Poesie
In diesem Zauberbanne der Bohème.

Durchmarsch

Ich war, durch fernes Rollen erwacht,
Hinuntergeeilt. Das war eine Nacht!
Wie ein Unwetter zog es auf.
Ein polternder Hauf,
Mit rohem Tritt eine dröhnende Masse,
Unheimliche Schatten, wackelnde Lichter.
Kanonenräder rasselten über die Gasse.
Menschen – Rosse – Reiter – fremde Gesichter,
Klappernd und klirrend, verworren, verwirrend,
Ein Hin und Her von unverständlichen Rufen.
Pfützen spritzten unter den hastenden Hufen,
Klappernde Eisen, Messinggefunkel,
Helmbüsche, Spitzen, flatternd und blinkend;
In dunstiger Wolke nach Schweiß und Leder stinkend,
So zog es vorbei und verschwand langsam im Dunkel.
Bis die Ferne das letzte Rollen verschwieg.
Und ich lauschte und bebte: – Krieg!

Da stand noch ein Mann in der stillen Nacht.
Der hat gelacht.
Ich sah ihn nicht lauschen und beben.
Er sprach irgend ein leeres Wort.
Ich hab ihm nicht Antwort gegeben.
Ich schlich mich fort
Und dachte nur:
Erbärmliche Kreatur!

Kunst

Sie, die mitten im Haufen schreiten,
Sie glauben und hoffen und lassen sich leiten.
Die anderen, die vor dem Haufen gehen,
Stolz ziehen sie hin mit klingendem Spiele.
Sie können ein Stückchen vom Weg übersehen
Und sprechen immer vom nahen Ziele.
Die dritten hinken abseits vom Haufen.
Sie haben lächelnd Berge erstiegen
Und sahen in weiter Ferne schon liegen
Das Meer, in dem die andern ersaufen.

Feierstunden

Alles, was ich in schlichten Feierstunden
Mit den wenigen, treuen Freunden empfunden,
Was sie von Herzen mir zum Herzen gaben,
Habe ich tief in meiner Seele begraben. – –
Manchmal in weihevoll sinnender Dämmerzeit
Schleicht an das Grab die tröstende Einsamkeit,
Legt ein Sträußchen duftender Blüten nieder,
Flüstert ein Wort des Dankes und scheidet wieder.

Jung sterben

Jung sterben – in besten, noch hoffenden Jahren –
Wie schön muß das sein!
Du hättest nur Gutes, nur Frohes erfahren.
Blieb Alles dein.

Und es blieb an der Stätte, wo du begraben,
Nur Liebe zurück.
So gar nichts Trübes gekostet zu haben – – –
Wär's nicht ein Glück?

Geradewegs

Was in uns lebt, soll immer in uns leben,
Wenn's gut ist,
Was immer sich auch mag begeben,
Und wie auch immer uns zumut ist.

Natürlich kommt's, daß wir zuweilen
Entgleisen.
Dann kann kein Eigensinn das heilen.

Doch schon mit einem versuchsweisen,
Reuigen Lächelchen
Flickst du
Das eingerissene Löchelchen
Wieder zu.

Ehe du Schuhe kaufst

Dein Schuh wird dich hassen,
Wenn du ihn nicht liebst,
Keiner kann sich dir anpassen,
Dem du keine Achtung gibst.

Was du trägst, soll auch dich tragen.
Bedenke, bevor du wählst, –
Sei es einen Schuh – daß du
Sozusagen
Dich mit ihm vermählst.

Achte, daß ihm weder Sohle noch Seele,
Nicht Qualität noch Charakter fehle. –
Jeder Schuh hat ein Gesicht.
Jeder Schuh spricht.
Adel, Güte, Schönheit – alle Gaben
Kann ein Schuh haben.

Kann ein Kinderschuh an sich
Schon so rührend sein. – Auch Leder lenkt das Leben.
Aber du mußt wissen, mit wem du dich
Willst umgeben!

Was du erwirbst an Geist und Gut

Erwirb dir viel und gib das meiste fort.
Viel zu behalten, hat den Wert von Sport.
Behalte Dinge, die du innig liebst,
Bis du sie gern an Freunde weitergibst.
Liebe und halte frei dein Eigentum.
Besitz macht ruhelos und bringt nicht Ruhm.

Trost an eine Mutter

Starb dein Kind. Nun weine!
Und dann wirst du glücklich sein.
Denn das zarte, kleine
Leben schwand noch quellenrein.

Lausche, was mit frommen
Worten die Erinnerung spricht.
Schlimmes konnte kommen.
Nach dem Tode kommt es nicht.

Passt ein Kinderröckchen
Niemals der erwachsenen Frau.

Abgeschnittene Kinderlöckchen
Werden nimmer grau.

Ich ward beschenkt für ein Gedicht

Unbekannt hat mir zugesandt:
Ein blondes Löckchen,
Eines früh verstorbenen Kindes Löckchen;
Leicht wie ein Schneeflöckchen,
Rührend wie ein Lämmerglöckchen
Aus Spielzeugsland.

»Dank einer Mutter« stand
Als Unterschrift geschrieben.

Wenn wieder Weihnachten wird sein,
Hängen an unsrem Baum nicht zwei
Kinderlöckchen, nein diesmal drei.
Eins davon von einem Engelein.

Vor meinem Kinderporträt

Da ich ganz fremd mein Kinderbildnis sah,
Die Augen meiner Kindheit standen da
Vor mir, photographiert. Die Augen, die
So wenig sahn vor lauter Phantasie.

Nun wird mein Jahrgang wohl bald sterben müssen.
Diese Betrachtung klingt zu Recht sehr schal.
Auch ist's ein schiefes Tun, sich selbst zu küssen.
Ich wurde weinerlich vor fremden Leuten.
Ich sah mich selber im Eswareinmal
Und wußte mir so viel daraus zu deuten.

Rückblick

Ich sehe hinter dem Grau heute Blau,
Und ich bin milder geworden.
Ich bin nicht mehr der junge Radau
Und wehe nicht mehr aus Norden.

Es kommen die Jüngsten auch mal dahin,
Wenn sie streng Zauderndes wagen
Und fragen nach jedem »Wie ist … ?« dann: »Wie bin … ?«
Und werden still Danke sagen.

An meinen längst verstorbenen Vater

Ach steh noch einmal auf ins Leben,
Du toter Papa!
Der Krieg ist aus. Dann hat sich viel begeben.
Ob du wohl weißt, was mir geschah?

Ach, wenn du kommst, gibt es die Frage nicht:
Wer von uns hatte recht in seiner Meinung?
Wenn du nur kommst – doch komm nicht als Erscheinung.
Komm in mein reingeweintes Augenlicht.

Wenn du nur kommst! Ganz greifbar, nicht geträumt.
Wir werden wie zwei Wellen uns umschlingen.
Was uns durch unser Alter trennte, was versäumt
War, würde groß und unbefangen schwingen.

Ach weiß ich, daß kein Toter aufersteht.
Doch wenn es das, woran ich glaube, gibt,
Papa, dann hauche in mich ein Gebet.
Wir haben uns bisher nur fremd geliebt.

Ein Liebesbrief

(Dezember 1930)

Von allen Seiten drängt ein drohend Grau
Uns zu. Die Luft will uns vergehen.
Ich aber kann des Himmels Blau,
Kann alles Trübe sonnvergoldet sehen.
Weil ich dich liebe, dich, du frohe Frau.

Mag sein, daß alles Böse sich
Vereinigt hat, uns breitzutreten.
Drei Rettungswege gibt's: zu beten,
Zu sterben und »Ich liebe dich!«

Und alle drei in gleicher Weise
Gewähren Ruhe, geben Mut.
Es ist wie holdes Sterben, wenn wir leise
Beten: »Ich liebe dich! Sei gut!«

Marter in Bielefeld

Es war in Bielefeld so bitter kalt.
Ich sah ein Weib, das nichts als eine knappe
Hemdhose trug. Daß ich erschauerte
Und ihren kalten Zustand heiß bedauerte.
Denn sie war nur Attrappe – Fleisch aus Pappe.

Ich wäre gar zu gern zu zweit gewesen.
Nun stand ich vor der reizenden Gestalt,
Mußte herabgesetzte Preise lesen,
Und ach, die Ladenscheibe war so kalt.

Der Frost entlockte meiner Nase Tränen.
Die Dame schwieg. Die Sonne hat gelacht.
In mir war qualvoll irgendwas entfacht.
Es kann kein Mann vor Damenwäsche gähnen.

Wiedersehen mit einem Kriegsfreund

(An Fritz Otto, Hersfeld)

Wir wurden und waren
Treue Freunde im Krieg. Und nach zehn
Und noch mehr Jahren
Habe ich dich nun wieder gesehn.

Daß die Erinnerung nicht,
Nicht die Zeit in dir stehen blieb,
Läßt mich dankbar dir ins Gesicht
Sagen: Ich habe dich lieb.
Denn das Du war geblieben. –
Der Spaß, den wir trieben:
Meine Wand, deine Wand, keine Wand – –

Durch alle Wände
Schütteln sich zwei Hände.

Abglanz

Gaben zwei sich einen Abschiedskuß,
Anscheinend zwei Freundinnen.
Stieg die eine in den Omnibus.
Und der Omnibus fuhr von hinnen.

Die im Omnibus saß mir zugewandt.
Und ich sah, daß in ihrem Gesichte
Noch lange ein liebes Lächeln stand;
Das erzählte eine kleine Geschichte.

Herbst im Fluß

Der Strom trug das ins Wasser gestreute
Laub der Bäume fort. –
Ich dachte an alte Leute,
Die auswandern ohne ein Klagewort.

Die Blätter treiben und trudeln,
Gewendet von Winden und Strudeln
Gefügig, und sinken dann still. – –

Wie jeder, der Großes erlebte,
Als er an Größerem bebte,
Schließlich tief ausruhen will.

Der mir viel Leid antat

Ich verfluche dich nicht.
Ich denke nicht mehr an Rache.
Ich suche, ob in deinem Gesicht
Die Reue erwache.

Du hast unsere Freundschaft kalt gemacht,
Um Geld zu gewinnen. –
Meine Fäuste sind nicht mehr geballt.
Mir kannst du entrinnen,
Doch nicht der Vergeltung. –

Meinst du, daß du glücklich bist,
Weil du dir siegreich erscheinst?
Du!?! – Das Schicksal stellt jedem Frist.

Noch, noch ist Möglichkeit,
Daß du der Vergeltung entrinnst.
Wenn du dich selbst besinnst,
Zurückgibst. Und rein beginnst.

Die Überholten

Und Menschen triffst du, und dich stört ihr Reden,
Weil es nichts Neues dir enthüllt.
Du kennst all ihre Zellen, hast längst jeden
Gedanken überholt, der sie erfüllt.

Du willst durchaus nicht, daß sie näher kommen;
Du fürchtest, daß du überlegen siegst.
Doch schweigend dann besinnst du dich beklommen,

Wie du den Anfang so wie sie genommen
Und daß du dankbar sein mußt, weil du stiegst.

Doch wenn du dich bescheiden an sie wendest
Und einfach sprichst, erfährst du, daß du störst.
Und einsam klingt der Satz, den du vollendest.
Weil du doch nimmer ihnen angehörst.

Nach der Premiere

Auf Enttäuschungen gefaßt,
Reiste ich in Ruhe.
Mich trugen Schuhe,
So leicht wie Bast.

In mir war ein Garten,
Wo ein Kind auf Gräsern schlief.
Ohne zu erwarten,
Fand ich, was so schön verlief.

Wie es Kunst und Freundeshand
Lenkten, will ich's wahren,
Als ein Glück, mir nachgesandt
Aus verschollenen Jahren.

Bürger, den ich meine

Bürger, den ich meine

Tanzunterricht bis Stammtischbier.
Solch Bürger ist behütet.
Der Bürger ist kein Säugetier.
Der Bürger ist gebrütet.

Doch was ich hiermit Bürger nenn,
Sind satte Mittelpunkte.
Wie die sich wohl benähmen, wenn
Man sie in Eiweiß tunkte.

Auskehr

Zum Schmutz- und Schundgesetz November 1926

Schundige, verbrauchte Besen wollen
Nur aus schmutzig-dunklem Hintergrund:
Mummgedachte dummgemachte Menschen sollen
Ihnen helfen gegen Schmutz und Schund.

Wollen also scheinbar Straßen reinigen,
Nicht vor eigner Tür, nein! O nein!
Herrschen wollen sie und peinigen,
Denn man sah in ihren Stiel hinein.

Und da fand man in den Stielen Knuten
Aus der mittelalterlichsten Zeit.
Und wir andern müssen uns nun sputen,
Denn die Besen stehen kampfbereit.

Sagen wir nur: Nein!
In die Ecke, Besen, Besen!
In dem Dreck, wo ihr gewesen
Seid, macht euern Dreck allein!
Nicht verhandeln.
Denn wir wollen rein,
Auch durch Schmutz und Schund, in Freiheit wandeln.

Wie mag er aussehn?

Wer hat zum Steuerbogenformular
Den Text erfunden?
Ob der in jenen Stunden,
Da er dies Wunderwirr gebar,
Wohl ganz – – – oder total – – – war?

Du liest den Text. Du sinnst. Du spinnst.
Du grinst – »Welch Rinds« – und du beginnst
Wieder und wieder. – Eisigkalt
Kommt die Vision dir »Heilanstalt«.

Für ihn? Für dich? – Dein Witz erblaßt.
Der Mann, der jenen Text verfaßt,
Was mag er dünkeln oder wähnen?
Ahnt er denn nichts von Zeitverlust und Tränen?

Wir kommen nicht auf seine Spur.
Und er muß wohl so sein und bleiben.
Auf seinen Grabstein sollte man nur

Den Text vom Steuerbogen schreiben.

Sonntags

Du redest. Du redest doch auch zu mir?
Die Kanzel ist so hoch entfernt.
Was redest du auf lateinisch zu mir!
Ich habe doch nie Lateinisch gelernt.

Was redest du so düster und fremd?
Lache doch einmal laut!
Was trägst du für ein feierlich Hemd?
Damit wir bangen? Damit uns graut?

Was gehst du so um den Brei herum?
Um den saftigen, würzigen Brei?
Ich war so froh; nun bin ich dumm
Und risse dir gern das Hemd entzwei.

Und sähe dich gerne splitternackt,
Verzweifelten Gesichts.
Ich bin vielleicht vom Teufel gepackt.
Aber er tut mir nichts.

Ruinenkult

Wenn der Ruinenzauber glüht,
Erschauert unser Volksgemüt,
Und eine romantische Wärme
Gießt Bowle durch unsre Gedärme.

Lichtbirne hinter Buntpapier
Gibt Sängerkehlen ein Klistier,
Und sehnsüchtig weinendes Lachen

Läßt uralten Schwindel erwachen.

Denen, die sich Ruinen baun,
Wünsch ich den höchsten Lattenzaun
Und den von Hunden umgeben,
Die dauernd das eine Bein heben.

So gut wie schlecht

Menschen kenne ich: denen es gut geht,
Die sich aber auch Mühe geben,
Anständig nach innen und außen zu leben.

Da ihnen das gut steht
Und sie repräsentable Erscheinungen
Sind, hört man ihre Meinungen
Mit Behagen. –
Bis man erstaunt entdeckt,
Daß sie keine andre Meinung vertragen. –

Hat ein Vögelchen erschreckt
Sich geduckt im Busch versteckt;
Putzte traurig, putzte stumm
Lange noch an sich herum.

Regenschauer

Der erste dicke Tropfen schlug –
Es war wie Blut – mir auf die Hand.
Da ich den Himmel und das Laub verstand,
Schien nur das Publikum mir wie Betrug.

Ein Tropfenwitz traf meinen Wein.
Das Publikum mit fetten Torten
Floh unter neckisch dünnen Worten
Vom Garten in das Haus hinein.
Ich Dummplikum blieb ganz allein.

Erst als der Kellner mir das Tischtuch kündigte,
Bemerkte ich, wo falsch, wo echt ich sündigte,
Ging auch ins Haus und übersann vergnügt:
Wozu ein Regentropfen schon genügt.

Berta und ich gehn zum Maskenball

Gänse, die als Prinzessinnen sich weiden.
Schafsköpfe, die als Schafskopf sich verkleiden.
Türken, die eine Bettlerin
Mit »Frau Geheimrat« titulieren,
Cowboys mit Oberlehrermienen. –
Nur die dabei verdienen und bedienen,
Erkennen solchen Unfugs Sinn.
Und beinah nur für diese wenigen
Mischen wir andern uns auf buntem Teller
Zum außerordentlichen italienischen
Salat, als Stückchen dran und drin.
Berta, frisier dich etwas schneller!
Weil ich ein fertig angezogener Chinese bin.

Es braust ein Ruf wie Donnerhall –
Berta, wir gehn zum Faschingsball,
Zu Karnevallerie-Krawall,
Pot-Pickles, Mixed-Pourri und Drall.
Denn mancherlei im Leben – vielerlei! –,
Das man nicht sagt, läßt tanzen sich und grölen.
Und köstlich ist ein unverbindlich Küssen.

Maria Stuart, heute bist du frei.
Rasch! Gieße Flieder in die Achselhöhlen!
Nimm diese Mark für Trambahn und mal müssen.
Das Auto hin, das werde ich bezahlen.
Bin ich nicht nett??
Und geh heut nacht mit wem du willst in das Schafott.
Mach zu! Mein Hütchen – und mein Paletötchen.
Steig ein! – Die Schlüssel? – Und die Schinkenbrötchen?
Töff töff rrrr –

Das Auto hält. Portier und Lichter strahlen.
Das Auto will ich, wie gesagt, bezahlen.
Doch, Berta Stuart, nun verlaß ich dich.
Zum Abenteuern muß man Freunde meiden.
Wie wir uns heute nur für andre kleiden,
Zuletzt erlebt ein jeder doch nur sich.

Du!: Morgen, überm Eimer denk an mich!

Das Original

Ich bin sehr dagegen,
Daß sich ungelegen
Jemand aufdrängt.
Aber meinen Segen
Hat, wer eines Wortspiels wegen
Sich zum Beispiel aufhängt.

Ich bin darin ganz besonders eigen,
Denn ich sehe vieles weit voraus.
Nur ich kann das immer nicht so zeigen. –

Nie betritt ein blinder Mann mein Haus,
Wenigstens nicht meine Räume,

Weil ich einmal eines Nachts in Schweden
Träumte – und ich kenne meine Träume –
Nein, wir wollen lieber andres reden.

Wenn ich mal wo so betrunken war,
Wie ich für gewöhnlich niemals bin,
Geh ich dorthin nie mehr hin;
Darin bin ich sonderbar.
Und ich trinke, wenn ich vor Geschäften
Stehe, überhaupt so gut wie nichts,
Denn ich stehe so gewissen Kräften
Nahe. Und der Ausdruck des Gesichts
Wechselt stets bei mir in Intervallen.
Ist dir das und andres an mir aufgefallen?

Nun, ich weiß: ich passe nicht ins Leben,
Weil ich hungern kann. Ich werde nie
Mein Geheimstes jemals Leuten preisgeben,
Die nicht groß sein können oder die
Eng am Gelde hängen.
Warum sollte ich mich denen aufdrängen!

Willst du, bitte, nun mal andre Leute
Ganz diskret befragen,
Was sie über mich und meine Meinung sagen
Und was ich für sie bedeute.

Gelt, du weißt, daß ich nicht gern verspreche,
Weißt auch, daß ich etwas halten kann?
Und – – – Genug! Du bist mein Mann! –
Lebe wohl! – Zahl ich – zahlst du die Zeche?

Wenn die sich Künstler einladen

Sie haben dich eingeladen
Und bieten dir nichts
Als nur den Schein ihres Lichts.
Und wollen doch in dir baden.

Sie haben auch dich gehabt.
Ihr Gästebuch wird dich nennen.
Sie waren so begabt,
Dich zu kennen.

Dir wird neben Speise und Trank
Jedweder Luxus serviert.
Beim Abschied zahlst du geniert
Den armen Dienern noch ärmeren Dank.

Und dann, daheim, bist du krank.

Kunstgewerbe

Ein blauer Hund mit gelben Ohren
Wurde in einem Atelier geboren.
Weil er naturfremd originell
Wie jene Mutter war, die ihn gebar,
Vermehrte er sich populär sehr schnell
Und brachte Geld, und viel sogar.

Ein andres Suchweib, gleichfalls von Beruf
Originell, erdachte sich und schuf
Aus Ton ein Mäuschen, witzig, zart und schlicht,
Sehr künstlerisch; das reüssierte nicht.
Bis wahre Künstler es entdeckten
Und kauften von sechs Exemplaren vier.

Worauf die andern zwei entsetzlich heckten.
Nun seh ich überall dies Mäusetier.
Es glotzt, es kotzt mich an aus Gips,
Aus Bronze, Ton. Ein Mäuseplagenippes.

Ich bitte dich: Wenn ich dereinst mal sterbe,
Tu meine Asche nicht in Kunstgewerbe.

Nach geballten Enttäuschungen

Und nehmen sie die ganze Hand,
Wenn ich den kleinen Finger gebe.
Und Leute sind's von hohem Stand
Und wissen doch nicht, wie ich lebe.

Doch andre wieder, die mich nutzen
Und ziehen dreist aus mir Gewinn.
Wenn meine Einsicht schweigt, dann putzen
Sie das noch aus nach ihrem Sinn.

Ich fühle – weiß nicht – was ich weiß,
Und mich gelüstet's dreinzuschlagen
Auf dieses gierige Geschmeiß. –
Doch meine Treuesten versagen.

Es scheint mich alles zu verfluchen.
Als ich mich selbst verfluchen will,
Legt sich die See. – Ich wurde still,
Fand neu, was niemals ist zu suchen.

Nach dem Gewitter

Der Blitz hat mich getroffen.
Mein stählerner, linker Manschettenknopf
Ist weggeschmolzen, und in meinem Kopf
Summt es, als wäre ich besoffen.

Der Doktor Berninger äußerte sich
Darüber sehr ungezogen:
Das mit dem Summen wär' typisch für mich,
Das mit dem Blitz wär' erlogen.

Umweg

Ging ein Herz durchs Hirn Güte suchen,
Fand sie nicht, doch hörte da durchs Ohr
Zwei Matrosen landbegeistert fluchen,
Und das kam ihm so recht rührend vor.

Ist das Herz dann durch die Nase krochen.
Eine Rose hat das Herz gestochen,
Hat das Herz verkannt.
In der Luft hat was wie angebrannt
Schlecht gerochen.

Und das Wasser schmeckte nach Verrat.
Leise schlich das Herz zurück,
Schlich sich durch die Hand zur Tat,
Hämmerte.
Und da dämmerte
Ihm das Glück.

Marschierende Krieger

Vor mir her schritt Infanterie,
Eine ganze Kompanie
Kräftiger Soldaten.
Stramm im Takte traten
Sie den Sand,
Schritten achtlos über einen
Kleinen Käfer, den ich fand.

Ich blieb stehen,
Um ihn zu besehen,
Und weil's hinter jenem Militär
Stark nach Schweiß und Leder roch.
Da: – Der Käfer kroch
Plötzlich fort, als ob er lebend wär.
Doch ich konstatierte noch:
Nur zwei Steinchen an zwei Seiten retteten –
Gleichsam wie als Felsenwände – diesen –
Gleichsam zwischen ihnen eingebetteten –
Käfer vorm Zertrampeltwerden durch die Riesen.

Große Riesen – kleine Tiere –
Und ich lief, die Wandersohlen,
Die so stanken, einzuholen,
Weil ich gar zu gern im Takt marschiere.

Und ich hustete und spuckte
Staub und mußte viermal niesen.
Und ich schluckte. Und ich duckte
Mich vor Felsenwänden und vor Riesen.

Schlummerlied

Will du auf Töpfchen?
Fühlst du ein Dürstchen?
Oder ein Würstchen?

Senke dein Köpfchen.

Draußen die schwarze, kalte
Nacht ist böse und fremd.
Deine Hände falte.
Der liebe Gott küßt dein Hemd.

Gute Ruh!
Ich bin da,
Deine Mutter, Mama;
Müde wie du.

Nichts mehr sagen –
Nicht fragen –
Nichts wissen –
Augen zu.
Horch in dein Kissen:
Es atmet wie du.

Mensch und Tier

Wenn ich die Gesichter rings studiere,
Frage ich mich oft verzagt:
Wieviel Menschen gibt's und wieviel Tiere? –
Und dann hab' ich – unter uns gesagt –
Äußerst dumm gefragt.

Denn die Frage interessiert doch bloß
Länderweis statistische Büros,
Und auch diese würden sich sehr quälen,
Um zum Beispiel Läuse nachzuzählen.

Dummer Mensch spricht oft vom dummen Vieh,
Doch zum Glück versteht das Vieh ihn nie.
In dem neuen Korridor von Polen
Gaben sich zwei Pferde einen Kuß,
Und die Folge war ein dünnes Fohlen,
Welches stundenlang
Immer anders, als man dachte, sprang.

Wenn es auch in Polen
Sehr viel Läuse gibt, – –
Aber wer ein solches Fohlen
Sieht und dann nicht liebt,
Bleibe mir gestohlen.

Hilflose Tiere

Wenn ein Hund kotzt, soll man keinen Augenblick
Ihn dann stören,
Soll man auf ihn hören.
Töne sind Bruchstücke von Musik.

Ob geräuschvoll oder leise,
Massig oder klein bei klein –
Kann es doch die schönste Speise,
Kann es beispielsweise
Hammelkeule in Madeira sein.

Auch das Dichten ist ein Vonsichgeben.
Eisen bricht. Und alles geht vorbei,

Auch die Wolke und das Leben.
Und ein einz'ger Koch verdirbt den ganzen Brei.
Mag sich also keiner überheben,
Der auf Menschtum und Gesundheit protzt.

Wenn ein Hündchen kotzt –
Öffentlich genau so wie zu Hause –
Sollst du mit ihm leiden,
Maulkorb ihm durchschneiden;
Denn sonst wirkt der Korb wie eine Brause.

Will das Rührende dir häßlich scheinen,
Denke: Großes spiegelt sich im Kleinen.

Wirst dich doch der eignen Übelkeit
Niemals schämen.
Gönne Tieren wenigstens die Zeit,
Widerwärtiges zurückzunehmen.

Oder laß das ruhig liegen. Weil
Roheit niemals Glück bringt oder Segen.
Jeder soll vor seiner Türe fegen.
Und die Stiefelsohle ist kein Körperteil.

Tierschutz-Worte

Seien Sie nett zu den Pferden!
Die Freiheit ist so ein köstliches Gut.
Wie weh Gefangenschaft tut,
Merken wir erst, wenn wir eingesperrt werden.

Seien Sie lieb zu den Hunden!
Auch zu den scheinbar bösesten.

Kein Mensch kann in Ihren schlimmen Stunden
Sie so, wie ein Hund es kann, trösten.

Gehen Sie bei der Wanze
Aufs Ganze.
Doch lassen Sie krabbeln, bohren und graben
Getier, das Ihnen gar nichts entstellt.

Alle Tiere haben
Augen aus einer uns unbekannten Welt.

Kochen Sie die Forelle nicht
Vom Kaltwasser an lebendig!

Auch jeder Gegenstand hat sein Gesicht,
Außen wie inwendig.
Und nichts bleibt vergessen.

Die Ewigkeit, die Unendlichkeit
Hat noch kein Mensch ausgemessen,
Aber der Weg dorthin ist nicht weit.

Suchen Sie jedwede Kreatur
In ihr selbst zu begreifen.
Jedes Tier gehorcht seinem Herrn.

Sich selber nur
Dürfen Sie – und sollen es gern –
Grausam dressieren (die Eier schleifen).

Maler und Tierfreund

Ich hatte eine Landschaft in Öl gemalt,
Und sie gefiel mir sehr:
Ein blauer Himmel, aus dem die Sonne wie Wonne strahlt,
Und darunter weites, ruhiges, grünes Meer.
»Einsame Sehnsucht.«

Danach fuhr ich irgendwo hin,
Um einen kleinen Affen zu erwerben,
Weil ich ein Tierfreund bin.
Aber was einem die Tiere nicht alles verderben.

Wieder zu Haus, stieß ich aus einen Schrei,
Denn mein Bild war verhext.
Erstens hatte mein Papagei
Etwas Groteskes ins Meer gekleckst,
Und das geradezu künstlerisch kühn.
Aber das Wasser selber war abgeleckt
Von meinem Wolfshund. Der lag vom Schweinfurter Grün
Vergiftet am Boden, verreckt.

In den Himmel hatte sich eine Fliege geklebt,
Und zwar mit dem Rücken.
Die strampelte, wie man, wenn man Großes erlebt,
Mit den Beinen strampelt vor lauter Entzücken.

Und offenbar nicht minder beglückt
In ihrer Nähe
Hing auch mein Laubfrosch ans Bild angedrückt
Und tat so, als ob er die Fliege nicht sähe.

Da wollte mein Affe mit lautem Geschrei – – –
Doch ich band ihn fest. Und lächelte dann.

Wie gut, daß man bei der Ölmalerei
Alles noch übermalen kann.
Mit Phantasie das Gegebne fixiert –
Genie und Farbe und Lichter dick aufgetragen –
Schwarz, Weiß, Rot, Ocker mutig darüber geschmiert – – –
Ein schönes Bild, muß ich selber sagen,
»Mein Selbstporträt«.

Landflucht

Fort vom Lande, aus dem engen
Städtchen in die Großstadt flieht der Geist,
Wo im Kampf der Mengen
Er zerreißt.
Dort, wo Puls und Uhr
Schneller ticken,
Wird er sich zusammenflicken,
Wenn er's erst versteht,
Daß die unbezwingliche Natur
Auch auf Radiowellen, Schienenspur
Und Propellerschwingen weitergeht.

Wenn ihm das gelingt,
Wenn er nicht darüber ganz verkommt,
Wenn ihm die Erkenntnis frommt,
Daß die Nachtigall genau so singt
Wie ein Spatz
Am Alexanderplatz, – – –
Ja, dann wird ihn wohl von Zeit zu Zeit
Eine Sehnsucht wieder landwärts tragen
In die Enge, in die Einsamkeit. – –
Bis in die simplen, friedlichen, gesunden
Bauern ihn nach Tagen
Oder Stunden

Wiederum verjagen;
In die große Stadt zurück.
Und dort wird er sagen:
Nur im Ruhelosen ruht das Glück.

O Welt in einem Ei

O Welt im Ei, von Haut
Und Schale rings umgeben!
Wenn dich die Sonne schaut,
Beginnt dein freieres Leben.

Dann lebst du, wie dein Ahne will,
Als Strauß, als Fisch, als Krokodil,
Als Huhn ein Mehrerwachen,
Ein größeres Glück und größere Qual
In einem weiteren Oval.
Bis neue Schalen krachen.

O Welt in einem Ei,
Wie Wichtiges entscheidet sich,
Geht deine Wand entzwei.
Vielleicht verschlingt man, kocht man dich,
Ißt dich mit Senf, mit Kaviar
(Störs ungezählten Eiern!).

Und wenn sie Ostern feiern,
Die dich verschlucken roh und gar,
Dann lachen sie und spaßen
a conto Osterhasen.
Doch wer von ihnen denkt dabei
An dich, du Mikrowelt in einem Ei?!

Der Glückwunsch

Ein Glückwunsch ging ins neue Jahr,
Ins Heute aus dem Gestern.
Man hörte ihn sylvestern.
Er war sich aber selbst nicht klar,
Wie eigentlich sein Hergang war
Und ob ihn die Vergangenheit
Bewegte oder neue Zeit.
Doch brachte er sich dar, und zwar
Undeutlich und verlegen.

Weil man ihn nicht so ganz verstand,
So drückte man sich froh die Hand
Und nahm ihn gern entgegen.

Stuttgarts Wein- und Bäckerstübchen

Vor dem heißen Ofen balgen
Katzen sich. Wie dumme Jungen.
Auf dem Tisch an kleinem Galgen
Hängen Brezel, schön geschwungen.

Würdebärte schlürfen kräftig
Wichtig diskutierte Weine. –
Links im Laden bückt die kleine
Bäckerstochter sich geschäftig.

Zinn blitzt von der Holz-Fassade.
Zeichnungen an allen Wänden,
(Stumm, mit mehlbestaubten Händen,
Rückt der Wirt die schiefen gerade.)

Setzte mich so ganz bescheiden hin
Und vergaß auch nicht, sehr laut zu grüßen.
Dennoch ließen Blicke mich leicht büßen,
Daß ich kein Stuttgarter bin.

Und keins von diesen schönen Mädchen weiß ...

Und keins von diesen schönen Mädchen kann
Die Spanne seiner Flügelmacht ermessen.

Ein älterer Herr hat neben ihr gesessen,
Sie einmal angeschaut, – ein älterer Mann.

Keins dieser jungen Mädchen weiß,
Wie alte, gute Augen auf sie blicken.
Sie hören Pulse, nicht die Uhren ticken.

Ein Trainsoldat, ganz jung, – den liebt sie heiß.
Wie vieles Wünschen und Verlangen
Wird unerfüllt unmerklich weggespült.

Alt ist geworden, wer das Leben fühlt. –

Nun ja: Der ältere Herr ist dann gegangen.

Und immer neu erlebt und neu bedichtet,
Ist das wohl recht und richtig eingerichtet?

Der Herr hat höflich, still zum Hut gefaßt.
Der Herr hat den Soldaten nie gehaßt.

Herbst in der Bodega

Mich kitzelt was – – nichts Weibliches –
Im linken Nasenloche.
Ich habe ein unbeschreibliches
Wundsehnen seit einer Woche.

Ich möchte in feuchter Buntblätternatur
Gerührt sein und Trauerndes dichten.
Ich grüble. Doch was mir einfällt, sind nur
Ganz spaßhafte, dumme Geschichten.

Mein Sinn ist mild, und mein Herz ist naß.
Ich suche ein träumendes Märchen.
Doch der Kellner lacht, und mich kitzelt etwas
In der Nase. Wahrscheinlich ein Härchen.

Kein Weh ergreift mich. Jetzt muß ich sogar
Noch über mich selber lachen. –
Schluß Herz! Jetzt will ich das kleine Haar
Mit dem Finger unschädlich machen.

Der Seriöse

Wo ich abends Weißwürste fresse,
da sitzt oft drei Tische weit
Vor mir ein Herr von Noblesse,
Sehr groß, sehr ernst und sehr breit.

Sein Haar und Bart, seine Kleidung
Sind einwandfrei und gepflegt,
Wie er unter steter Vermeidung
Sich einwandfrei sicher bewegt.

Wie ihn die Kellner bedienen,
Ist er ein Fürst oder reich.
Doch bleibt das Spiel seiner Mienen
Jederzeit würdig und gleich.

Wenn diese würdig seriöse
Erscheinung vorübergeht,
Dann ist mir, als ob mein Gekröse
In Hirn und Leib sich verdreht.

Denn, wenn er mit seinen Blicken
Mich streifte – das fühle ich klar –,
Ich würde zusammenknicken
Und nimmer sein, was ich war.

Doch ohne seitwärts zu schauen,
Schreitet er durchs Lokal.
Seine gerunzelten Brauen –
Wie alles an ihm – sind aus Stahl.

Und seine Schritte lenken
Sich dahin, wohin man nicht sieht.
Ich wage nicht auszudenken,
Was er dort etwa vollzieht.

Ach, ich bin klein, ich bin böse.
Mein Herz ist auch nicht ganz rein.
Ach dürfte ich solche seriöse
Persönlichkeit einmal sein!

Dritter Klasse

Dem Mann, der …

Der Mann, der meine Schuhe putzt
Am Bahnhofsplatz,
Hat abends, wenn er die Trambahn benutzt,
Neben sich einen Schatz.

Wie gern würde ich diesem Kind
Auch mal die Schuhe reinigen.
Jedoch sie sagt: »Baron, Sie sind
Ein dickes Schweinigen.«

Weil mir das Titelchen »Baron«
Nicht zukommt noch mir nutzt,
Gab ich heute großen Extralohn
Dem Mann, der meine Schuhe putzt.

Kauderwelscher Bettlerdank

Ich danke dir für Wasser, Wein und Speise,
Und ich bin froh, daß meine Sprache fremd
Hier ist. – Ein Bettler mit verlaustem Hemd
Will ich nur sein. Auf meiner Weiterreise
Träum ich davon, wie gut und leise
Du von der Schwelle nach der Küche gingst

Und – was ich weiß – wie rührend schön du singst.
Denn ich hab lange dich belauscht, bevor
Ich klingelte an deinem starren Tor.

Du hast mich offnen Herzens angeblickt.
Doch ich bemühe mich, mich zu verstellen.
Du sollst nicht ahnen, wen und wie – –
Himmlisch hast du mein Bettlerherz erquickt!

So ziehen eilig sanfte Wellen
Vorbei; doch sie vergehen nie.

Und eine Welle, die du selbst entsandtest
Und die ich selber nie erkennen lerne,
Bringt dir vielleicht aus einer fremden Ferne
Den Dank zurück, den du an mir nicht fandest.

Angstgebet in Wohnungsnot
1923

Ach, lieber Gott, gib, daß sie nicht
Uns aus der Wohnung jagen.
Was soll ich ihr denn noch sagen –
Meiner Frau – in ihr verheultes Gesicht!?

Ich ringe meine Hände.
Weil ich keinen Ausweg fände,
Wenn's eines Tags so wirklich wär:
Bett, Kleider, Bücher, mein Sekretär –
Daß das auf der Straße stände.

Sollt ich's versetzen, verkaufen?
Ist all doch nötigstes Gerät.
Wir würden, einmal, die Not versaufen,

Und dann: wer weiß, was ich tät.

Ich hänge so an dem Bilde,
Das noch von meiner Großmama stammt.
Gott, gieße doch etwas Milde
Über das steinerne Wohnungsamt.

Wie meine Frau die Nacht durchweint,
Das barmt durch all meine Träume.
Gott, laß uns die lieben zwei Räume
Mit der Sonne, die vormittags hineinscheint.

Jenem Stück Bindfaden

Bindfaden, an den ich denke,
Kurz warst du, und lang ist's her.

Ohne dich wäre das so schwer
Und hoffnungslos gewesen.

Auf der Straße von mir aufgelesen,
Halfst du mir,
Mir und meiner Frau. – Wir danken dir,
Ich und meine Frau.

Bindfaden, du dünne Kleinigkeit
Wurdest mir zum Tau. –
Damals war Hungerszeit;
Und ich hätte ohne dich in jener Nacht
Den Kartoffelsack nicht heimgebracht.

Nacht ohne Dach

Nacht ohne Dach. – Nacht mit Lichtern. –
Café-Garten am Rande der Stadt –
Wo jeder Gegenstand die Seele von Dichtern
Oder versöhnende Hilflosigkeit hat.

Und Menschen kommen und gehen.
Und es lügt ein Getu und Getön.
Aber Tischtücherzipfel wehen,
Und das ist schön!

Und dann ist auch schön: ein Paar
Verliebter Jugend. –
Nacht ohne Dach …
Erinnerung, rufe nicht wach,
Wie schlimm eine Nacht ohne Dach
Einst für mich war.

Eine Passagierin Dritter Klasse

Nun will's mir plötzlich scheinen,
Als säß ich in der Eisenbahn
Und müßte bitter weinen.
Was hab ich nur getan?

Ich fahre in die Fremde,
Und ist in meinem Herzen doch –
Als wie in meinem Hemde –
Kein Fleck. Was will ich noch?

Ich fahre so bequem,
Und wenn ich jetzt nun lachte,

Dann weiß ich gar nicht, wem
Ich damit Schande machte.

Vor einem Bahnzusammenstoß
Wär ich doch niemals bange.
Ich war doch schon mal lange
In Regensburg. Was hab ich bloß?

Ich bin noch immer, Gott sei Dank,
Streng fromme Katholikin.
Und bin zwar nicht gerade schlank,
Doch ohne daß ich dick bin.

Und Mutter kann ganz ruhig sein,
Sie ist versorgt im Spittel.
Und ihre Einzige bleibt rein.
Denn Arthur weiß ein Mittel.

Und er muß einmal London sehn,
Um weiter zu studieren,
Und er darf nicht zugrunde gehn
Und die Geduld verlieren.

In meiner neuen Stellung will
Ich mir viel Geld ersparen – – –
Wie sind die Leute all so still,
Die mit mir fahren – – –?

Frühlingsanfang auf der Bank vorm Anhalter Bahnhof

Vierter Klasse wär es noch mehr billig.
Aber da käme ich später an.
Und dann ist die Stellung vielleicht schon vergeben.
Und die Frau Bauratswitwe sagt dann

Wieder: Ich sei arbeitsunwillig.
Und wovon soll ich dann am Freitag leben?
Am liebsten möchte ich gar nicht fahren.
Da könnten wir all das Fahrgeld sparen
Und lieber versaufen.
Und da können wir noch die beiden Weinflaschen verkaufen.
Da wird man wieder mal richtig vergnügt.
Und hauen uns nachts auf die Bretter am Halleschen Tor,
Wo manchmal der Bolzenmax liegt.
Jetzt kommen schon die Krokusse vor,
Da ist es schon nicht mehr so kalt.
Und morgen werden wir sehn, wo wir bleiben.
Da werden sie uns auseinandertreiben
Wie die Pferdeäppel aufm Asphalt.
Ob es wohl wahr ist, wenn man noch lebt – daß man
Seine Knochen an die Akademie verkaufen kann?

Das Geschwätz in der Bedürfnisanstalt in der Schellingstraße

Heute wurde Geld eingesammelt,
Wo ich angestellt bin, in dem Büro,
Für die Frau von jemand, der sich erhängte.
Eine Büchse ging rum. Und jeder schenkte.
Drei Mark; das ist bei uns immer so.

Es braucht niemand zu wissen, wodran ich bin.
Ich habe das Geld meiner Mutter gestohlen.
Ich habe noch gestern acht Mark für Kohlen
Bezahlt. Und die Alte stumpft doch bloß so hin.
Und bei ihrer Schwindsucht und sowieso
Kann es ja doch nicht mehr lange währen.
Ich kann auch nicht ewig fünf Menschen ernähren
Bei der Arbeit in dem Büro.

Ich möchte mal wieder eine Musik hören;
Das stimmt einen wieder mal froh.

August 1930

Topf an Topf
Um leere Taschen.
Nichts in den Töpfen zum Fressen.

Kopf an Kopf
Um volle Flaschen
Und Tanzmusik zum Vergessen.

Wenn man sich einen gemeinen Soldat,
Ein Kind und einen Tiger besieht,
Wie ich das heute tat:
Die wissen nicht, was um sie geschieht …
Gott bewahre!

Die Zebras, Dromedare,
Sie rissen sich
Und bissen sich
Um jeden Happen Brot.

Nichts stimmt, was mir begegnet.
Und es ist kalt und regnet.
Damit das Übermaß von Not
Mich nicht zum letzten Schritte reizt,
Hat meine Wirtin eingeheizt.

Frucht-Zucht-Frucht

Bananen, Melonen, Ananas – –.
Alle Früchte haben etwas –

Frei gesagt: Unanständiges,
Etwas Nuditätes an sich.
Darüber freue ich mich.
Denn das ist etwas Unbändiges.
Instinktiv oder auch bewußt
Haben wir alle daran unsre Lust.

Aber die darüber erschreckt sind,
Sich entrüsten und jemand verklagen,
Denen wollen wir andere sagen,
Daß wir schon lang nicht mehr a. A. geleckt sind.
Und das muß – wenn auch nur theoretisch –
Immer mal wieder auf Erden geschehn.
Sonst werden wir Mehlbrei und hyperästhetisch
Und werden rot, wenn wir Pfirsiche sehn.

Spielen Kinder doch …

Sahst du in der Bahn auf Reisen:
Fährt dein Spiegelbild daneben
Draußen heil durch Fels und Eisen?
Was ist Schein und was ist Leben?

Wirrgespräch von Schizophrenen –?
Und der Wirrsinn deiner Träume –?
Warum suchen wir, ersehnen
Unterschiede, Zwischenräume?

Nach dem Nichts, dem Garnichts schielen
Alle, Freude, Gleichmut, Trauer.
Aus dem Garnichts lockt ein Schauer
So und so mit fremden Spielen.

Manchmal, zwischen trocknen Zeilen:
Barmt es, winkt es oder lacht es. –

Spielen Kinder doch zuweilen
Wundersames Selbsterdachtes.

Entomologische Liebe

Ein Käfer, den ich kenne,
Die Goldhenne,
Spritzt einen üblen Saft.
Ich habe mir eine Betthenne –
Nein, Bettpfanne angeschafft.

Nur zur eigenen Benützung,
Nicht etwa zur Unterstützung
Dieses Käfers, der bei Tag und Nacht
Neben meinem Krankenlager steht
Und sich freut, wenn es mir naß ergeht.

Eingefangen in ein Glasgebäude
Lebt er. Ich verstehe seine Freude.
Wenn er nie in Freiheit bei mir sitzt,
So doch nur, weil er so übel spritzt.

Doch nachdem ich nun seit sieben Wochen
Ihm durchs Glas so freundlich zugesprochen,
Weiß er schon, daß ich ihn Goldfink nenne.
Wir sind Schicksalskameraden.
Demnächst will ich meine Goldhenne
Zu Bettpfannkuchen einladen.

Sonntagspublikum vor Bühnen

Sonntagskinder sind Arbeitsfreie,
Ungewöhnte. – Der Künstler verzeihe
Ihnen ihr fremdes Geschau.
Sonntagskinder sind plötzliche Fürsten,
Glücklich an Sonne, Dünnbier und Würsten.
Sonntagskinder sind himmelblau.

Kommen erwartend, spaziergangsmüde,
Niemals intolerant oder prüde,
Aber immer um Jahre zurück;
Merken es nicht, wenn die Rampenscheinwelt
Sich auf ihre Müdigkeit einstellt,
Schlafen sich nachtweg ins Wochentagsglück.

Hundstagsgespräch

»Die Menschen sind Hunde
Und sie müßten uns ›Menschen‹ nennen«,
Sagte einer der Windhunde
Nach dem ersten Rennen.
»Wenn man Menschen falschen Hasen vorsetzt,
Endet der dann auch in ihrem Magen.
Aber was haben wir von dem Hasen zuletzt,
Den sie vor uns herjagen?«

»Falscher Hase hin – falscher Hase her –«
Sagte der zweite Windhund.
»Ich bin schließlich doch kein Kind und
Setze mich auf meine Art zur Wehr.«

»Wehr setzen – Wehr setzen –«
Sagte der dritte Windhund.

»Damit erreicht man nichts. Nein,
Paßt auf, beim nächsten Falschenhasenhetzen
Laufe ich zunächst geschwind und
Bleibe plötzlich stehn und hebe ein Bein.«

»Bein heben oder Nichtbeinheben –
Lasset uns wenigstens sportlich rein leben«,
Sagte Hund Vier und unterbrach
Sich und lief einer Hündin nach.

Offener Antrag auf der Straße

Ich habe einen Frisiersalon.
Komm mit. Dort wollen wir knutschen.
Ich wollte, ich wäre ein Malzbonbon
Und du, du würdest mich lutschen.

Wir geben dem Lehrbub den Nachmittag frei
Und schreiben »Geschlossen bis sieben«.
Ich habe Rotwein im Laden und drei
Dicke Roßhaarsäcke zum Lieben.

Ich werde dich unentgeltlich frisiern
Und dir die Nägel beschneiden.
Du brauchst dich gar nicht vor mir geniern,
Denn ich mag dicke Fraun leiden.

Ich habe auch Schwarzbrot und Butter und Quark
Und außerdem einen großen – –
Donnerwetter, sind deine Muskeln stark!
Du, zeig mal: Was hast du für Hosen?

Wenn du dann fortgehst, bedanke dich nicht,
Sondern halt es mit meinem Freund Franke.

Der sagt immer, wenn man vom lieben Gott spricht:
»Wem's gut geht, der sagt nicht danke.«

Aus der Kundenkunde

Die Kunden kommen und gehn,
Großeltern, Eltern und Kind.
Doch wenn es schlimme sind,
Dann bleiben sie lange stehn;
Die Sekundenkunden
Sind noch nicht erfunden.

Die Kunden kaufen und zahlen,
Doch manche wollen nur Waren besehn,
Sich orientieren. Man nennt sie
»Sehleute« und »Orientalen«;
Der fleißige Kaufmann kennt sie.

Es stottern und feilschen die Kunden
Und schwatzen und lassen sich stunden.
Und stehlen sogar. Dagegen stiehlt nie
Die aristokratische Kleptomanie.

Der lockere Kunde von Beruf
Hat meistens einen Pferdehuf.

Wer seinen Kunden kündigt
Und meint, es ginge so: allein,
Selber sein eigener Kunde zu sein,
Der wird leicht vom Schicksal entmündigt.

Geld allein

Wie gut, daß alle einander nicht gleichen.
Wie recht, daß manche es erreichen,
Daß sie eines Tages reich sind.
Wie gut, daß auch diese einander nicht gleich sind.

Schlechte Menschen ohne Geist, ohne Geschmack,
Wenn sie noch so reich sind, bleiben nur Pack.

Die Fliege im Flugzeug

Ich war der einzige Passagier
Und hatte – nur zum Spaße –
Eine lebende Fliege bei mir
In einem Einmachglase.

Ich öffnete das Einmachglas.
Die Fliege schwirrte aus und saß
Plötzlich auf meiner Nase
Und rieb sich die Vorderpfoten.
Das verletzte mich.
Ich pustete. Sie setzte sich
Auf das Schildchen »Rauchen verboten«.

Ich sah: Der Höhenzeiger wies
Auf tausend Meter. Ha! Ich stieß
Das Fenster auf und dachte
An Noahs Archentaube.
Die Fliege aber – ich glaube,
Sie lachte.
Und hängte sich an das Verdeck
Und klebte sehr viel Fliegendreck

Um sich herum, im Kreise,
Unmenschlicherweise.
Und als es dann zur Landung ging,
Unser Propeller verstummte,
Da plusterte das Fliegending
Sich fröhlich auf und summte.

Gott weiß, was in mir vorging,
Als solches mir durchs Ohr ging.
Ich weiß nur noch, ich brummte
Was vor mich hin. So ungefähr:
Ach, daß ich eine Fliege wär.

Und glaubte doch es überwunden

Warum hast du mich ins Gesicht
Geschlagen?
Und ich konnte nicht
Mich wehren, noch etwas sagen.

Warum hat ein Augenblick so roh
Unsre ganze Heimlichkeit zertrümmert?
Konntest du denn danach irgendwo
Glücklich sein und unbekümmert?

Fandest du nie später jenen Mut,
Frei mir neu zu nahn?

Was uns jemals weh getan,
Ach wie bald war's wieder gut.
Aber was wir andern Wehes taten, –
– – – – ? – !

Es ist leicht und ehrlich, wenn ich sag:
Lebe wohl! Gut Nacht! und Guten Tag! –
Auch im Kriege sprachen so Soldaten.

Mein Wannenbad

Es muß wieder mal sein.
Also: Ich steige hinein
In zirka zwei Kubikmeter See.
Bis übern Bauch tut es weh.
Das Hähnchen plätschert in schamlosem Ton,
Ich atme und schnupfe den Fichtenozon,
Beobachte, wie die Strömung läuft,
Wie dann clam, langsam mein Schwamm sich besäuft.
Und ich ersäufe, um allen Dürsten
Gerecht zu werden, verschiedene Bürsten.
Ich seife, schrubbe, ich spüle froh.
Ich suche auf Ausguck
Vergebens nach einem ertrinkenden Floh,
Doch fort ist der Hausjuck.
Ich lehne mich weit und tief zurück,
Genieße schaukelndes Möwenglück.
Da taucht aus der blinkenden Fläche, wie
Eine Robinsoninsel, plötzlich ein Knie;
Dann – massig – mein Bauch – eines Walfisches Speck.
Und nun auf Wellen (nach meinem Belieben
Herangezogen, davongetrieben),
Als Wogenschaum spielt mein eigenster Dreck.
Und da auf dem Gipfel neptunischer Lust,
Klebt sich der Waschlappen mir an die Brust.
Brust, Wanne und Wände möchten zerspringen,
Denn ich beginne nun, dröhnend zu singen
Die allerschwersten Opernkaliber.
Das Thermometer steigt über Fieber,

Das Feuer braust, und der Ofen glüht,
Aber ich bin schon so abgebrüht,
Daß mich gelegentlich Explosionen –
– Wenn's an mir vorbeigeht – –
Erfreun, weil manchmal dabei was entzweigeht,
Was Leute betrifft, die unter mir wohnen.
Ich lasse an verschiedenen Stellen
Nach meinem Wunsch flinke Bläschen entquellen,
Erhebe mich mannhaft ins Duschengebraus.
Ich bück mich. Der Stöpsel rülpst sich hinaus,
Und während die Fluten sich gurgelnd verschlürfen,
Spannt mich das Bewußtsein wie himmlischer Zauber,
Mich überall heute zeigen zu dürfen,
Denn ich bin sauber. –

Humorvolle Spinner

Spinnete Köpfe, gescheit und begabt,
Weil ihr einen Pieps, einen Vogel habt,
Verlachen euch manche und meiden
Euch. Ich mag euch leiden.

Ein Piepvogel lebt so hoch und frei
Über den Filzlatschen der Spießer.

Der Spießer meint: Ein Bandwurm sei
Kein stiller Genießer.

Doch Spießermeinung ist nicht mal so wichtig
Wie das, was aus Piepvogel fällt.

Nur der, der im Kopf nicht ganz richtig
Ist, lebt sich und unterhält.

Trennung von einer Sächsin
(1928)

Ich kann dir alles verzeihn.
Aber du mußt mir die Freiheit lassen,
Mich nicht mehr mit dir zu befassen.
Sächsische Quengelein,
Auch wenn man ihrer nur träumt,
Sind etwas, womit man die Zeit versäumt.

Du hast viel warmes Gemüt
Und lügst oft aus Höflichkeit.
Und auf diesem Boden blüht
Und gedeiht die Geschmacklosigkeit.

Ich weiß das genau. Denn ich bin
In Sachsen erwachsen. Das zu verschweigen
Oder deswegen mokant sich zu zeigen,
Hätte nicht – – oder nur sächsischen Sinn.

Ich kann deiner Falschheit nicht trauen.
Geh jetzt zur Ruh!
Blondhaarig mit schwarzen Brauen,
So schönes Mädchen du!

Aussichten sind unendlich weit.
Aber Sächsisch in dieser Zeit,
Eins, Neun, Zwo, Acht – – –
Gute Nacht.
Als sie dann traurig ging,
Ward mir so bang und kalt.
Gab ich ihr keinen Halt.
Armes Ding!

Silvester

Es gibt bei Armen und Reichen
So manche Herzen bang und still;
Aus manchem dieser Herzen will
Die Sorge nimmer weichen.

Ich bin einer neuen Idee auf der Spur
Und überlege sie sehr:
Man sollte armen Leuten nur
Gutes tun oder sagen,
Ohne vorher oder hinterher
Nach ihnen zu fragen.

Wer hat das wohl zuerst bestellt,
Was nun so glatt sich leiert:
Daß jeder Stand und alle Welt
Terminlich trauert und feiert.

So wünschlein-pünschlein den andern gleich
Will ich mich nüchtern betrinken,
Um gegen Morgen durchs Federweich
In Kaktusträume zu sinken.

Etwa: Daß eine Mutschekuh,
Die vollgefressen mit Heu war,
Mein Zimmer betrat und rief mir zu:
»Prost Neujahr, Herr Doktor, Prost Neujahr!«

Winterflug 1929

Merkwürdig: Durch meine Lebenszeit
War ich wie gegen Tod gefeit.
Weiß heute wohl, warum.
Als ich noch nicht es wußte, war
Gott immer bei mir in Gefahr,
Weil ich nicht – – eben darum.

Unter mir: Tausend Bäume stehen,
Kahlfressen wie von Ratten,
Und werfen auf den Schnee, die Schneen
Gleichviel blauzarte Schatten.

Wenn man vom Flugzeug niederblickt
Auf so verschneite Welt,
Dann glaubt man nicht mehr an Durchlaucht.

Ich hätte gar zu gern geraucht
Und einen Meukow mir bestellt
Und eine Frau vor mir gezwickt.

Entschuldigungsbrief

Mein lieber S., als ich am andern Tag
Erwachte, wußte ich nicht mehr Genaues.
Ich hab ein rotes Auge, Ruth ein blaues.
Wie sich das zugetragen haben mag!!

In meinem Anzug klebt ein Pfund Spinat.
Wie kam das nur? Ich weiß nur noch, daß Deine
Frau oder Oskars in den Spiegel trat.
Doch wer goß Hermann Suppe auf die Beine?

Ich gebe zu, daß ich den Anlaß gab.
Ich war besoffen wie noch nie seit Wochen.
Verzeiht mir, was ich ge-, zer- und verbrochen
Und daß ich Fips mit Wachs beträufelt hab.

Nun sind wir alle plötzlich jäh entzweit
Und waren Freunde, die nie beßre finden.
Man sollte bei solch reicher Festlichkeit
Lieber mehr essen und sich überwinden.

Wie war die Bowle gut und der Fasan!
Vorbei. – Am liebsten würd ich mich erhängen. –
Verdammt nicht ganz den, der das Porzellan
Euch gern ersetzen will. Ohne sich aufzudrängen.

Brief auf Hotelpapier

(1929)

Wenn du nach Halle gehst,
Dann geh nach Hamburg,
Wenn du von gutem Leben was verstehst.

Wenn du nach Halle reist,
Magst du zuvor mich fragen.
Ich kann dir manches sagen,
Was du vielleicht nicht weißt.

Daß du in kurzer Frist
Nur Allerbestes pickst.
Die Stadt ist nämlich etwas trüb gemixt.
Doch kommt's auch darauf an, wer du nun bist.

Ziehst du nach Halle, grüße Giebichenstein
Und Marcks und andres Nochzuunterschätzte.

Und möchte alles dir gewogen sein,
Was mich so freundlich hier anringelnätzte.

Vorausgesetzt: Du hast ein Herz am Rost
Und für Geschmack ein heiteres Gesicht.
Dann, wie gesagt, quartier dich vor der Post
Gleich in Stadt Hamburg ein. Halle entgeht dir nicht.

Nie bist du ohne Nebendir

Nie bist du ohne Nebendir

Eine Wiese singt.
Dein Ohr klingt.
Eine Telefonstange rauscht.
Ob du im Bettchen liegst
Oder über Frankfurt fliegst,
Du bist überall gesehen und belauscht.

Gonokokken kieken,
Kleine Morcheln horcheln.
Poren sind nur Ohren.
Alle Bläschen blicken.

Was du verschweigst,
Was du den andern nicht zeigst,
Was dein Mund spricht
Und deine Hand tut,
Es kommt alles ans Licht.
Sei ohnedies gut.

Schenken

Schenke groß oder klein,
Aber immer gediegen.
Wenn die Bedachten
Die Gaben wiegen,
Sei dein Gewissen rein.

Schenke herzlich und frei.
Schenke dabei,
Was in dir wohnt
An Meinung, Geschmack und Humor,
So daß die eigene Freude zuvor
Dich reichlich belohnt.

Schenke mit Geist ohne List.
Sei eingedenk,
Daß dein Geschenk
Du selber bist.

Zu einem Geschenk

Ich wollte dir was dedizieren,
Nein schenken; was nicht zuviel kostet.
Aber was aus Blech ist, rostet,
Und die Messinggegenstände oxydieren.
Und was kosten soll es eben doch.
Denn aus Mühe mach ich extra noch
Was hinzu, auch kleine Witze.
Wär bei dem, was ich besitze,
Etwas Altertümliches dabei – –
Doch was nützt dir eine Lanzenspitze!
An dem Bierkrug sind die beiden
Löwenköpfe schon entzwei.

Und den Buddha mag ich selber leiden.
Und du sammelst keine Schmetterlinge,
Die mein Freund aus China mitgebracht.
Nein – das Sofa und so große Dinge
Kommen überhaupt nicht in Betracht.
Außerdem gehören sie nicht mir.
Ach, ich hab die ganze letzte Nacht
Rumgegrübelt, was ich dir
Geben könnte. Schlief deshalb nur eine,
Allerhöchstens zwei von sieben Stunden,
Und zum Schluß hab ich doch nur dies kleine,
Lumpige beschißne Ding gefunden.
Aber gern hab ich für dich gewacht.
Was ich nicht vermochte, tu du's: Drücke du
Nun ein Auge zu.
Und bedenke,
Daß ich dir fünf Stunden Wache schenke.
Laß mich auch in Zukunft nicht in Ruh.

Schweigende Fahrgäste

Die Fremden, mit denen ich fahre,
Gezwungen einander gesellt:
Aus jedem Augenpaare
Träumt eine andere Welt.

Doch wie ich mich allen verbinde
In schweigender Rätselei,
Irr ich vielleicht. Doch ich finde:
Man wird versöhnend dabei.

So kann ein Wiedersehn sein …

So kann ein Wiedersehn sein,
Daß Augenpaare tief einander messen.

»Lang, lang ist's her. Und doch
Hast du mich nicht – konnt ich dich nicht –
Vergessen.«

Froh war es einst. – Hat wenig sich bewährt. –
Viel starb vom Wenig. – Alte Bäume rauschen
Und neigen sich vornander ernst und lauschen
Wie Kinder einem Märchen, aber abgeklärt.
Denn was geschah, das muß wohl so geschehn sein.

Nun ist's, als rückten wir, ohn Worte, ohne Tat,
Enger zusammen, wie zu einem Skat,
Aber erlebt, erliebt! – So soll ein Wiedersehn sein.

Es lohnt sich doch

Es lohnt sich doch, ein wenig lieb zu sein
Und alles auf das Einfachste zu schrauben.
Und es ist gar nicht Großmut zu verzeihn,
Daß andere ganz anders als wir glauben.

Und stimmte es, daß Leidenschaft Natur
Bedeutete im guten und im bösen,
Ist doch ein Knoten in dem Schuhband nur
Mit Ruhe und mit Liebe aufzulösen.

An meine Kollegen

Liebe Freunde, wenn wir weiter reisen
Wie bisher auf redlichen Geleisen,
Daß die Freundschaft uns am höchsten steht,
Ach, dann werden wir etwas erleben –
Was auch immer sich begeben
Mag –, etwas, was nie vergeht.

Jeder soll sein Schlechtes unterdrücken.
Jeder soll sich für den andern bücken.
Achtmal Freude minus achtmal Leid.
Jeder sorge, daß er nichts bereue.
Denn fürs Alter sammeln wir das Neue. –

Und ich dank euch, daß ihr mit mir seid.

Gedenken an Wedekind

März 1928

Wedekind war immer interessant,
Ein Stoßhorn in die häßlich mittlere Welt.
Wahrscheinlich hat er mich nie gekannt.
Ich bin ihm wohl zehnmal vorgestellt.

Das letzte Mal hatten wir eine absurde,
Mir unvergeßliche Stunde mitnand,
Als ich zum Kriege gerufen wurde
Nach dem Nordseestrand.

Und als ich zurückkehrte,
War der Verehrte
Verstorben.

Mehr bekämpft als umworben,
Hat er doch trotzig gesiegt.
Ehrliche und unehrliche Feinde
Haben doch ihn nicht kleingekriegt.

In seiner treuen Gemeinde
Will ich mitgenannt sein.

Ich senke jetzt meine Nase
Zu einem stillen Glase
Wein.
Apropos:
Wein gibt sich anders als Bier. Und wo
Ist in München die Wedekindstraße?

Asta Nielsen weiht einen Pokal

Du irrst, Asta, wenn du denkst:
Dieser Pokal sollte dein sein.
Du sollst ihn nur einweihn,
Daß du ihn mir schenkst.

Der ich gestern wieder einmal
Vor deiner Kunst glühte,
Trinke nun künftig aus diesem Pokal
Deinen Kuß und deine Güte.

Denn das Herz ist durstiger als Kehle.
Glas zerbricht einmal. Menschenfleisch stirbt.
Deine große Barfußmädchenseele,
Asta, ewig lebt sie, webt und wirbt.

Freunde, die wir nie erlebten

Ihr, die nie ich sah,
Nimmer menschlich sehe,
Seid mir nun so nah,
Wenn ich einsam gehe.

Was ich weiß, nicht wußte
Über euch, hab' ich's versäumt?
Ich's verfehlt? –
Oder mußte
Fern vergehn, was ich erträumt? –

Schenkte Gott die Kunst, das Wort
Ferner, Toter nachzulesen.

Ach wie heiß mich das beschlich:
Dann und dann und da und dort
Ist ein Herz wie meins gewesen,
Still für sich.

Tröstliches Gefühl: Es dächte
Später wer so über mich. –
Keine aller Erdenmächte,
Wär sie noch so übermütig,
Kann uns trennen,

Die wir Gleiche sind zu nennen.
Denn wir waren nie gesellt,
Weil der Gott uns weise, gütig
Fern vonander aufgestellt,
Wissend um die Welt.

Sehnsucht nach Zufall

Es gibt freiwilliges Allein,
Das doch ein wenig innen blutet.

Verfrühter Gast in einer Schenke sein,
Wo uns derzeit kein Freund vermutet –

Und käme plötzlich doch der Freund herein,
Den gleiche Abenteuer-Wehmut lenkt,
Dann wird es schön! Dann steigt aus schlaffen Träumen
Ein gegenseitig stärkendes Sichbäumen
Und spricht, was in ihm rauh und redlich denkt.

Freundschaft

Erster Teil

Es darf eine Freundschaft formell sein,
Muß aber genau sein.
Eine Freundschaft kann rauh sein,
Aber muß hell sein.

Denn Allzusprödes versäumt oder verdirbt
Viel. Weil manchmal der Partner ganz plötzlich stirbt.

Mehr möchte ich nicht darüber sagen.
Denn ich sitze im Speisewagen
Und fühle mich aus Freundschaft wohl
Bei »Gedämpfter Ochsenhüfte mit Wirsingkohl«.

Freundschaft

Zweiter Teil

Die Liebe sei ewiger Durst.
Darauf müßte die Freundschaft bedacht sein.
Und, etwa wie Leberwurst,
Immer neu anders gemacht sein.

Damit man's nicht überkriegt.
Wer einmal den Kanal
Überfliegt,
Merkt: Der ist soundso breit.
Und das ändert sich kaum
In menschlein-absehbarer Zeit.
Wohl aber kann man dies Zwischenraum
Schneller oder kürzer durchqueren.
Wie? Das muß die Freundschaft uns lehren.

Ach, man sollte diesen allerhöchsten Schaft
Immer wieder einmal jünglingshaft
Überschwenglich begießen.
Eh uns jener ausgeschlachtete Knochenmann dahinrafft.

Ein Herz laviert nicht

Ich nenne keine Freundschaft heiß,
Die niemals, wenn's ihr unbequem,
Den Freund zu überraschen weiß
Trotzdem.

Denn wenn sie Zeit und Mühe scheut,
Ein Unverhofft zu bringen,
Das einen Freund unendlich freut,
Dann hat sie keine Schwingen.

Den Umfang einer Wolke mißt
Kein Mensch. Weil sie nicht rastet
Noch ihre Freiheit je vergißt. –
Ich glaube: Keine Wolke ist
Mit Arbeit überlastet.

Humpelnde Welt

Es bleibt nicht aus, daß man den Mut verliert,
Wenn man schon längere Zeit mit seinen wunden
Füßen herumexperimentiert. –
Ich hatte noch immer nicht den richtigen Schuh,
Die richtige Sohle, die richtige Salbe gefunden;
Ich sah – fast getröstet – anderen Humpelnden zu.

Und kam ein Morgen, ein kalter, unangenehmer,
Der hatte – mir günstig – mir freudige Post beschert.
Ich humpelte weinwärts, aber ich hinkte bequemer
Als sonst. Und fand alles Leben so lebenswert.

Ich glaube: Es schneite, donnerte, regnete,
Rauchte – aber für mich nicht bestellt.
Mir lächelte alles, was mir begegnete.
Auch du kannst so schön sein, humpelnde Welt.

Einer meiner Bürsten

Deine Borsten wurden weiche Haare,
Meine drohen auszugehn.
Zweimal im Verlauf der dreißig Jahre
Hab ich dich bewundernd angesehn.

Einmal, als du ganz neu warst,
Und jetzt, da mein Zufall sich besinnt,
Daß die Zeit verrinnt und das Gefühl gerinnt. – –
Drei Jahrzehnt, in denen du mir treu warst.

Gibt sich Treue uns so zum Bequemen,
Daß wir sie als selbstverständlich nehmen,
Dann steht's schlimm.

Schäme ich mich, einen Bart zu küssen,
Der jahrzehntelang meinen Dreck hat küssen müssen?

Alte Kleiderbürste, Küßchen! nimm!

Brief in die Sommerfrische

Ich habe so Sehnsucht nach Dir.
Weil alles so gut steht
Auf unserem Gemüsebeet.
Und Du bist in England. Nicht hier
Bei mir.
Frau heißt auf Englisch »wife«;
Muß man, um das zu lernen,
Sich so weit und so lange entfernen?

Bei uns ist alles Gemüse reif.
Meinst Du, daß ich das allein
Esse? Kommt gar nicht in Frage.
Und so vergehen die Tage.
Könnte doch zu zweit so billig sein.

Bis August und noch September vergeht,
Ist alles verfault auf dem Beet.
Aber Englisch ist wichtiger als Gemüse,

Das es schließlich auch in Büchsen gibt.
Und ich gönne Dir das alles sehr. Grüße Dich!
Dein Mann (einsam in Dich verliebt).

Essen ohne dich

Ich habe mich hungrig gefühlt,
Doch fast nichts gegessen.
War alles lecker, das Bier so schön gekühlt –
Aber: Du hast nicht neben mir
Gegessen.

Verzeihe: Ich stellte mir vor,
Daß das ewig so bliebe,
Wenn du vor mir – –
Ach was geht über Liebe?!!

Muß ich nun doch
Ein paar Tage noch
Fressen, ohne Lust; o das haß ich. –
Aber wenn du von der Reise
Heimkehrst, weiß ich, daß ich
Wieder richtig speise.

Privat-Telegramm

Unsere Kasse darf leer sein.
Doch dein Herz darf nicht schwer sein.

Jedes entschlüpfte harte Wort
Von mir, – streichle du sofort!
Und rate mir in gleichem Sinn!!!

Jedes Schmollschweigen tobt ohne Sinn
Hetzerisch durch die Brust.
Ärger ist stets Verlust,
Und Verzeihung ist immer Gewinn.

Unsrer beider Herzen mögen schwer sein
Durch gemeinsames Mißgeschick.
Aber keine Stunde zwischen uns darf liebeleer sein.

Denn ich liebe dich durch dünn und dick.

Sag mir's besser!

Es stirbt ein Papier im Schnee,
Zertreten und zerknetet.
Ein Fisch in einem See,
Vor einem Netz, betet.

Eine Torte schämt sich.
Ein Schlachtvieh vergrämt sich
Und schmeckt darum schaler als Fleisch aus Amerika.
Zwischen Schlaflidern und Pupillen
Dreht sich Rhythmus bekannter Bazillen.
Aus einem Kästchen lächelt dein toter Papa.

Eine Briefmarke, ein Schmerz und ein Messer
Bestimmen, wie du einschläfst und erwachst.

Wenn du mich jetzt auslachst,
Zürne ich nicht. Aber sag mir's, sag mir's besser!

Wenn die Kaffeemaschine …

Wenn die Kaffeemaschine –
Tsch – Zsch – Pff – explodiert,
Verzieht der Gast seine Miene.
Denn dann ist etwas passiert.

Je nachdem, was es ihm tat,
Lacht er, lächelt oder flucht er.
Darauf untersucht er
Ursache und Resultat.
Explosion, dann Diskussion, bis Scherz:
Wie's gepufft und wie's geblitzt hat.

Kaffee, der aufs Tischtuch sich verspritzt hat,
Geht nicht mehr aufs Herz.

In Betrachtung eines Teppichs

Schön bist du, obwohl abgetreten,
Viele Füße gingen hin und her
Und kreuz und quer
Über dich. –

Bei Tapeten
Kommt das nicht vor (ist zu schwer).

Wechselnd saugen sie an dir, schlagen
Und trampeln dich bei Tag und bei Nacht.
Und du hast so viel Behagen
In diese Wohnung gebracht.

Mich interessiert nicht, wer dich gewebt
Hat, wo du geboren bist.

Mich interessiert nur, was in dir lebt. –
Dein Leben ist Zwist.

Ich fühle mich selber so ausgerollt
Ein Langeslang beschritten.
Nun das hat mein Schicksal so gewollt.

So wird auch ein Sattel zerritten.
So bleicht auch Farbe. So schrumpft die Wand.

Teils leuchtend, teils verschlissen,
Dienst du. –

Hast du – – Hat ein Gegenstand
Wohl ein Gewissen? – ? – ?

Berge, Meer und Ebene

Die zwischen Bergen hausen:
Sie sehnen sich, wenn sie draußen
Sind, nach dem engen Glück
Ihrer Berge Schoß wehen Herzens zurück.

Es stehen im steten Verkehr
Mit der Welt die Leute, die am Meer
Leben; ihre Sehnsucht ist Reise,
Die zurückführt in weitem Kreise.

Die Menschen der Ebene lassen den Blick
Nach allen Richtungen weiden.
Sie untersuchen das Weltgeschick
Zentral bescheiden.

Aus Bergen, Flüssen und flachem Land
Macht gleiche Sprache ein Vaterland.

Freundestreue

Wenn sich zwei so recht verstehn,
Ihr Vertraun sich schenken
Und, wohin sie auch immer gehn,
Stets einander gedenken,

Wenn nicht Ruhm vermag noch Pracht,
Ihre Treue zu trüben,
Jeder allezeit nur bedacht,
Heißer den Freund zu lieben,

Wenn sich solche Freundschaft hält
Durch ein ganzes Leben:
Kann es wohl auf dieser Welt
Etwas Schöneres geben?

Immer preis' in Ernst und Scherz
Ich dich wieder aufs neue,
Die du tröstest und stärkst das Herz,
Heilige Freundestreue!

Allein zu zwein

Begegnung

So viele schöne Pfirsiche sind,
in die niemand beißt.

Die Gier kann auch ein verschämtes Kind
Sein. Was du nicht weißt.
Ohne Lüge kann ich mancherlei
Dir sagen, klänge dir wie Gold.

Doch zeigte ich mein Wahrstes ganz frei,
Wärest du mir nicht mehr hold.

Mädchen versäume dich nicht
Und hüte dich vor List!
Ich aber träume dich,
Wie du gar nicht bist.

Fluidum

Von Auge zu Auge wogen
Moleküle Gefühle,
Ehe das Auge sieht,
Ehe sich das Gesicht
Zur Miene verzieht,

Ehe der Mund verlogen
Oder verlegen spricht.

Wenn sie genauer erkennend sich
Verachten oder hassen – – –

Müßten zwei Höflinge eigentlich
Wortlos einander verlassen.

Aber wenn jene zarten Fluiden
Kampfredlich oder in Frieden
Im Begegnen
Einander segnen – – –

Ist es denn irgendwie schlimm,
Wenn zwei Menschen, die sich leiden
Können, ohne Wort, ohne Nimm
Und ohne Gib
Bald wieder vonander scheiden?
»Den oder die habe ich lieb.«

Wupper-Wippchen

Als in Elberfeld wir in der Schwebebahn
Runter auf das Wupperwasser sahn
Und dann plötzlich unsre Blicke hoben
Gen einander ins Gesicht,
Hätten wir uns eigentlich verloben
Können. – Doch wir taten's nicht.
Weil man manchmal in der Schwebe Schweigen
Vorzieht. Um bald wieder auszusteigen.

Schöne Frau mit schönen Katzen

Schöne Fraun und Katzen pflegen
Häufig Freundschaft, wenn sie gleich sind.
Weil sie weich sind
Und mit Grazie sich bewegen.

Weil sie leise sich verstehen,
Weil sie selber leise gehen,
Alles Plumpe oder Laute
Fliehen und als wohlgebaute
Wesen stets ein schönes Bild sind.

Unter sich sind sie Vertraute,
Sie, die sonst unzähmbar wild sind.

Fell wie Samt und Haar wie Seide.
Allverwöhnt. – Man meint, daß beide
Sich nach nichts als danach sehnen,
Sich auf Sofas schön zu dehnen.

Schöne Fraun mit schönen Katzen,
Wem von ihnen man dann schmeichelt,
Wen von ihnen man gar streichelt,
Stets riskiert man, daß sie kratzen.

Denn sie haben meistens Mucken,
Die zuletzt uns andre jucken.
Weiß man recht, ob sie im Hellen
Echt sind oder sich verstellen?

Weiß man, wenn sie tief sich ducken,
Ob das nicht zum Sprung geschieht?
Aber abends, nachts, im Dunkeln,

Wenn dann ihre Augen funkeln,
Weiß man alles oder flieht
Vor den Funken, die sie stieben.

Doch man soll nicht Fraun, die ihre
Schönen Katzen wirklich lieben,
Menschen überhaupt, die Tiere
Lieben, dieserhalb verdammen.

Sind Verliebte auch wie Flammen.
Zu- und ineinander passend,
Alles Fremde hassend.

Ob sie anders oder so sind,
Ob sie männlich, feminin sind,
Ob sie traurig oder froh sind,
Aus Madrid oder Berlin sind,
Ob sie schwarz, ob gelb, ob grau –

Auch wer weder Katz noch Frau
Schätzt, wird Katzen gern mit Frauen,
Wenn sie beide schön sind, schauen.

Doch begegnen Ringelnatzen
Häßlich alte Fraun mit Katzen,
Geht er schnell drei Schritt zurück.
Denn er sagt: Das bringt kein Glück.

Schöne Frau ging vorbei

Eine Falte in deinem Kleid
Hat wie eine Woge geschaukelt,
Hat Träume mir vorgegaukelt:
Wie schön ihr seid, wie ihr seid.

Einer Woge glich diese Falte,
Von deinem Atem aufgewühlt.
Und trotzig hat diese kalte
Welle dein warmes Fleisch umspült.

Es glätten keine Bedenken solch
Bezaubernd wogende Faltung.
Ich ging an dir vorbei, wie ein Strolch
An einer städtischen Verwaltung.

Vor einem Kleid

Karo ist in deinem Kleid,
Eine ganze Masse
Karo-Asse.

Wieviel Karos ihr wohl seid
In dem Kleid? – Das Kleid ist nett.

Karos sind im armen Bett.

Nun ich habe nicht gezählt,
Wenn mich auch die Frage,
Wieviel es wohl sind, doch quält.
(Immer wieder seh ich hin.)

Weil ich männlich bin,
Rock und Hose trage,
Passt solch Muster nicht für mich.
Karo ist zu munter.

Aber ich bestaune dich,
Fremdes Mädchen, hübsche Maid.
Karo ist in deinem Kleid.

Ist ein Cœur darunter?

Nahm mich mit in ihrem Auto

Pfirsich-rauh
War diese Frau – –

Sind wir so nach Jahren,
Schwatzend in Erinnerung,
Sie am Steuer, ich im Schwung,
Völlig falsch gefahren.

Autofahrt, die Fahrgeld spart
Und mich doch – zu rasch – dorthin,
Wohin ich mußte, brachte –

Ob ich wohl ein Esel bin,
Weil ich zu dem Pfirsich-rauh
Weniger tat als dachte!?!

An Gabriele B.

Schenk mir dein Herz für vierzehn Tage,
Du weit ausschreitendes Giraffenkind,
Auf daß ich ehrlich und wie in den Wind
Dir Gutes und Verliebtes sage.

Als ich dich sah, du lange Gabriele,
Hat mich ein Loch in deinem Strumpf gerührt,
Und ohne daß du's weißt, hat meine Seele
Durch dieses Loch sich bei dir eingeführt.
Verjag sie nicht und sage: »Ja!«
Es war so schön, als ich dich sah.

Ich habe dich so lieb

Ich habe dich so lieb!
Ich würde dir ohne Bedenken
Eine Kachel aus meinem Ofen
Schenken.

Ich habe dir nichts getan.
Nun ist mir traurig zumut.
An den Hängen der Eisenbahn
Leuchtet der Ginster so gut.

Vorbei – verjährt –
Doch nimmer vergessen.
Ich reise.
Alles, was lange währt,
Ist leise.

Die Zeit entstellt
Alle Lebewesen.

Ein Hund bellt.
Er kann nicht lesen.
Er kann nicht schreiben.
Wir können nicht bleiben.

Ich lache.
Die Löcher sind die Hauptaufgabe
An einem Sieb.

Ich habe dich so lieb.

Abschied von Renée

Wann sieht ein Walfisch wohl je
Ein Reh? –
Ach du! Renée!
Und führen wir zusammen zur See,
Wir landeten bei den Wilden. –
Sag: Ist es nicht noch schöner, in Schnee
Als in Erde zu bilden?
Und sei auch kein Fuß an dem Sinn;
Es schweben auf tanzender Melodie
Zwei Federn einer Indianerin
Fort, fort in die weite Prärie.
Ade Renée!
Wie dunkelschön war unser Dach,
Als leise wir viere
Zusammenrückten vor Blitz und Krach. –
Ich streichle euch guten Tiere,
Nun ich geh.
Mir ist so dienstmädchen-donnerstagweh,
Weil ich nun weiterfahre.

Und ich war hundert Jahre
Mit dir zusammen,
Renée.

Volkslied

Wenn ich zwei Vöglein wär
Und auch vier Flügel hätt,
Flög die eine Hälfte zu dir.
Und die andere, die ging auch zu Bett,
Aber hier zu Haus bei mir.

Wenn ich einen Flügel hätt
Und gar kein Vöglein wär,
Verkaufte ich ihn dir
Und kaufte mir dafür ein Klavier.

Wenn ich kein Flügel wär
(Linker Flügel beim Militär)
Und auch keinen Vogel hätt,
Flög ich zu dir.
Da's aber nicht kann sein,
Bleib ich im eignen Bett
Allein zu zwein.

Mein Riechtwieich

Gutes Bettchen du!
Ich gehe jetzt in dich. Gute Nacht!
Wünsche angenehme Ruh. –
Und auf einmal ist's wieder früh,
Bin ich wieder aufgewacht,
Habe dich naß gemacht –
Herzeleid – Pupo – Pipü.

Bett, ich falle in dich, du mein Bett.
Ich will nichts mehr wissen.
Sticke mich tot mit Gänsekissen.
Ich pfeife auf Schweinskotelett
Und Schutzmann und Feuer im Haus;
Mir ist alles egal.
Eigentlich müßte ich noch einmal –
Aber ich zwing's heute nicht.
Bitte – lie Bett – puste das Licht –

Altes Bettchen, hallo!
Wir brechen in dich hinein;
Ja schau nur: Zu zwein!
Nun knurre, knarre nicht so.
Heute geht's stürmisch zu.
Anna, komm doch! Ich friere. Huhu!
Möge uns Gott verzeihn.
Aber das wissen nur Anna und ich und du.

Bettchen, wo fährst du denn hin??
Nun gut, fahr immer zu.
Im Kreise und auf die Reise.
Nach Afrika. Wir besuchen ein Gnu.
Gute Nacht, Anna, ich bin –
Müde bin ich Känguruh.

Ferngruß von Bett zu Bett

Wie ich bei dir gelegen
Habe im Bett, weißt du es noch?
Weißt du noch, wie verwegen
Die Lust uns stand? Und wie es roch?

Und all die seidenen Kissen
Gehörten deinem Mann.
Doch uns schlug kein Gewissen.
Gott weiß, wie redlich untreu
Man sein kann.

Weißt du noch, wie wir's trieben,
Was nie geschildert werden darf?
Heiß, frei, besoffen, fromm und scharf.
Weißt du, daß wir uns liebten?
Und noch lieben?

Man liebt nicht oft in solcher Weise.
Wie fühlvoll hat dein spitzer Hund bewacht.
Ja unser Glück war ganz und rasch und leise.
Nun bist du fern.
Gute Nacht.

Aus

Nun geh ich stumm an dem vorbei,
Wo wir einst glücklich waren,
Und träume vor mich hin: es sei
Alles wie vor zehn Jahren.

Und du bist schön, und du bist gut
Und hast so hohe Beine.
Mir wird so loreley zumut,
Und ich bin doch nicht Heine.

Ich klappe meine Träume zu
Und suche mir eine Freude.
Auf daß ich nicht so falsch wie du
Mein Stückchen Herz vergeude.

Schroffer Abbruch

Laß mich doch allein,
Bitte, bitte!
Meine Schritte
Sind deinen zu klein.

Merkst du denn nicht,
Was höfliche Worte sind?

Deine Blicke stellen sich blind.
Was aus dir spricht,
Ist nur Angst und die Sucht,
Fremdes zu gewinnen.

Jemand, vor sich selbst auf der Flucht,
Findet nicht Ruhe,
Sich zu besinnen,
Vergißt die Tat vor Getue.
Du kannst dich selbst nicht ertragen,
So schwach bist du.

Blicke ein Jahr lang nur in die Höh
Und höre nur Stillem zu.
Mehr kann ich dir nicht sagen.
Adieu!

Umarm ihn nicht

Umarme den, der dir gefällt.
Vorbei ist er dir leicht verloren.

Ich nehme an, dein Geist hat Ohren,
Zu hören, was man von dir hält.

Umarme ihn, wenn eine Glut
Dich vorwärtsdrängt, ihn zu begrüßen.

Dann leg ihm deinen Mut zu Füßen.
Und mache kein Geschäft. – Sei gut.

Du warst zu dreist, wenn du nicht lesen
Kannst, ob ihn die Umarmung freut.

Ich bin auch mehrmals so in Glut gewesen
Und hielt mich still. Hab mich gescheut
Und hab Versäumtes hinterher bereut.

Und glaube doch: Wir brauchen weite Fernen,
Einander wahr und rein kennenzulernen.

Das Mädchen mit dem Muttermal

Chanson

Woher sie kam, wohin sie ging,
Das hab ich nie erfahren.
Sie war ein namenloses Ding
Von etwa achtzehn Jahren.
Sie küßte selten ungestüm.
Dann duftete es wie Parfüm
Aus ihren keuschen Haaren.

Wir spielten nur, wir scherzten nur;
Wir haben nie gesündigt.
Sie leistete mir jeden Schwur
Und floh dann ungekündigt,
Entfloh mit meiner goldnen Uhr
Am selben Tag, da ich erfuhr,
Man habe mich entmündigt.

Verschwunden war mein Siegelring
Beim Spielen oder Scherzen.
Sie war ein zarter Schmetterling.
Ich werde nie verschmerzen,
Wie vieles Goldene sie stahl,
Das Mädchen mit dem Muttermal
Zwei Handbreit unterm Herzen.

Ansprache eines Fremden an eine Geschminkte vor dem Wilberforcemonument

Guten Abend, schöne Unbekannte! Es ist nachts halb zehn.
Würden Sie liebenswürdigerweise mit mir schlafen gehn?
Wer ich bin? – Sie meinen, wie ich heiße?

Liebes Kind, ich werde Sie belügen,
Denn ich schenke dir drei Pfund.
Denn ich küsse niemals auf den Mund.
Von uns beiden bin ich der Gescheitre.
Doch du darfst mich um drei weitre
Pfund betrügen.

Glaube mir, liebes Kind:
Wenn man einmal in Sansibar
Und in Tirol und im Gefängnis und in Kalkutta war,

Dann merkt man erst, daß man nicht weiß, wie sonderbar
Die Menschen sind.

Deine Ehre, zum Beispiel, ist nicht dasselbe
Wie bei Peter dem Großen L'honneur. –
Übrigens war ich – (Schenk mir das gelbe
Band!) – in Altona an der Elbe
Schaufensterdekorateur. –

Hast du das Tuten gehört?
Das ist Wilson Line.

Wie? Ich sei angetrunken? O nein, nein! Nein!
Ich bin völlig besoffen und hundsgefährlich geistesgestört.

Aber sechs Pfund sind immer ein Risiko wert.
Wie du mißtrauisch neben mir gehst!
Wart nur, ich erzähle dir schnurrige Sachen.
Ich weiß: Du wirst lachen.
Ich weiß: Daß sie dich auch traurig machen.
Obwohl du sie gar nicht verstehst.

Und auch ich –
Du wirst mir vertrauen – später, in Hose und Hemd.
Mädchen wie du haben mir immer vertraut.

Ich bin etwas schief ins Leben gebaut.
Wo mir alles rätselvoll ist und fremd,
Da wohnt meine Mutter. – Quatsch! Ich bitte dich: Sei recht laut!

Ich bin eine alte Kommode.
Oft mit Tinte oder Rotwein begossen;
Manchmal mit Fußtritten geschlossen.
Der wird kichern, der nach meinem Tode

Mein Geheimfach entdeckt. –
Ach Kind, wenn du ahntest, wie Kunitzburger
Eierkuchen schmeckt!

Das ist nun kein richtiger Scherz.
Ich bin auch nicht richtig froh.
Ich habe auch kein richtiges Herz.
Ich bin nur ein kleiner, unanständiger Schalk.
Mein richtiges Herz. Das ist anderwärts, irgendwo
Im Muschelkalk.

Alter Mann spricht junges Mädchen an

Guten Tag! – Wie du dich bemühst,
Keine Antwort auszusprechen.
»Guten Tag« in die Luft gegrüßt,
ist das wohl ein Sittlichkeitsverbrechen?

Jage mich nicht fort.
Ich will dich nicht verjagen.
Nun werde ich jedes weitere Wort
Zu meinem Spazierstock sagen:

Sprich mich nicht an und sieh mich nicht,
Du Schlankes.
Ich hatte auch einmal ein so blankes,
Junges Gesicht.

Wie viele hatten,
Was du noch hast.
Schenke mir nur deinen Schatten
Für eine kurze Rast.

Rückkehr zweier Thüringer aus England

Der Eine

Goodby. I go,
Anybody to irgendwo.
Lebe wohl, du Land, das ich verehre!

On the pier winks no girl, no man.
Oh, the Channel is larger than
Many many Meere.
Only altogether was to me
The only English friend.
And it seems to be
Und muß wohl so sein:
Unser Kontinent hat einen wärmeren Sonnenschein.

Dennoch komme ich aus guter Zeit.
England was light and was polite.

England is a happy land,
Und es braucht uns nicht,
And it doesn't understand,
Was aus foreign Herzen sucht und spricht.

Wenn es wüßte!
Das Schiff rollt. Es entschwindet die Küste.
Ich fühle mich frei.
England, goodbye!

Der Andere

Nun war ich drüben überm Kanal
In London, fast eine Woche.
Nun fahre ich nach Schnepfental.
Für mich beginnt nun wieder einmal
Eine Epoche.

Muß ich auch für das letzte Stück
Einen Personenzug nehmen,
Nur in der Ferne liegt das Glück,
Durchaus nicht im Bequemen.

Anni ist Anni und immer ganz Ohr
Für Worte, wie ich sie wähle.
Nun stelle ich mir in Gedanken vor,
Wie ich ihr von London erzähle.

Ich habe studiert und photographiert –
Die Bilder kann ich auch zeigen.
Ich wollte nur, ich wäre blasiert.
Dann könnte ich unterwegs schweigen.

So aber bin ich zu mitteilsam,
Fast wie ein unmündiger Knabe.
Es ist beschämend und doch sehr heilsam,
Daß ich schreckliches Heimweh habe.

Einem ängstlich Einsteigenden

Flieg zu, Insasse!
Und lasse,
Lasse dich
Nur äußerlich

Von andern lenken.
Du mußt denken:
Deine Linie geht
Nach deinem Willen
Und im stillen
Wie ein arglos Gebet.
Selbstverständlich interessiere dich
Sehr für Wetter, Höhenmesser, Richtung, Zeit etcetera. Jedoch:
Weite Gedanken tragen dich
Noch höher und noch besser
Als es deine Maschine tut.
Fliege gut!

Dorthin geh, wo die Andern nicht sind

Dorthin geh, wo die Andern nicht sind,
Weit hinaus in die freie Einsamkeit,
Wo dir Wolken, Berge, Bäume und Wind
Großes reden von Später und Ewigkeit.

Und dort schöpfe, fasse und füll dir die Brust,
Daß – kommt einst die Stille zu dir als Braut –
Daß du die Hand ihr gibst in tiefster Lust,
Weil du schon lange mit ihr vertraut.

Stimmungen

Machtlos, ein Grashalm, blick ich manchmal gen oben
Zu den Höhen der Menschheit und suche vergebens
Klarheit in dem ewigen Brausen und Toben
Und den unbegreiflichen Kämpfen des Lebens.
Neben mir raschelt der Tod, der lauernd und kalt
Unter vermoderten Blättern grinst. – –
Meiner Wünsche flehendes Lied verhallt
Im Nebelgespinst.

Manchmal steh ich, ein Eichbaum, über der Erden,
Blicke hinab auf die tausenden Ärmlichkeiten,
Folge lächelnd dem endlosen Schwinden und Werden
Und der winzigen Menschheit kleinlichem Streiten.
Und dann ist mir, als ob ein kraftvoller Tau
Morgenkühl meine Adern durchdringt. – –
Meine Hoffnung steigt froh ins Wolkenblau,
Wo die Lerche singt.

Was willst du von mir?

Möchtest du meine Frau werden,
Da meine Haare schon grau werden,
Schon größtenteils sind?
Möchtest du über mich lachen?
Soll ich dir Freude machen?
Oder ein Kind?

Willst du die Peitsche spüren?
Soll ich dich ausführen?
Brauchst du Geld oder einen Rat?
Willst du nur mit mir spielen?
Oder gefielen oder mißfielen
Dir Taten, die ich tat?

Warum bist du so still?
Soll ich dich beklagen?
Sag doch einmal: »Ich will … …«
Oder sonst ein deutliches Wort. –
Soll ich dich verjagen?
Ja. Geh zu!
Nein! – Du!
Bitte, bitte, geh nicht fort!

Mein erste Liebe?

Erste Liebe? Ach, ein Wüstling, dessen
Herz so wahllos ist wie meins, so weit,
Hat die erste Liebe längst vergessen,
Und ihn interessiert nur seine Zeit.

Meine letzte Liebe zu beschreiben,
Wäre just so leicht wie indiskret.
Außerdem? Wird sie die letzte bleiben,
Bis ihr Name in der »Woche« steht?

Meine Abenteuer in der Minne
Müssen sehr gedrängt gewesen sein.
Wenn ich auf das erste mich besinne,
Fällt mir immer noch ein frühres ein.

Gedicht in Bi-Sprache

Ibich habibebi dibich,
Lobittebi, sobi liebib.
Habist aubich dubi mibich
Liebib? Neibin, vebirgibib.

Nabih obidebir febirn,
Gobitt seibi dibir gubit.
Meibin Hebirz habit gebirn
Abin dibir gebirubiht.

Straßenerlebnisse

Mir ist wieder manches begegnet.
Es hat Bindfaden geregnet.
Das Wasser bepinkelte Straßen und Gassen,

Und ein verregneter Sprengwagenlenker
Fluchte den Regenmacher zum Henker.
Das sollte ein Sprengwagenlenker
Doch lieber unterlassen.

Vor einer grüngekleideten Maid
Blieb ich begeistert stehn.
Sie sagte: Ich möchte weitergehn.
Das tat ich.
Ob Mann, ob Frau, im grünen Kleid
Sind beide stets sympathisch.
Im zweiten Fall war ich sehr kühl,
Denn ich entscheide nach Gefühl,
Und mit einer Frau mit konkaven
Popo
Geh ich nun einmal nicht schlafen,
No, no!

Erinnerung an ein Erlebnis am Rhein

Ja, ja! – Ich weiß. – Du weißt. –
Vor neunundzwanzig Jahren –
Wie zärtlich grün wir waren! –
Damals. – Wie dankbar dreist! –
Und brauchte gar nicht mal am Rhein –
Es konnte irgend anderswo,
Vor schwarzen Mauern und auf Stroh
Gewesen sein. –
Weil wir doch wir, und weil wir so –
So waren. –
Vor neunundzwanzig Jahren.

Weil man nicht suchte, was man fand. –
Nun klingt das rührsam hell

Wie »Ade, du mein lieb Heimatland«
Aus einem Karussell.

Meine alte Schiffsuhr

In meinem Zimmer hängt eine runde,
Alte, achteckige Segelschiffsuhr.
Sie schlägt weder Glasen noch Stunde,
Sie schlägt, wie sie will, und auch nur,

Wann sie will. Die Uhrmacher gaben
Sie alle ratlos mir zurück;
Sie wollten mit solchem Teufelsstück
Gar nichts zu tun zu haben.

Und gehe sie, wie sie wolle,
Ich freue mich, weil sie noch lebt.
Nur schade, daß nie eine tolle
Dünung sie senkt oder hebt

Oder schüttert. Nein, sie hängt sicher
Geborgen. Doch in ihr kreist
Ein ruhelos wunderlicher
Freibeuter-Klabautergeist.

Nachts, wenn ich still vor ihr hocke,
Dann höre ich mehr als Ticktack,
Dann klingt was wie Nebelglocke
Und ferner Hundswachenschnack.

Und manche Zeit versäume
Ich vor der spukenden, unkenden Uhr,
Indem ich davon träume,
Wie ich mit ihr nach Westindien fuhr.

Du, meine Frau, wirst mich verstehen

Zu dir

Sie sprangen aus rasender Eisenbahn
Und haben sich gar nicht weh getan.

Sie wanderten über Geleise,
Und wenn ein Zug sie überfuhr,
Dann knirschte nichts. Sie lachten nur.
Und weiter ging die Reise.

Sie schritten durch eine steinerne Wand,
Durch Stacheldrähte und Wüstenbrand,
Durch Grenzverbote und Schranken
Und durch ein vorgehaltnes Gewehr,
Durchzogen viele Meilen Meer. –

Meine Gedanken. –

Ihr Kurs ging durch, ging nie vorbei.
Und als sie dich erreichten,
Da zitterten sie und erbleichten
Und fühlten sich doch unsagbar frei.

An M. zum Einzug in Berlin

Morgen, wenn du einfährst in Berlin,
Bin ich da,
Denk ich an die Scharen von Staren,
Die nach Afrika ziehn.

Sorgenmürbe bist du nachts gefahren.
Einer Sommermorgensonne möcht ich gleichen,
Wenn du mir die lieben Hände reichen
Wirst. –

Willkommen in Berlin! Und gib
Alle Koffer mir zum Tragen.

Neue Heimat läßt mich neu dir sagen:
So wie dich hab ich kein andres lieb.

Reiseabschied von der Frau

Nun wechselt mir die Welt.
Und andre Leute lenken
Mein Handeln und mein Denken.
Und ich bin einzeln hingestellt,
Bin frei und ohne Frau.

Wie schön! – So es vorübergeht!!
Weil wir einander so genau
Durchkennen und – –

Ein Wind, der weht,
Gewitter funkt,
Weil Neues Altes säubern muß.

Mein letztes Lebewohl, ein Kuß.
Ist nur, wie in der Schrift, ein Punkt.

Bestehendes,
Sei's Stein, braucht Fluß,
Braucht Wehendes.

Nach der Trennung
Lichterfelde

War so oft schon dieses Scheiden.
»Lebewohl!« (Auf nur vier Wochen)
Schon gemeinsam schwer gesprochen –
Schwerer jedem dann von beiden.

Jedes lächelte und lachte
Über das, was üblich sprach.
Jedes wußte das und dachte
Hinterher ganz anders, lange nach.

Dies Berlin ist grausig tief und flach
Und so breit. Es gibt dafür kein Dach.

Schaurig schon, daß Menschen dort verschwinden.
Aber stelle arme Fraun dir vor, die dort
Schamvoll irrend einen öffentlichen Abort
Suchen und nicht finden.

Lichterfelde. Blieb mein D-Zug stehn.
Und ich sah im Schnellzug vis-à-vis
Ein so blasses schönes Eisenbahnergesicht,
Wie ich fremdfern nie
Ein Gesicht so innig hab gesehn.

Du, du meine Frau, wirst mich verstehn.

Telefonischer Ferngruß

Ich grüße dich durchs Telefon,
Guten Morgen, du Gutes!
Ich sauge deiner Stimme Ton
In die Wurzeln meines Mutes.

Ich küsse dich durch den langen Draht.
Du Meinziges, du Liebes!
Was ich dir – nahe – je Böses tat,
Aus der Ferne bitt ich: Vergib es!

Bist du gesund? – Gut! – Was? – Wieviel? –
Nimm's leicht. – Vertraue! – Und bleibe
Mir mein. – – Wir müssen dies Wellenspiel
Abbrechen. – – Nein, »dir« Dank! – – Ich schreibe! – –

Unterwegs

Wenn mir jetzt was begegnete,
Was mich totmachte ganz und gar;
So, daß der uns verregnete
Abschied gestern der letzte war,

So würde doch, was dann versäumt
Wäre, den Trost noch finden:
Das Leid, das von der Liebe träumt,
Muß auch in Liebe schwinden.

Ehebrief

Nun zeigt ein Brief, daß ich zu lange
Nicht sonderlich zu dir gewesen bin.
Ich nahm das Gute als Gewohntes hin.
Und ich vergaß, was ich verlange.

Verzeihe mir. – Ich weiß, daß fromme
Gedanken rauh gebettet werden müssen.
Ich danke jetzt. – Wenn ich nach Hause komme,
Will ich dich so wie vor zehn Jahren küssen.

Über meinen gestrigen Traum

Wie kam ich gerade auf ein Gestirn?
Du sagst: Ich stöhnte träumend ganz laut.
Vielleicht steigt die Phantasie ins Hirn,
Wenn der Magen verdaut.

Man sollte kurz vorm Schlafengehen
Nichts essen. Auch war ich gestern bezecht.
Doch warum träume ich immer nur schlecht,
Nie gut. Das kann ich nicht verstehen.

Ob auf der Seite, ob auf dem Rücken
Oder auf dem Bauch – –
Immer nur Schlimmes. »Alpdrücken.«
Aber Name ist Schall und Rauch.

Meist von der Schule und vom Militär – –
Als ob ich schuldbeladen wär – –
Und wenn ich aufwache, schwitze ich
Und manchmal knie ich oder sitze ich,
Du weißt ja, wie neulich!

Oh, es ist greulich!
Warum man das überhaupt weitererzählt?
Hat doch niemand Vergnügen daran,
Weil man da freiheraus lügen kann. –
Aber so ein Traum quält.

Gestern hab ich noch anders geträumt:
Da waren etwa hundert Personen.
Die haben die Dachwohnung ausgeräumt,
Wo die Buchbinders wohnen.

Dann haben wir auf dem Dachsims getanzt.
Dann hast du mich, sagst du, aufgeweckt,
Und ich, sagst du, sagte noch träumend erschreckt:
»Ich habe ein Sternschnüppchen gepflanzt.«

Ich weiß nur noch: ich war vom Dach
Plötzlich fort und bei dir und war wach.
Und du streicheltest mich wie ein Püppchen
Und fragtest mich – ach, so rührend war das –,
Fragtest mich immer wieder: »Was
Hast du gepflanzt!? Ein Sternschnüppchen?«

Ich bringe der Frau eine Freundin

Darf ich dir meine liebe Freundin bringen,
Dir, meiner allerliebsten Frau?

Der Himmel ist in dem Moment ganz blau.
Tausend durchsichtige Nachtigallen singen.

Oh, laß kein Wölkchen auf und bring kein Schweigen.
Laß meine Freundin sich nicht tief verneigen.
Gib deine Hand!

Ich weiß, daß du sie gibst
Und auch kein Wölkchen und kein Schweigen bringst.
Weil du die Lieben deines Liebsten liebst.
Es war auch nur ein Scherz, dich so zu bitten.

Wo je ich ging, wenn irgendwo du gingst,
Bin ich doch immer neben dir geschritten.

Die Freundin bringt mich ihrem Mann

Es sollte eigentlich nicht fraglich,
Nicht anders als zuvor geschildert sein.
Und dennoch ist das unbehaglich
So unter drein.

Mir zagt die Wahrheit. Ach es kann
Schön sein: zwei Frauen und ein Mann.
Gefällt es umgekehrt mir nicht,
Weil Selbstsucht spricht?

Gib frei und gleich dich zu erkennen.
Die Stunde ließ sich nicht vermeiden.
Was wir verdientes Schicksal nennen,
Wird richtig fügen oder scheiden.

Die Einigkeit der Meerestropfen
Ist eine Macht. Macht Herzen klopfen.
Wenn sie im Prall auch auseinanderstieben,
Was sagt's? Wer weiß, ob sich die Tropfen lieben.

Die Bitte um Verzeihung

Es schneidet mir deine Bitte
»Verzeihe mir« ins Herz hinein.
Daß ich viel lieber durchlitte
Das, was verziehen will sein.
Und möchte selber nicht missen
Die Liebe, die mein Falschtun rügt.
Weil eins von zwei Gewissen
Uns beiden doch nicht genügt.

Verziehen ist. – Verzeihe
Nun du! Du hast zuviel geweint.
Und segeln wir fromm ins Freie.
Da wieder die Sonne scheint.

Sehnsucht nach zwei Augen

September 1930

Diese Augen haben um mich geweint.
Denk ich daran, wird mir weh.
Wie die mir scheinen und spiegeln, so scheint
Keine Sonne, spiegelt kein See.

Und rührend dankten und jubelten sie
Für das kleinste gute Wort.
Diese Augen belogen mich nie.

Nun bin ich weit von ihnen fort,
Getrennt für Zeit voll Ungeduld.
Da träumt's in mir aus Leid und Schuld:
Daß sie noch einmal weinen
Werden über meinen
Augen, wenn ich tot bin.

An M.

Der du meine Wege mit mir gehst,
Jede Laune meiner Wimper spürst,
Meine Schlechtigkeiten duldest und verstehst –
Weißt du wohl, wie heiß du oft mich rührst?

Wenn ich tot bin, darfst du gar nicht trauern.
Meine Liebe wird mich überdauern
Und in fremden Kleidern dir begegnen
Und dich segnen.

Lebe, lache gut!
Mache deine Sache gut!

… als eine Reihe von guten Tagen

Wir wollen uns wieder mal zanken,
Auf etwas hacken wie Raben,
Daß unsre zufriednen Gedanken
Eine Ablenkung haben.

Wir wollen irgendein harmloses Wort
Entstellen,
Dann uns verleumden und zum Tort
Etwas tun; das schlägt dann Wellen.

Wir wollen dritte aufzuhetzen
Versuchen,
Dann unsere Freundschaft verfluchen,
Einmal sogar ein Messer wetzen,
Dann aber uns – in Blickweite –
Auseinander zusammensetzen,
Um superior jedem weiteren Streite

Auszuweichen;
Mit dem Schwur beiseite:
Uns nimmermehr zu vergleichen.

Dann wollen wir, jeder mit Ungeduld,
Ein paar Nächte schlecht träumen,
Dann heimlich eine gewisse Schuld
Dem anderen einräumen,
Dann lächeln, dann seufzen, dann stöhnen,
Dann plötzlich uns gründlich bezechen,
Leben sprechen.

Und dann uns wieder einmal versöhnen.

Frohe, sich besinnende Stunde

Mein Magen knurrt,
Wie Ferngewitter grollen.
Die Katze schnurrt.
Was wohl solche Geräusche wollen?

Ich habe Geld. Ich habe Appetit.
Ich bin gesund und hab die Lust im Herzen,
Mit meiner Frau ganz kindisch dumm zu scherzen,
Auch wenn die seriöse Welt zusieht.

Ich brauche kein Klistier.
Und was mir Freunde tun und sagen ‒ ‒
Oh, ist Gott gut zu mir!
Wie soll ich das ertragen.

Entgleite nicht

Wer hätte damals das gedacht!?
Von mir!? – Wie war ich davon weit!
Dann stieg ich, stiegen wir zu zweit
Und sagten glücklich vor der Nacht:
»Kehr nie zurück, bedankte Ärmlichkeit!«
Es war ein wunderschönes Hausen
In guter, kleinerbauter Heimlichkeit. –
Ganz winzige, herzförmige Fenster gibt's. –
Im reichen Raum vergißt man leicht das Draußen. –
Entgleite nicht, du Glück der Einfachheit.

Warten auf Weißnichtwas

Der Abenteurer

»Abenteurer, wo willst du hin?«

Quer in die Gefahren,
Wo ich vor tausend Jahren
Im Traume gewesen bin.

Ich will mich treiben lassen
In Welten, die nur ein Fremder sieht.
Ich möchte erkämpfen, erfassen,
Erleben, was anders geschieht.

Ein Glück ist niemals erreicht.
Mich lockt ein fernstes Gefunkel,
Mich lockt ein raunendes Dunkel
Ins nebelhafte Vielleicht.

Was ich zuvor besessen,
Was ich zuvor gewußt,
Das will ich verlieren, vergessen. –
Ich reise durch meine eigene Brust.

Ehrgeiz

Ich habe meinen Soldaten aus Blei
Als Kind Verdienstkreuzchen eingeritzt.
Mir selber ging alle Ehre vorbei,
Bis auf zwei Orden, die jeder besitzt.

Und ich pfeife durchaus nicht auf Ehre.
Im Gegenteil. Mein Ideal wäre,
Daß man nach meinem Tod (grano salis)
Ein Gäßchen nach mir benennt, ein ganz schmales
Und krummes Gäßchen, mit niedrigen Türchen,
Mit steilen Treppchen und feilen Hürchen,
Mit Schatten und schiefen Fensterluken.

Dort würde ich spuken.

Flucht

Du segelst allein. Es soll niemand dabeisein.
Doch Tausende Fischlein begleiten dein Boot ein Stück
Des Weges. Aber du willst ganz frei sein,
Schaust weder nach rechts noch nach links noch zurück.

Nur fort! Nur weiter! Du willst das Vergangene
Vergessen. Fort! Du glaubst an den rechten
Gradaus fliehenden Weg ins Glück.

Hinter dir, hinter Glas und Draht und Eisengeflechten
Blicken dir lange nach: Gefangene.

Du glaubst deiner Richtung. – Mit Hilfe des Windes,
Der Strömung segelst du weiter und reist
Und reist und reist. Und die Sehnsucht des Kindes

Erkennt sich allmählich, altert, vergreist.

Nun und? – Aber die Wellen umspielen
Dein Boot. Es folgen dir Himmel und Licht.

Fremde Ziele passierst du. Von deinen Zielen
Das schönst, das einzige kommt nicht in Sicht.

Hering in der Nordsee? Papagei
In Aschaffenburg? – – Wer ist ganz frei?

Viel gesiebt

Ich habe versucht, einen Wind einzufangen.
Aber ich fand das Gefangene nicht.

Ich bin durch tiefe Wälder gegangen,
Wo der Wind ganz tief mit den Wipfeln spricht,
Wipfeln von ganz hohen Kiefern.
Ich sah im Moos eine Bierflasche liegen.
Wenn ich einem Bierversand
Die würde abliefern.
Bekäme ich zehn Pfennige Pfand.

Ich habe versucht, das viele Versuchen
Ganz aufzugeben.

Ich nahm einer Wanze das Leben,
Die mich nur gejuckt hat. – –

Unsereiner
Wird immer kleiner,
Je tiefer er ins Leben geguckt hat.

Aufgebung

Ich lasse das Schicksal los.
Es wiegt tausend Milliarden Pfund:
Die zwinge ich doch nicht, ich armer Hund.

Wie's rutscht, wie's fällt,
Wie's trifft – so warte ich hier. –
Wer weiß denn vorher, wie ein zerknittertes Zeitungspapier
Weggeworfen im Wind sich verhält?

Wenn ich noch dem oder jener (zum Beispiel dir)
Eine Freude bereite,
Was will es dann heißen: »Er starb im Dreck«? –
Ich werfe das Schicksal nicht weg.
Es prellt mich beiseite.

Ich poche darauf: Ich war manchmal gut.
Weil ich sekundenlang redlich gewesen bin. –
Ich öffne die Hände. Nun saust das Schicksal dahin.
Ach, mir ist ungeheuer bange zumut.

Die sonnige Kinderstraße

Meine frühe Kindheit hat
Auf sonniger Straße getollt;
Hat nur ein Steinchen, ein Blatt
Zum Glücklichsein gewollt.

Jahre verschwelgten. Ich suche matt
Jene sonnige Straße heut,
Wieder zu lernen, wie man am Blatt,
Wie man am Steinchen sich freut.

Wo ist der Mensch, den …

Wo ist der Mensch, den ich gerade brauche?
Mir ist illegitim traurig zumut.
Als läge meine Traurigkeit im Bauche.

Ach, welche Menschen sind denn eigentlich gut?
Ich kann es mir im Grunde nicht verhehlen,
Daß ich jetzt böse grüble über die,
Die augenblicklich mir gerade fehlen.

Und kämen sie: Wie schroff empfing ich sie!
Mißtrauisch würde selbst mein Loben klagen,
Und wenn ich sänge, wie ein Vogel singt.
Auch käme ich gar nicht darauf, zu fragen,
Ob sie nicht just auch einen von den Tagen
Durchgrübeln, da uns alles schmal mißlingt.

An die Masse

Ich halte zu euch, aber liebe euch nicht,
Weil ihr das niemals versteht.
Und ich liebe – ich liebe – – ich liebe euch doch,
Weil ihr solcher Liebe entgeht.

Wenn ihr einmal Gelegenheit habt,
Laut zu brüllen gegen Mauern,
Dann schweige ich. Ich bin mehr begabt

Als ihr. Und kann dann nur trauern.

Warten auf Weißnichtwas

Ein Leierkasten wringt sich aus.
Es klingt nach Leben und Sterben.
Im Schutt im Winkel hinterm Haus
Liegen häßliche Scherben.

Am Fenster quält sich ein winziges Tier,
Läuft immer dieselbe Schleife.
Es klingelt. – Ein Armer bietet mir
Schnürsenkel an. Oder Seife.

Es ist nichts neu und nichts verstellt
An meinen Gegenständen.
Nichts lockt mich hinaus in die Außenwelt.
Nichts hält mich hinter vier Wänden.

Psst!

Träume deine Träume in Ruh.

Wenn du niemandem mehr traust,
Schließe die Türen zu,
Auch deine Fenster,
Damit du nichts mehr schaust.

Sei still in deiner Stille,
Wie wenn dich niemand sieht.
Auch was dann geschieht,
Ist nicht dein Wille.

Und im dunkelsten Schatten
Lies das Buch ohne Wort.

Was wir haben, was wir hatten,
Was wir – –
Eines Morgens ist alles fort.

Zwischen meinen Wänden

Ich danke dir: Ich bin ein Kind geblieben,
Ward äußerlich auch meine Schwarte rauh.

Zu viele Sachen weiß ich zu genau
Und lernte mehr und mehr die Wände lieben.

Doch zwischen Wänden, wenn die Phantasie
Ein kleines Glück so glücklich zu erfassen
Imstande ist, daß wir uns sagen: Nie
Uns selber lieben! Nie das andre hassen!
Nur einsam sein! – –
Spricht oft mein Innerstes zu solcher Weisheit: Nein!
Denn all mein Sinnen lauscht, ob fremde Hände
Jetzt etwa klopfen werden an mein einsam Wände,
Und wenn's geschähe, rief es laut: Herein!!!

Traurig geworden

Traurig geworden im Denken,
Traurig ohne Woher.
Als könnte mir niemand mehr
Etwas schenken.

Kann selbst doch niemandem mehr
Etwas schenken.
Nicht daher – ich weiß nicht, woher –
Kommt mir das traurige Denken.

Es pickt eine Krähe im Schnee.
Vergraben im Schweigen,
Hängt gramvoll ein winzig Wehweh
Unter rauschenden Zweigen.

Nichts geschieht

Wenn wir sterben müssen,
Unsere Seele sich den Behörden entzieht,
Werden sich Liebende küssen;
Weil das Lebende trumpft.

Aber wenn nichts geschieht,
Bleibt das Leben nicht einmal stehn, sondern schrumpft.

Was heute mir ins Ohr klingt,
Ist nur, was Klage vorbringt.
Und was ich mit Augen seh
An schweigender Not, das tut weh.
Aller Frohsinn in uns ist verreist.

Und nichts geschieht. – Und der Zeiger kreist.

So ist es uns ergangen
1933

So ist es uns ergangen.
Vergiß es nicht in beßrer Zeit! –
Aber Vöglein singen und sangen,
Und dein Herz sei endlos weit.

Vergiß es nicht! Nur damit du lernst
Zu dem seltsamen Rätsel »Geschick«. –

Warum wird, je weiter du dich entfernst,
Desto größer der Blick?

Der Tod geht stolz spazieren.
Doch Sterben ist nur Zeitverlust. –
Dir hängt ein Herz in deiner Brust,
Das darfst du nie verlieren.

Großer Vogel

1933

Die Nachtigall ward eingefangen,
Sang nimmer zwischen Käfigstangen.
Man drohte, kitzelte und lockte.
Gall sang nicht. Bis man die Verstockte
In tiefsten Keller ohne Licht
Einsperrte. – Unbelauscht, allein
Dort, ohne Angst vor Widerhall,
Sang sie
Nicht – –,
Starb ganz klein
Als Nachtigall.

Kopf hoch, mein Freund!

Laß sie nur die Köpfe hängen lassen,
Wenn die Köpfe ihre eignen sind.
Wir, wir wollen unsre Segel brassen
In den Wind.

Wir, in unserm Alter, wollen wissen,
Daß der Weg nun wieder rückwärts führt. –
Glücklich, wer den freien Drang noch spürt,
Das Getrunkne über Bord zu pissen.
Wenn die Wetter lange düster grollen,
Glücklich, wer dann trotzig lächeln kann,
Ohne Herr der Woge sein zu wollen;
Sondern nur »auf See ein Fahrensmann«.

Wort auf den Weg

Weil die Lügengewebe,
Die dich umgeben,
Um dich sind, niemals über dir,
Gehe geradewegs dein Leben.
Aber wolkenwärts hebe
Dein Sinnen sich – –
Baldmal sterben wir.

Schwerer Fisch am Nagel

Gierig, egoistisch, rücksichtslos
Lebte er sein Leben unter Wasser,
Vorwärts stoßender und kalter, nasser,
Bursche. Doch vor seiner Rasse breit und groß.
Bis ein hinterlistiger Angelbissen
Ihm den Gaumen und das Herz zerrissen.

Dann, als Glücksfang stolz betrachtet,
Ward er ausgeschlachtet,
Nagelte des Fischers grobe Hand
Ihn an ein Gebälk der Kellerwand.

Aber so gekreuzigt, blutentleert,
Hat noch einmal kurz er sozusagen:
Seine Wut gelebt und sich gewehrt.
Hat er einen Turn in sich geschlagen.
Dieser Fisch hat Ansehn und Gewicht,
Und kein hinterlistiges Gesicht.

Dichter und erster Anhörer

Sie trugen zwei Sardellen
Zu Grabe. – – »Wer?«
Die Wellen,
Sie trugen sie vor sich her.

»Wieso zu Grabe? Wohin denn?«
Zu Grabe, zur ewigen Ruh!
»Wohin?« – – Nun je nach den Winden,
Vielleicht nach Afrika zu.

Sie murmelten Weisen der Trauer

Wegweit, tagaus und tagein.
»Da werden sie auf die Dauer
Wohl heiser geworden sein.«

Schwarz winkte am fernen Gestade
Ein Grab – – – »Und der Abend sinkt,
Und deine Sardellenballade,
(Ganz offen gesprochen) die stinkt.«

Kammer-Kummer

Es äugt ein Wunsch aus mir nach der Uhr.
Der lauscht auf Briefträgerschritte
Und murmelt unaufhörlich nur
Das Wort »bitte, bitte«.

Sich schämend richtet sein Gebet
Die Ohren nach der Klingel.
Ein Brief soll läuten. Darauf steht:
»An Herrn Joachim Ringel — —«

Ha! Klingelt schon! Und kommt ein Brief. — —

Nicht der, den ich wollte lesen.

Einschlafende Hoffnung atmet tief,
Träumt ab, was niemals gewesen.

Arm Ding

Ich war erwacht und konnte den Morgen nicht grüßen.
Mich drückten Sorgen; die fanden die Menschheit so schlecht.
Ein Schmetterling saß verirrt auf dem Bettrand zu Füßen,
Hielt seine Samt-Flügel-Flächen waagerecht.
Und war so schön und so jung, wie der Morgen,
So rein, wie der Morgen vom Schöpfer gedacht.
Ich trug ihn vors Fenster. – Doch meine Sorgen
Verdämmerten wieder, was in mir erwacht.

Mir war Unrecht geschehn. Ich bedauerte mich,
Empfand mein Leid, ohne daß ich verglich.

Und ein trüber, gelähmter Tag verging.
Der Abend begann, alles abzuschließen.
Da lag vor dem Haustor auf schmutzigen Fliesen
Ein regenzerschlagener Schmetterling. –
Arm Ding!

Inhalt

Gedichte, die keine Überschrift haben, wurden mit ihrer ersten Zeile in das Inhaltsverzeichnis aufgenommen.

Flugzeuggedanken 113

Kurz vor der Weiterreise 137

FSC
www.fsc.org
MIX
Papier aus verantwortungsvollen Quellen
FSC® C083411

Bibliografische Information der Deutschen Nationalbibliothek
Die Deutsche Nationalbibliothek verzeichnet diese Publikation in der Deutschen Nationalbibliografie; detaillierte bibliografische Daten sind im Internet über http://dnb.d-nb.de abrufbar.

Cover: Anja Carrà, Karina Bertagnolli
Bildnachweis: Zeichnung von Lara M. Carrà,
nach einem Porträt von Joachim Ringelnatz
Umschlag, Layout & Satz: Anja Carrà
Der Titel wurde in der Baskerville gesetzt
Gesamtherstellung: CPI books GmbH, Leck – Germany

ISBN: 978-3-7374-1177-6

Mehr über Ideen, Autoren und Programm des Verlags finden Sie auf www.verlagshausroemerweg.de und in Ihrer Buchhandlung.

Joachim Ringelnatz
Einfach schöne Gedichte